殺手打帶跑

HIT AND RUN

⊙ Lawrence Block 勞倫斯・卜洛克

尤傳莉 譯

[BLOCK]
殺手系列
002

卜洛克殺手系列4

殺手打帶跑
Hit and Run

作　者　勞倫斯・卜洛克 Lawrence Block
譯　者　尤傳莉
封面設計　沈佳德
文字排版　林翠茵

業　務　陳玫潾
行銷企畫　陳彩玉
發行人　涂玉雲

城邦讀書花園
www.cite.com.tw

出　版　臉譜出版
台北市民生東路二段141號5樓　02-25007696

發　行　英屬蓋曼群島商家庭傳媒股份有限公司城邦分公司
台北市民生東路二段141號11樓
讀者服務專線：02-25007718；25007719
服務時間：週一至週五9：30～12：00；13：30～17：00
24小時傳真服務：02-25001990；25001991
讀者服務信箱E-mail：service@readingclub.com.tw
劃撥帳號：19863813 書虫股份有限公司
城邦讀書花園網址：http://www.cite.com.tw
臉譜推理星空網址：http://www.faces.com.tw
臉譜出版噗浪網址：http://www.plurk.com/faces
臉譜出版部落格網址：http://facesfaces.pixnet.net/blog

香港發行　城邦(香港)出版集團
香港灣仔駱克道193號東超商業中心1樓
電話：852-25086231/傳真：852-25789337

馬新發行　城邦(馬新)出版集團
Cité(M) Sdn. Bhd.(458372 U)
11,Jalan 30D/146,Desa Tasik, Sungai Besi,
57000 Kuala Lumpur,Malaysia
電話：603-90563833/傳真：603-90562833

初版一刷　2010年12月21日

ISBN 978-986-120-440-6

定價320元 (本書如有缺頁、破損、倒裝，請寄回本社更換)

國家圖書館出版品預行編目資料

殺手打帶跑 / 勞倫斯・卜洛克 (Lawrence Block) 著；
尤傳莉譯. -- 初版. -- 臺北市：臉譜出版：
家庭傳媒城邦分公司發行, 2010.12
　面；　公分. -- (卜洛克殺手系列；4)
譯自：Hit and Run
ISBN 978-986-120-440-6 (平裝)

第一章

凱勒從胸部的口袋掏出一把鑷子，小心翼翼地把一張郵票從半透明護郵袋裡夾出來。是那種沒完沒了的挪威郵政號角系列的郵票，價值不到一美金，但奇怪他卻很少碰到，因此收藏中一直缺了。他仔細檢查這張郵票，舉起來迎著光，好確定原來貼著膠水紙以放入集郵冊的地方沒變薄，然後他又把郵票放回護郵袋內，放到一旁，等著要買。

那郵票商是個高而枯瘦的紳士，半邊臉僵固不動，說是顏面神經痲痹。他朝凱勒露出半邊臉的微笑。「我喜歡看到有人自己帶著鑷子。」他說，「每回一看到，我就知道店裡來了個認真的收藏家了。」

凱勒有時帶著自己的鑷子，有時則否，他覺得帶不帶鑷子的主要關鍵是記性，跟認真與否沒什麼關係。他旅行時總是會帶著自己的史考特郵票目錄，很大本，一千一百頁，裡面圖文並列印出集郵史上頭一百年的世界各國郵票，從有史以來第一張郵票（一八四〇年大英帝國的「黑便士郵票」）開始，而在大英帝國的部分，則是到喬治六世國王在一九五二年所發行的最後一張郵票為止，涵蓋了凱勒所收集郵票的範圍。這本史考特郵票目錄不光是參考的資訊，也是他用來核對的清單。每次收集到新的，他就用紅筆把那張郵票的號碼圈起來。

他旅行時，也總是帶著這本郵票目錄，因為如果不在手邊，他就沒辦法買郵票。鑷子很有用，但並非不可或缺；反正總是可以跟要賣郵票給他的人借。所以他也就很容易忘了帶鑷子出門，何況你也不能到最後一刻才抓把鑷子放進口袋，或者塞進隨身行李。因為你要搭飛機，某些安全人員會沒收你的鑷子，幻想會有恐怖分子拿著郵票鑷子幹壞事。為什麼？因為恐怖分子可以抓住空中小姐，威脅要用鑷子拔她的眉毛……

這回他會帶著鑷子出門，真是沒想到，因為他還差點連那本郵票目錄都決定不帶了。他以前幫這個客戶辦過事，跑到亞伯喀基，從頭到尾連打開行李的時間都沒有。那回他很異常地過分小心，在三家汽車旅館都訂了房間，還一一都去登記入住，最後卻一時衝動之下，火速完成工作，然後當天飛回紐約，哪家旅館都沒睡過。如果這回的工作同樣迅速而順利，他就沒有買郵票的時間，何況誰曉得愛荷華州的首府第蒙市這裡，會不會有郵票店？

多年前，凱勒小時候集郵時，這個嗜好每星期很少會讓他花超過一、兩元，當時第蒙市一定有很多郵票商，就跟其他大部分地方一樣。現在這個嗜好還是同樣普遍，但有店面的郵票商卻已經瀕臨絕種了，而且政府也不會予以保護。現在賣郵票全都是在網路上交易或郵購，而少數郵票商還擁有店面是為了要吸引潛在的賣家，而不是買家。沒有集郵知識或興趣的人每天會經過這些店，等到佛瑞德舅舅死了，留下一批郵票收藏要賣，他們就知道該拿去哪裡了。

這個郵票商名叫詹姆斯・麥丘，他的店佔據了家宅的一樓，位於市谷（Urbandale）的道格拉斯大道旁。「市谷」這個位於第蒙市郊的小城名，讓凱勒覺得很矛盾。市谷？凱勒覺得這裡明明不是市區，也不是谷地，但他猜想住在這裡的生活大概不錯。麥丘先生的房子是一棟有框架結構的建築物，屋齡大約七十年，有凸窗和樓上的陽台。麥丘本人就坐在電腦前面，凱勒覺得他的生意大部分就是透過電腦完成的，店裡的收音機低聲播放著輕音樂。這是個平靜的房間，有點雜亂，但感覺上很舒適，凱勒翻著其他的挪威郵票，又發現了兩張自己缺的。

「瑞典怎麼樣？」麥丘建議。「我有一些很不錯的瑞典郵票。」

「我瑞典方面的收藏滿強的，」凱勒說。「現在缺的都是我買不起的。」

「我懂你的意思。那一號到五號呢？」

「說來奇怪，我沒有。而且我也沒有那張三斯基林的橘色郵票。」那張郵票在目錄裡是編號1a，顏色印錯了，本來該印藍綠色的，結果誤印為橘色，當然相當珍罕；幾年前曾有一張轉手，賣了三百萬美元，也或許是歐元，凱勒記不得了。

「我沒有那張，」麥丘說，「不過一號到五號我倒是有，價錢也划算。」看到凱勒揚起雙眉，麥丘又補充，「正式重印版。全新的，印刷圖案居中，輕微膠水紙貼痕。書上列的價格是每張三百七十五元。要不要看一下？」

他沒等凱勒回答，就去翻一個檔案箱，拿出一張存貨卡，外頭罩著保護的透明塑膠紙，裡頭是那五張郵票。

「慢慢來，仔細看。很不錯，對吧？」

「非常好。」

「你可以用來填進集郵冊裡的空缺，絕對不會遺憾的。」即使日後他買了原版（其實似乎不太可能），這一套重印版也還是值得收藏。他問了價錢。

「嗯，一整套是要七百五，但我想六百元就行了。省得我還得寄送。」

「如果是五百，」凱勒說，「我就不必考慮，馬上要了。」

「那你就慢慢考慮吧，」麥丘說。「少於六百我可沒辦法。我收信用卡，或許對你會比較方便。」

是比較方便，沒錯，但凱勒不確定他想用信用卡付款。他有一張印著本名的美國運通卡，但這趟出差他從頭到尾都沒用本名，也希望繼續保持下去。他還有一張威士卡，用來跟赫茲租車公司租了那輛日產Sentra車，也用來登記住進「日日旅店」，這張信用卡上頭的名字是荷登・布藍肯緒普，而他皮夾裡那張康乃迪克州的駕照上也是這個名字，外加中間名縮寫是J.，凱勒猜想這樣可以讓他跟全世界其他的荷登・布藍肯緒普有所區別。

信用卡和駕照是桃兒提供的，根據她的說法，這張駕照可以通過安全檢查，而信用卡也可以至少再用兩星期沒問題。不過這張卡早晚會因為沒人付錢而被拒收，而凱勒也不會替赫茲租車公司或日日旅店或美國航空擔心。可是他最不想做的，就是害應該收到錢的郵票商拿不到錢。他感覺這樣的情形不會發生，信用卡公司會吸收損失，但即使如此，他還是不喜歡這個主意。在他的人生中，嗜好的這塊領域是他必須完全清白而光明正大的。如果他買了這些郵票卻迴避付錢，那他基本上就是偷了這些郵票，無論是從詹姆斯・麥丘或是威士卡那邊偷都不重要了。他會很樂意在自己收集瑞典郵票的集郵冊第一頁裡，有這麼五張正式重印版，但不能是偷來的重印版，或甚至是偷來的原版。如果他不能誠實無欺買下這些郵票，倒不如不要算了。

凱勒猜想，對於這一點，桃兒會有反駁的俏皮話可講，或至少會翻翻白眼。但他覺得大部分集郵者會明白的。

可是他身上的現金夠嗎？

他不想當著旁人的面檢查，於是跟老闆借用洗手間，反正他早餐喝了很多咖啡，也的確要去一趟廁所了。他在裡頭數了皮夾裡的鈔票，發現有將近八百元，於是買了那些郵票之後，他就只剩不到兩百元了。

而他真的很想要那些郵票。

這就是集郵的麻煩，你絕對不會因為空間不夠而停止收藏。如果你收集別的東西——比方石頭，或者手搖留聲機，或是藝術品——他早晚家裡會擺不下。以紐約嚴苛的標準來說，他那戶一間臥房的公寓相當寬敞，但牆上可以掛畫的空間不會太多。收集郵票就不同了，他有十大本集郵冊，還佔不到五呎的書架空間，而且他可以用盡餘生收藏下去，花上幾百萬元，也還是填不滿。

同時，他也不是花不起六百元買這五張瑞典的重印版郵票，尤其是比起他來第蒙市辦的那樁差事所能收到的費用。何況麥丘開的價錢很公道。即使是照目錄上接近全額的價錢，他可能都會很樂意付，但現在只要花三分之一就行了。

就算他最後現金不夠，會有什麼麻煩嗎？他再待一天或兩天就要離開第蒙了，頂多三天；除了偶爾買買報紙，喝杯咖啡，還需要什麼現金呢？從機場搭計程車回家的五十元？差不多也就是這樣了。

他從皮夾掏出六百元，放在胸部的口袋裡，然後出去再看看那些郵票。沒問題，這些寶貝要跟著他回家了。「如果我付現金呢？」他說。「這樣可以打點折扣嗎？」

「現在很少人用現金了，」麥丘說著咧嘴笑了。他一邊嘴角揚起，另一邊則完全僵住沒動。「這樣吧，我可以不加收營業稅，只要你答應別告訴州長。」

「我嘴巴很緊。」

「另外你挑的那些挪威郵票就奉送了，不過我猜也省不了幾個錢。應該不到十元，對吧？」

「差不多六元或七元吧。」

「唔，可以讓你買個漢堡了，裡面不會有蒼蠅的那種好漢堡。總共就收你六百元整。」

凱勒把錢給他。麥丘數錢時，凱勒則檢查過所有他買的郵票都齊全了，塞進外套內裡的口袋，鑷子則放進另一邊口袋，接著闔上郵票目錄，然後麥丘突然說，「啊，要命！統統先別動。」

那些鈔票是假鈔嗎?他僵住了，搞不懂怎麼回事，但麥丘站起來，走向收音機，把音量轉大。音樂已經停了，一個激動的播音員正在播報一則新聞插播。

「要命啊，」麥丘又說了一次。「這下可慘了。」

第二章

桃兒一定就坐在電話邊。電話鈴聲才響了半聲，她就接了說，「那不是你幹的，對吧？」

「當然。」

「我想也是。ＣＮＮ上秀的那張照片，看起來不像他們寄給我們的那張。」

像這樣在手機上講話，搞得他很緊張。科技持續在進步，因而你每次打電話都要當成有可能被錄音，而且警方可能很快就能取得這些資訊。如果你用手機，你講電話時，他們很快就能查出你的精確位置。他們做出愈來愈好的捕鼠器，而相對地，老鼠就得愈來愈懂得應變。最近這陣子，他只要接到差事，就會跑去西二十三街的一家店，用現金買兩支手機，編個假名字和假地址給他們登記。他會把一支手機給桃兒，另一支手機自己用，而且兩支手機只會用來打給對方。他幾天前已經打過電話了，報告說他到了第蒙市，然後那天上午稍早他又打電話給桃兒，說他們叫他要再等至少一天，否則他早就幹掉那傢伙，現在都該在回家的路上了。

這次他打電話，是因為剛剛有人殺了俄亥俄州的州長。這在任何狀況下，都是一件大事，因為這位州長約翰・泰頓・隆佛德非同小可，他曾是俄亥俄州立大學自亞契・葛瑞芬（Archie Griffin）以來最傑出的美式足球跑衛，他曾加入職業美式足球聯盟ＮＦＬ的辛辛那提孟加拉虎隊，只打了一季就因膝蓋受傷而退出，然後去念了法學院。他長得帥，又有領袖魅力，後來進軍該州首府哥倫布市，成為俄亥俄州有史以來第一位黑人州長。但當一顆瞄得很準的子彈不光是毀掉隆佛德州長的膝蓋時，他人並不在哥倫布市，事實上，他根本不在俄亥俄州。他是競選總統的熱門人選，愛荷華又是最早舉行初選的幾個重要州之一。前一天晚上，隆佛德人在安姆茲市，對愛荷華州立大學的一群師生演講。然後州長一行人開車南下到首府所在的第蒙市，夜裡下榻於愛荷華州長位於台地丘的官邸。次日上午十點半，他出現在一所高中禮堂的講台上；接近中午時，則出席一場扶輪社的午餐會發表演講。接下來就是槍擊，然後送到醫院，到院時宣布死亡。

「我的目標是白人，」他告訴桃兒。「而且又矮又胖，跟照片上一樣。」

「那是大頭照（head shot，譯註：亦可指頭部中彈），不是嗎？我指的是照片，不是剛剛發生的事情。所以你其實看不出來他矮不矮。或者也看不出來胖不胖。」

「他有雙下巴。」

「好吧。」

「而且一定看得出來是個白人。」

「這點沒問題。這個人白得就像天上最漂亮的那朵雲。」

「啊？」

「別管了。那你現在打算怎麼辦？」

「不曉得。我昨天上午才見過我的目標，近得幾乎可以朝他吐口水了。」

「你為什麼想朝他吐口水？」

「我的意思是，我其實早就可以完成工作，現在都回到家了。總之，我昨天差點就動手了，桃兒。用槍或用兩隻手都行。他們叫我等，但我心想，見鬼了，幹嘛等？要是我昨天動手，他們會很不高興，但我就脫身了。結果我乖乖等，現在困在這裡，各方人馬都在追捕一名身分不明的殺手。除非過去幾分鐘有新的消息出現。」

「我電視開著，」她說。「沒有新的消息。或許你別動手了，乾脆就回家吧。」

「我也想過。但又想到這邊的機場安全檢查一定會變得——」

「不，連試都不要去試。你租了車，對吧？你可以開到——不曉得，芝加哥？然後在那邊搭飛機。」

「或許吧。」

「或者就一路開車回來。看你喜歡怎麼樣，都行。」

「你不認為警方會設路障？」

「我沒想到那個。」

「當然了，我什麼都沒做，但我的駕照是偽造的，只要吸引到任何注意——」

「那就不妙了。」

他想了一會兒。「你知道，」他說，「開槍的這個王八蛋，警方大概幾小時內就會抓到他。我猜他會因為拒捕而死。」

「這就省得麻煩，免得日後還要另外派個人去把他做掉。」

「你剛剛問是不是我幹的。」

「其實我知道不是啦。」

「那當然，」他說。「因為你知道我絕對不碰這類事情。那種會引起轟動的案子，客戶付多少錢都不重要，因為你活不了多久，沒那個命去花。如果警方沒殺了你，你的雇主也會，因為留你這個活口不安全。你知道我打算怎麼做嗎？」

「怎麼做？」

「乖乖待著別動，」他說。

「等到風頭過去。」

「或者等到煙消雲散之類的。應該要不了多久。等個幾天，他們如果沒抓到那傢伙，就會知道被他逃掉了，大家也懶得再關心第蒙發生過什麼事了。」

「然後你就可以回家了。」

「說起來呢，我甚至還可以把那件工作完成。或者算了。現在要我把錢還回去，我也不在乎了。」

「這大概是我生平第一次，」桃兒說，「也有這樣的感覺。不過，如果所有的條件都相等——」

「天曉得這句話是什麼意思。」

「我也常常納悶哩。不過放在句子的開頭很好用。如果所有的條件都相等，我是寧可留著這筆錢。而且這是我們的最後一件差事了。」

「上一件差事，」凱勒說，「我們也是這麼說的。」

「我知道。」

「但結果這個案子又冒出來。」

「這是特殊狀況。」

「我知道。」

「你知道，如果你當初真的覺得不安，就該說出來的。」

「我原先沒真覺得不安，一直到幾分鐘前，」他說，「收音機從〈有肺氣腫的姑娘〉（*The Girl with Emphysema*）轉成了新聞快報。」

「伊帕內瑪。」

「啊？」

「那首歌叫〈來自伊帕內瑪的姑娘〉（*The Girl from Ipanema*），凱勒。」

「我剛剛就是這麼說的啊。」

「你說〈有肺氣腫的姑娘〉。」

「你確定?」

「算了。」

「因為我幹嘛會那麼說?」

「老天在上,算了吧。」

「聽起來不像是我會說的話。」

「那就算我聽錯了吧,凱勒,這樣你高興了吧。我們兩個都有點慌了,也難怪啊。回你房間避風頭吧。」

「我會的。」

「要是出了什麼狀況——」

「我會通知你的。」

他關上手機。這會兒他坐在租來的日產車駕駛座上,停在離開麥丘郵票店之後所碰到的第一個購物街旁。他剛買的郵票裝在信封裡,放在他一邊口袋,鑷子擺在另一邊口袋,史考特郵票目錄則在他旁邊的乘客座。他手裡拿著手機,才剛塞進口袋,就又改變主意拿出來。他打開手機,正在找重撥鍵，電話就響了。來電者號碼保密，但打給他的只可能有一個人。

他接了電話說，「我正要打給你。」

「因為你的想法跟我一樣。」

「應該是吧。這要不是巧合——」

「就是並非巧合。」

「沒錯。」

「我覺得，從我們知道那個新聞快報開始，兩個人心裡就都有同樣的想法。」

「我想你說得沒錯，」他說，「因為雖然我現在才覺得有問題，但其實我一直心裡有數。」

「在隆佛德遇刺的新聞之前，每天都要你再等一天，感覺不對勁吧？」

「從來就沒對勁過。」

「真的？」

「最近都這樣。我會想收手不做，這就是其中一個原因。你還記得印第安那波里斯那回嗎？原先的計畫是一旦我除掉了目標，他們就要殺了我。他們在我車上安了個追蹤器，這樣他們總能找到我。」

「我還記得。」

「要不是當時我剛好偷聽到他們兩個人在講話——」

「我知道。」

「然後另一個替艾爾辦的差事，在亞伯喀基那個，我偏執狂嚴重得在三家汽車旅館都訂了房間，用的名字都不一樣。」

「而且據我記得，你根本沒在任何一家過夜。」

「也沒在其他地方過夜。我辦完那個差事就回家了。大部分時間，一切都沒問題，桃兒，但我有點疑神疑鬼，而且我針對他們做了很多預防措施。然後等我開始放鬆了，就有人射殺了俄亥俄州的州長。」

她沉默了一會兒。然後她說，「小心，凱勒。」

「我是打算要小心。」

「要是你確定自己藏身的地方很安全，就躲著別動，要躲多久都沒關係。只要有一丁點圈套的可能，就根本別考慮去替艾爾辦那件事了。」

「好吧。」

「還有保持聯絡，」她說，然後掛斷了電話。

第三章

是圈套嗎?

這樣就可以解釋那些拖延了。他們聲稱的下手目標,是那個又矮又肥的白人男子,他顯然不是俄亥俄州的州長,或任何地方的州長,除掉他不是太困難的任務。凱勒的飛機降落後大約一個小時,來接機的那名男子就開車載著凱勒,駛入西第蒙市假日公園附近一個林蔭夾道的社區。那男子是個大塊頭,五官很大,兩耳長出很多毛。他們慢下車速,經過一戶附車庫的平房,屋前種了完全對稱的灌木叢。一名男子穿著百慕達短褲和鬆垮T恤,站在完美無瑕的前院裡,正拿著水管在給草坪澆水。

「這世上其他每個人,」他說,「都會裝上自動撒水器,然後就不必管了。但這個混帳就非得站在那兒自己澆水。我猜想他就是那種非得掌權的人。」

「唔,」凱勒說。

「他看起來跟照片上很像吧?那就是你的目標。好吧,現在你知道他住在哪兒。接下來我們去他辦公室。」

於是他們開到第蒙市中心,開車的男子指著外頭一棟十層樓的辦公大樓,說桂格瑞・道齡的辦公室在六樓。「不過呢，除非你瘋了，才會在這裡幹掉他，」他告訴凱勒，「裡頭那麼多人，大樓裡還有保全人員，而且市區常塞車，會害你事後很難脫身。你去他家，碰到他在給草坪澆水，只要把槍口塞進他喉嚨往下，一路從他屁股戳出來。」

「帥啊，」凱勒說。

「只是一個說法而已。你知道他住在哪裡、在哪裡工作了，現在該送你回家了。」

家？

「我們幫你安排住在這個地方，月桂旅店。不是什麼高級飯店，但是也不會太寒酸，你懂吧？游泳池很好，咖啡店很像樣，而且過馬路就有一家丹尼氏連鎖快餐店。旅館就在交流道出口，所以交通很方便。全都安排好了，你不必付任何帳單。房裡的收費服務都盡量享用，老闆會買單。」

從高速公路上，那個旅館看起來的確很不錯。停車場在後方，那個大塊頭遞給凱勒一個手掌大小的硬紙板護套，裡面放著鑰匙卡。不過旅館名稱印在鑰匙卡上，而房號二〇四則寫在護套上。

「他們從沒跟我說你的名字。」那傢伙說。

「他們也從沒跟我說你的。」

「意思是我們就保持這樣？很公平。幫你登記的名字是黎若伊・芒綽司，別怪我，因為這名字不是我想的。」

那人的頭髮剪得清爽有型，凱勒不明白他的理髮師為什麼不處理一下他那些長出耳朵的毛。凱勒從不認為自己是個特別愛挑剔的人，但他真的不喜歡看到那樣，一堆毛從那傢伙的兩個耳朵裡冒出來。

「黎若伊・芒綽司，二〇四號房。有任何費用，簽你的名字就好。嗯，應該是簽黎若伊的名字。我猜想你希望名字保密，但如果簽你自己的名字，旅館的人只會覺得你很可笑。」

凱勒什麼都沒說。或許那些耳毛的功用就像天線，或許這傢伙可以從他的家鄉衛星收到訊號。

「事情是這樣的，」那傢伙說，「現在你來了真好，但可能還要等一陣子，才能去辦你該辦的那件事。」

「哦？」

「有個人得確保事發的時候在別的地方，不曉得你懂不懂我的意思。還有其他幾個所謂的變數牽涉在裡頭。所以他們希望你盡量待在房間裡，這樣我們就可以打電話通知你最新狀況。比方去做或不要去做，這麼講你跟得上吧？」

「就像白天跟著黑夜。」凱勒說。

「是嗎？說得真好。我還忘了什麼？喔，對了。打開置物匣。看到那個紙袋了沒？拿出來。」

那袋子很沉，他不必打開，就知道裡面裝的是什麼了。

「有兩把，黎若伊。我喊你黎若伊沒問題吧？」

「沒問題。」

「感覺一下，挑一把喜歡的。別急，慢慢來。」

那是兩把手槍，當然了。一把是自動手槍，另一把是輪轉手槍。凱勒不太想碰那兩把槍，但他也不想表現得很難搞。那把自動手槍的握感比較好，但有可能卡彈，這方面輪轉手槍就絕對有優勢了。

但他會想要任何一把嗎？

「我不確定我想用槍。」他說。

「你真的喜歡把槍管塞進他喉嚨往下戳的這個念頭嗎，嗯？不過，你不希望被限制住。兩把槍都上了子彈，那把葛洛克（Glock）自動手槍我還有個彈匣。至於那把輪轉手槍呢，稍後我可以再送一盒子彈過來。」

「或許兩把我都收下。」

「兩手各拿一把槍，朝他走過去？我看不好吧。要我猜呢，我猜你像是用葛洛克的。」

這個理由就足以讓凱勒選另外那把輪轉手槍了。他檢查彈筒，看到裡面有四發子彈和一個空的膛室，然後又把彈筒撥回去關上。一時之間，他心中湧起一股完全意想不到的強烈衝動，想把那玩意兒指著那個生著毛耳朵的男子，扣下扳機。把他給轟死，然後搭下一班飛機回紐約。

但反之，他把葛洛克手槍遞還給他，輪轉手槍則收進口袋裡。「其他子彈就不用了。」

「你不會失手，嗯？」他咧嘴露出大大的笑容。「我想專業的就是不一樣，對吧？啊，趁我還沒忘記，記一下你的手機號碼。」

是喔。凱勒告訴他自己沒手機，那男子拍拍口袋，找出一支手機遞過來。「這樣方便我們打電話給你。你到對面的丹尼氏餐廳吃牛堡起司三明治的時候，記得把手機帶著。我喜歡他們這個三明治，不過叫他們用黑麥麵包，整個吃起來才會完全不一樣。」

「謝謝指點。」

「沒問題。接下來講車子。開起來應該不會有任何問題。油箱加滿了，再跑一千八百哩才要換機油。」

「好極了。」

他又講了其他有關車子的事——如何調整座椅，警示的雙黃燈有一個常會莫名其妙亮起——但凱勒沒怎麼留心聽。那傢伙把鑰匙從啟動器裡拔出來，遞給凱勒，凱勒問他打算怎麼回家。

「我回了家，」他說，「就有太太要對付。如果你不介意的話，我寧可去別的地方。」

「我的意思是——」

「要命，我知道你是什麼意思啦。看到那輛破爛的雪佛蘭蒙地卡羅（Monte Carlo）嗎？那是我的車，就在那邊等著我。現在呢，你想的話，可以去旅館櫃台，不過沒必要。二〇四號房在二樓，可以從外側那道樓梯上去。」

旅行箱提在手上，槍放在口袋裡，凱勒爬上樓梯，找到他的房間。他把鑰匙卡插入，回頭看了一眼那輛蒙地卡羅，結果那車子停著沒動。然後凱勒開了門，走進去。

那個房間相當不錯，有個大螢幕電視機和一張超大雙人床。牆上的裱框畫也不刺眼。冷氣稍微調得太冷了，但他沒去動。他坐在一張椅子上五分鐘，然後揭開窗簾一角朝窗外看，那輛蒙地卡羅已經開走了。

半個小時後，他過街去丹尼氏餐廳，找了個卡座坐下，旅行箱放在他對面的座位上。他叫了個黑麥麵包夾的牛堡起司三明治，配菜是炸得酥脆的薯條，他得承認的確很好吃。咖啡比不上星巴克的，但也夠好了，因而女侍過來問他要不要續杯，他便接受了。

這樣不是很輕鬆嗎？有人建議你來這裡吃飯，你就遵照他的建議，結果一點也不壞。所以繼續照著他們的安排走，能有多壞呢？

但是不行，他只能照做到牛堡起司三明治為止。他們讓事情變得簡單，他告訴自己，但你得讓事情變得困難。他們幫你在一個乾淨、位置良好的汽車旅館找了個好房間，而你連裡面的廁所都不肯上，因為你不希望在裡頭留下自己的DNA。他在那個房間裡唯一願意留下的，就是他們提供的那個手機——關了機，擦淨上面的指紋，然後塞在那張超大雙人床的床墊下方正中央。他考慮過把槍也留在那裡，但最後還是決定暫時留著，放進了旅行箱裡。

他回到他們給的那輛車上，但只是為了要擦掉所有他可能碰觸過的表面。他按了遙控器把車子鎖上，接著有股衝動，想把那串鑰匙扔進附近的大型垃圾箱拖車裡。他們可以用車鑰匙追蹤他嗎？他不確定，但他覺得現代科技沒有什麼辦不到的，如果他們今天辦不到，明天也能辦得到。不過，他還是看不出有任何理由非得要馬上丟掉車鑰匙，或房間的鑰匙卡。

他過街到丹尼氏餐廳，吃完他的牛堡起司三明治和炸薯條，外加兩杯咖啡，然後他來到男廁旁邊，用公用電話叫了一輛計程車。「要去機場，」他說，然後他們問他名字。他很想告訴他們，他會是唯一一站在丹尼氏餐廳門口等計程車的人，但結果他只是說他名叫艾迪。「十分鐘會到，艾迪。」電話那頭的女人說，然後車子在八分鐘後出現了。

赫茲租車公司櫃台的那位小姐很高興讓荷登•布藍肯緒普租了一輛日產Sentra車。提領行李處旁有一排免費的旅遊服務電話，他去那邊打電話訂了日日旅店的房間，等他開車過去，房間已經準備好了。他打開行李，沖了個澡，開電視先瀏覽一圈看有什麼頻道，然後又關掉，四肢大張躺在床上。但他又幾乎立刻坐起來，覺得自己留在月桂旅店二〇四號房的那個手機，一定弄錯了。

他找到自己的手機——他不確定那個是不是自己的。看起來沒問題，但其實打從買來他就沒好好看過；而耳毛先生給他的那個手機，他也沒仔細看過，所以——

他打開手機，按了重撥鍵，響了兩聲後，桃兒接了。他聽到她的聲音，鬆了口氣。兩人聊了幾分鐘，他把最新狀況告訴她。

「我現在是在待命狀態，」他說，「但我想我剛剛把狀況弄得太複雜了。等到可以動手時，他們得通知我，但我這麼搞下來，他們就沒辦法聯繫我了。」

「如果手機塞在床墊底下，響的時候還是聽得到吧？」

「關機就聽不到了。我得打電話到那家旅館櫃台，看有沒有留話。」

「或者他們可以用你填牙裡面的東西，發訊號給你。」

「如果我再偏執狂一點，大概就會擔心這個了。我得用錫箔紙給自己做一頂保護帽。」

「你儘管笑吧，」她說。「不過那些東西管用得很。」

日子過得很慢。他每天都會打電話到月桂旅店查看有沒有留話，查到第三天，櫃台職員念了個電話號碼要他回電。他打了，一個他不認得的聲音問他姓名。「黎若伊·芒緯司。」凱勒說。

「有人叫我打這個號碼的。」

「稍等一下，」那個聲音說，過了一會兒，長了耳毛的那名男子來接了電話。「你都不接手機，也不檢查語音信箱。」

「你給我的手機沒電了，」凱勒告訴他。「也沒充電器。我猜想你會打到旅館房間。」

「耶穌啊，我敢發誓——」

「假設我每天打這個號碼兩次好了，」凱勒說。「這樣應該可以，對吧？」

那人想再給他一個手機，或充電器，或者兩者都給，但凱勒努力說服他放棄。他每天上午、下午、外加晚上睡前，會各打這個號碼一次。然後他又補充，聲音裡帶著一絲冷酷，他希望不會再拖延下去了，因為第蒙是個不錯的地方，但他家裡還有事情要處理。

「大概明天吧，」那傢伙說。「明天起床後，先給我個電話。」

但次日早上，他匆匆在同一條街上的店裡吃過早餐後，第一件事情就是去西第蒙，找桂格瑞・道齡住的那棟平房。他之前曾開車經過一次，只想確定自己還記得地方，這回他的下手目標又在屋前，不是在給草坪澆水，而是跪在一片花圃旁，用把小鏟子在處理不曉得什麼。

凱勒離開日日旅店的房間前，已經先費事收拾過了，這樣辦完事情後就不必回去了。他收拾好自己的行李，擦過他可能碰過的幾個地方，然後一切都收拾完畢，只剩沒把鑰匙交還給櫃台。如果他接到可以動手的消息，就可以去除掉目標，然後直接趕到機場。如果不能動手，也還是可以回到原來的房間。

他一時興起，在道齡家門口停下車，探過身子搖下乘客座旁的車窗。他無法鼓起勇氣按喇叭，因為覺得好像不太禮貌，但他也不必；因為桂格瑞・道齡聽到車子駛近，便大步走出來想幫忙。凱勒跟他說自己剛搬到這附近，想找來得（Rite Aid）連鎖藥妝店卻找不到，當道齡詳盡地告訴他該怎麼走時，凱勒一隻手插進口袋裡，裡面放著那把輪轉手槍。

簡單極了。道齡渾然未覺，一手抓著打開的車窗口，另一隻手誇張地比劃著。掏出槍，指著他，朝胸口開兩槍。車子引擎還在運轉，所以接下來他只要踩下油門，在屍體倒下前，他就已經繞過轉角了。

或者別用槍了，只要抓住那個可憐混蛋的頭髮和襯衫，把他拉進開著的車窗，扭斷他的脖子，然後往外推出去就成了。

艾爾可能會不高興。但工作完成了，他們還能怎麼樣，要他回去再重做一次？

「唔，」桂格瑞・道齡說，直起身子往後退。「如果沒別的事情——」

「您真是幫了大忙，」凱勒告訴他。

他照著指示找到了那家藥妝店，而這類店外頭通常都會有公用電話，他撥了那個號碼。他心想，如果之前他動手，現在工作就已經完成了。好吧，很合理，他現在打電話，如果得到放行的指示，他就回去告訴那傢伙，說他剛剛一定聽漏了什麼，然後再演一次問路的鬧劇，只是這回他會用槍或用雙手完成工作，一勞永逸。

他打了電話。「不，今天不行。」對方告訴他。「明天一早再打來吧。」

次日早上他又打電話去，但得到的訊息還是不行。「明天，」那人告訴他。「明天就確定可以了。事實上，明天早上你根本不必打電話來確認了，好嗎？因為一切都安排好了。明天隨時都行，上午或下午都可以，你可以放手去做你該做的事情。」

「明天一切就都安排好了。」他告訴桃兒。

「也該是時候了。」

「沒錯，我很高興可以回去了。」

「回去睡你自己的床。」

「床是還好啦。老實告訴你，這旅館的床比我家裡的還好。我早該買個新床墊了。」

「我對你的了解真是太不夠了。」

「我想念的，」他說，「是我的電視機。」

「五十吋，高解析度，電漿，平板。我漏掉什麼了嗎？」

「沒有，製造商也沒漏掉任何優點。那電視真是完美。」

「你講那玩意兒講太多，害我都想自己也弄一架來。我可以了解你的感受，凱勒，得將就看汽車旅館的電視機。」

「更慘的是，」他說。「沒有TiVo。」

「這點我就不得不同意你了，」桃兒說。「TiVo改變了我的人生。結果你呢，可憐的寶貝，困在第蒙看那一堆原先可以快速前進的廣告。」

「而且我去洗手間的時候也不能按暫停，或者漏掉什麼也不能倒退，還有——」

「老天在上，趕緊辦完事情回家吧，」她說，「不然我就得告訴艾爾，要多付獎金補貼你的辛勞了。」

他掛了電話，正要走向電視機，然後又停下。他前一天下午在商用電話簿上查閱過郵票商，這會兒又去看了一次，然後打電話給詹姆斯・麥丘，確定他的店今天開門。這回既然知道自己會回汽車旅館，就沒有理由收拾行李帶著了，於是他就只抓了他的史考特郵票目錄和鑷子，走出門去。

這是什麼時候的事情，兩小時前嗎？現在俄亥俄州長死了，他得做點事情，卻不知道該做什麼。如果他收拾好行李帶在身上，也把房間的痕跡擦掉，他就不必回去了。但總之他大概還是得回去，否則他還能去哪兒？

第四章

他到了日日旅店，在停車場裡緩緩繞了一圈，尋找任何警察活動的痕跡，或者看是否有人對這個地方特別感興趣。但整個看起來還是跟往常一樣，於是他把車停在平常的位置上，去他的房間。

進了房裡，他打開電視機。所有頻道都在播報隆佛德州長遇刺的新聞，只有購物頻道和美食頻道除外。凱勒選了CNN，聽著兩個專家預測俄亥俄州大城克利夫蘭發生暴動的可能性。其中一個專家指出，氣候會是影響的一大因素。溼熱天氣會促使暴動的機率增加，那個專家說，而驟冷和下雨則會讓人們比較不願意出門。

這些說法還算有趣，但凱勒困在第蒙市，卻實在沒辦法去關心克利夫蘭的天氣。這兩位專家談到凡人難免一死，凱勒沒轉台，但碰到播出胃潰瘍藥的廣告時，就趕緊按下靜音鍵。

至少這裡的遙控器還有靜音鍵。你不能快轉前進，不能暫停，不能倒退，但至少你可以讓那個該死的玩意兒閉嘴，而他也做到了。

他該收拾行李嗎？

他暫時還不打算離開第蒙市。無論這一切是巧合或是極度凶險的陰謀，他躲起來按兵不動絕對比到處拋頭露面要來得好。他什麼都沒做，連來這裡要做的事情都沒辦，但只要警方在隆佛德遭到槍擊的幾哩外逮到你，發現你用了假造的身分證明，還帶著一把沒登記的手槍，其他就都不重要了。

隆佛德被開了兩槍——電視上播報過，就在克利夫蘭的氣象報告之前，但凱勒當時根本沒聽進去，這會兒才想到。新聞上說，一個不知名的攻擊者揮著手槍在近距離擊發兩次後，逃入人群中——老天在上，怎麼逃得掉？

是一把葛洛克手槍，他心想。葛洛克自動手槍，當初他們給他選，他不要的。他握過的那把手槍。

他還記得那把槍握起來手感很好，也記得自己拿著槍小心翼翼地在手裡翻轉，然後遞還給那個長了耳毛的男子。他很樂意打賭，他們就是用那把槍射殺了州長，上頭還有他的指紋。這就是為什麼他們提供兩把槍讓他選，重要的不是他選中的那把，而是他碰過又退還的那把。

嗯，這麼一來，他可就會死得很難看了。警方唯一要做的，就是逮住他，然後他就完了。他們會拿他的指紋跟那把葛洛克手槍上頭的比對，而他還能說什麼？

我碰過那把槍，但結果我挑了另一把輪轉手槍，因為自動手槍比較容易卡彈，雖然這個顯然沒有。另外我並不想用那把槍射殺州長，我的目標只不過是一個在家裡院子裡拔草的窩囊廢，但我誰都沒射殺，所以這樣有差嗎？

是喔。

如果警方檔案裡有他的指紋，如果他被逮捕過或擔任過公職，如果他所做過那些數不清的事情裡面，有哪個曾讓他在政府單位留下指紋，那他就一點機會都沒有了。但到目前為止，他都設法躲過了按指紋的必要性，所以那把葛洛克手槍上的指紋，暫時還無法讓警方有進一步線索。要是等到他們逮到他，讓他的手指按上印台，到時候一切就完了。

或者是他自己想太多了？他根本不知道兇槍是不是那把葛洛克，也不知道警方是否找到了那把槍。他只知道兇手帶著槍逃走，那麼誰的指紋在上頭就都無所謂了。搞不好實情就是如此。

但不知道為什麼，他就是曉得，就像他不知怎地一直就曉得這是個圈套。或許這就是為什麼幾個月前他去亞伯喀基時那麼焦慮。這個艾爾的事情從一開始就不太對勁。事前預付款項，卻沒有指明要他們做什麼事。這個自稱叫艾爾的人忽然就打電話給桃兒，告訴她說要寄錢過來了，接著又打電話確定她收到了，告訴她說會再聯絡。然後過了幾個月，艾爾又打電話來，派凱勒去新墨西哥州的亞伯喀基。

他必須承認，用這個辦法雇用殺手並不壞。這樣無論是桃兒或辦事的殺手，都不會曉得這個自稱艾爾的人可能會是誰，也完全不曉得任何有關他的事情。所以如果事情出了錯，最後凱勒被關進牢裡，他也無法供出雇主以求獲得減刑。他可以供出桃兒，但其實也沒用，因為桃兒沒法再供出誰來。他們根本對艾爾一無所知。

如果你在計畫一樁極度受矚目的暗殺。你會找一個代罪羔羊，一個替死鬼，這樣日後若有什麼暗殺調查委員會，就可以找到一個合理的解釋。

凱勒從來沒花時間研究過陰謀論，也因此沒理由認為官方解釋是錯的；他覺得奧斯華（Lee Harvey Oswald）完全有可能是在無他人指使的情況下，自行開槍暗殺約翰・甘迺迪總統；而暗殺黑人民權領袖馬丁・路德・金恩博士的詹姆士・厄爾・雷（James Earl Ray）也是一樣的。他不會掏出大錢去跟人打賭真相是如此，但他也不會賭不是如此。兩個兇手似乎都不是刺客型的，但更說不通的刺客是瑟罕・瑟罕（Sirhan Sirhan），這人笨到給自己取的名都跟姓一樣。但他射殺了參議員羅伯・甘迺迪（Robert F. Kennedy）沒錯，因為警方在行兇當場逮到了他。

但是，真相先撇在一邊。如果你要精心策劃一樁暗殺，找個替死鬼就很方便了。而替死鬼的最佳人選，就是以做這類事情為生的。如果你想把謀殺罪名栽贓到某個人頭上，為什麼不乾脆挑個職業殺手？雇他去殺掉某個無足輕重的人，接著算好時間，讓他在預定的地點出現，然後把真正的謀殺，重要的那樁，栽贓到他頭上。但不要真派他去執行這個重要的案子，因為他可能先出賣掉你。這麼一來，等警察逮到他，他什麼也供不出來，因為他什麼也不知道，而他最可能坦白招供的，就是開始抱怨他來第蒙是為了要殺另外一個人。這個目標沒有犯罪背景，也沒人想殺他，他唯一的過錯，就是太熱心照顧他的草坪。

好極了。警方會很喜歡的。耶穌啊，如果真被逮捕了，他很清楚，最好不要想讓警方相信這個說法。或者，其實他現在也還想不出任何說法。

他坐在電視機前面，眼睛看著螢幕，但卻太專注在腦袋的思緒，沒真留意眼前看到的東西。沒有一樣看進眼裡的，直到螢幕上的影像逼著他回過神來。

那是一名男子的照片，但為什麼會秀出來卻不清楚，而且電視機還處於靜音狀態。凱勒不認得這個人，但覺得似乎很眼熟。那是個中年男子，滿頭深色頭髮，感覺上有點鬼鬼祟祟。不是能博取你信賴的那種長相，而且——

他伸出一隻手去抓遙控器。等到他按下靜音鍵時已經太遲了，那張照片沒了，新聞也跟著消失。電視上播起廣告，是凱勒特別討厭的一個，有隻蛾跑出來，以確保那個睡著的女人能安眠八小時。他所認識的任何女人，如果有隻蛾跑去停在她們臉上，她們一定會跳起來尖叫，然後找支掃把追著那隻蛾滿屋子跑。

他尋找著遙控器上的倒退鍵，但這架電視沒有TiVo，所以只能乖乖收看電視播放的。結果他漏看了，但反正這個城市不光是只有CNN一家電視台。他開始轉台，每台看個半秒鐘，從一場長柄曲棍球賽到一個德州撲克錦標賽，從競賽節目《配對遊戲》的重播到一個植髮的資訊式廣告節目，不知不覺間，他就把所有頻道逛了一圈，又回到了CNN，再度看著螢幕上他自己的照片。

鬼鬼祟祟？他對自己的看法就是如此嗎？他看起來只是有點不知所措，好像想搞懂自己那張臉怎麼會上了全國電視，讓全世界都能看到。

現在電視有聲音了，有個人在說話，但他卻聽不進去；他唯一能做的，就是看著自己那張不幸的臉，還有照片底下的文字說明。

兇嫌的臉。那行文字這麼寫道。

第五章

他做的頭一件事，就是打電話給桃兒。他們合作了這麼多年，這幾乎是本能反應了。他拿起手機，按了重撥鍵，然後電話響了四聲之後，轉到語音信箱，他張著嘴巴愣了好一會兒，然後決定留話也沒有意義。他按掉電話，坐在那兒，又看了一會兒電視。

十分鐘後，他進浴室沖澡。

一開始他抗拒這個念頭，覺得只是浪費時間，可是他的時間還能拿來做什麼？只是浪費更多用來瞪著電視並不斷轉台，直到找到一個台宣稱他是無辜的？跳上車趕緊逃走？開到道齡家用他澆水的水管勒死他？他早上沖過澡了，其實現在不需要再來一次，但誰曉得他下次有機會沖澡會是什麼時候？或許接下來他會住在地下鐵的隧道裡，席地而睡，或許他會跳上貨運火車。所以只要可能，他現在最好盡可能保持乾淨。

或者他沖澡是冒險之舉？他流進排水管的頭髮或身上的毛髮，有可能塞在U型管裡，警方的鑑識人員有可能挖出來，取得他的ＤＮＡ。不過之前幾天他已經沖過幾次澡，所以U型管裡大概早就充滿了他的ＤＮＡ了。

一時之間，他還考慮自己打開水管，設法擺脫那些證據，但接著他想到，ＤＮＡ是他最不必操心的事情。警方已經有了他的指紋，所以如果也取得了他的DNA又怎樣？一旦他被逮捕，一旦他落入警方手中，他就完了。DNA根本沒有影響。

他沖完澡出來，站在水槽前刮鬍子。幾個小時前他已經刮過了，實在摸不到什麼鬍碴，但他下次有機會刮鬍子會是什麼時候？而且管他去死，何妨再多留一點DNA在U型管裡？

他穿好衣服，收拾行李。他暫時可能不會去任何地方，要先想好接下來要做什麼、什麼時候做才行，但隨時準備好離開，也不是什麼壞事。

他的旅行箱是黑色的，跟其他每個人一樣，而且上頭有輪子和把手。這個箱子小得可以隨身帶上飛機，輕易塞進頭頂的置物櫃，但現在他都會把行李寄艙，因為任何像郵票鑷子一樣危險、或像髮膠一樣有爆炸可能性的東西，都會讓機場安檢人員抓狂。而要是讓他們看到他的瑞士刀，他們就會打電話召來國民警衛隊了。

早知道自己老是會把旅行箱寄艙，他當初就不會挑黑色的了。他覺得出現在迴轉輸送帶上頭的那些旅行箱，好像四個裡面就會有三個跟他的差不多，而且他往往會嫉妒偶爾出現那幾個顏色鮮豔的。為了讓自己找旅行箱容易一點，他買了個橘紅色的小玩意兒圈在把手上，也的確有幫助。桃兒跟他保證過，那小玩意兒還有另一個功能，讓別人不會誤拿他的箱子。

桃兒。他拿起手機，猶豫著，然後按了重撥鍵。鈴響四聲後，又轉到語音信箱。一個電腦化的聲音要他留言。他再度決定算了，正要掛斷電話時，才發現手機螢幕上有個小圖標，表示他自己收到了一則語音留言。他還花了好一會兒，才想出該怎麼操作，然後聽了那個留言。

「您有一個留言，」一個錄製的聲音告訴他。「第一個留言。」

第一個，也是唯一一個，他心想。

然後一開始是一片寂靜，大概有十秒或十五秒，讓他納悶到底有沒有留言。接下來是一個電腦發出的聲音，完全沒有抑揚頓挫，跟科幻電影裡面的聲音一樣，一次只發出一個字：

「丟、掉、手、機。重、複。丟、掉、那、個、該、死、的、手、機。」

他瞪著手機，像是瞪著一隻會說話的狗。那是桃兒，只可能是桃兒。沒有別人知道他的手機號碼，何況還有誰會重複講一次，還在第二次加入該死的這個字眼？但桃兒怎麼有辦法把自己變成機器人？

然後他想起來了。她有回在自己的電腦上發現一個很有趣的小功能。把一段文字反白標示起來，按某個鍵之類的，電腦就會唸出那些字。就、像、機、器、人、講、話。

聲紋，他心想。她要防的是這個。要避免聲紋被鑑識出來，可以用氣音講話，或至少以前向來是這樣的。但誰曉得現在的鑑識技術厲害到什麼程度？

他又打了一次電話到語言信箱，聽了留言，這回語音信箱的女性聲音告訴他，可以選擇重複或儲存或刪除這個留言，他選了刪除。「留言已刪除，」那個聲音告訴他，而手機螢幕上那個小小的語音留言圖標也消失了。

丟掉手機。丟掉那個該死的手機。

怎麼丟？扔掉就好嗎？

如果被別人找到了，而且如果聯邦調查局的技術人員仔細研究這支手機，誰曉得他們會發現什麼？他們會查出他撥過的電話號碼，以及撥出的時間。他們無法復原通話內容，至少他不曉得有這個可能，但何必冒這種險呢？

一顆子彈就可以把這手機永遠毀掉，但槍聲可能會引來不必要的注意，何況他只有四顆子彈，開槍至少就會浪費掉一顆了。當初真該接受毛耳朵先生所提供的額外一盒子彈，但當時他以為只要殺掉一個人就好了。他從沒想到自己到頭來會落得跑路的下場。

他卸下槍膛裡的四顆子彈，拿在手裡掂掂重量後，輕輕放在床上。輪轉手槍是很單純的武器，不會因為槍托撞到就走火。但今天發生的怪事已經夠多了，他可不想冒險再讓另一樁發生。他把卸下子彈的輪轉手槍和那個靠不住的手機拿進浴室，用毛巾包住手機，放在地上，然後用槍托把手機敲碎。

他打開毛巾，看著那些碎片，幾分鐘前這還是一個機密且管用的機器。現在這手機不再對他構成威脅了，不可能讓人藉此追查到他，或是追查到桃兒位於紐約州白原鎮的房子。

同時，這支手機原本是他的救生索，能聯繫到世上唯一能夠、或可能願意幫他的人。但現在再也不是了。好吧，桃兒現在幫不了他。沒人能幫他了。

他只能靠自己了。

第六章

敲門聲響起時，他已經準備好了。披薩和可口可樂總共十二元加零頭，他手裡拿著一張十元和一張五元。「留在門外頭就好，」他告訴那個外送人員。「我們現在，呃，暫時不太方便。來，這裡是十五元，不必找了。」

他把鈔票從門下方的縫隙塞出去，看著錢消失。門上有個窺視孔，他看到那個外送人員直起身子，猶豫了好久，然後離開了。凱勒又等了兩分鐘，才打開門拿食物。

他不餓，但他還是逼著自己吃了，就像他之前逼自己去沖澡和刮鬍子，都是基於同樣的理由，誰曉得他下回再有機會吃東西，會是什麼時候呢？他的臉出現在全美國的每個電視螢幕上，等報紙印出來後，上頭也會有。照片跟他本人並不那麼像，而且他有幸生了一張大眾臉，沒有什麼顯眼的特徵。但是當幾億人成天都看到那張照片，那麼其中有個人認出他，也是理所當然的。

所以比方說，如果他跑去丹尼氏餐廳，享受一客牛堡起司三明治，那可就不太聰明了。

不，他只能吃外送的食物，直到他搬出可以讓店家外送食物的地方為止。日日旅店裡唯一見過他臉的人，就是他登記時在櫃台值班的職員，當時簡短又匆忙，他不太相信那名職員會有什麼印象。櫃台職員每天都見過幾百人，卻很少認真看。他這趟旅行也只見到過一名櫃台職員，這會兒已經完全記不得她長什麼樣子，所以她不也應該完全忘了他嗎？

另一方面，如果成天讓他看那名職員的照片，一次又一次。要多久他才會覺得奇怪她有點眼熟？他要花多久時間才會想起她是誰？

他吃了點披薩，喝掉半瓶可樂。那四顆子彈還是放在他床上原來擺的地方，他走過去拿起來，裝回手槍上。撞針前的那個膛室空著。他把手槍放進口袋試試，接著又插進長褲的腰帶內，然後放進了旅行箱。如果他急著要用呢？他打算怎麼辦，打開箱子緊急拔槍？他把槍從旅行箱裡拿出來，又插回了腰帶內。

他不想看電視，但是不然還能做什麼？何況不看電視的話，他怎麼知道什麼時候該趕緊跑路？電視上一直播出他的照片，他開始研究那張照片，不再是研究自己的臉部表情特徵或跟本人有多像，而是想搞清這照片是在什麼時候、什麼地點拍下的。不是過去這一個星期，也不是在第蒙這裡，因為照片裡他穿了一件卡其府綢的防風夾克，這回他根本沒帶來，而是挑了一件海軍藍的獵裝。他認得那件防風夾克是兩年前從服裝郵購商Lands' End的目錄裡挑的，雖然這夾克沒什麼不好，但他不常穿。

亞伯喀基，他心想。他曾穿去亞伯喀基。

他在亞伯喀基時，也穿著那件橙褐色的馬球衫嗎？照片裡他似乎穿了，不過顏色有點不太確定。那回他去亞伯喀基幫艾爾辦另外一件案子，把一個叫華倫・賀格曼的男子迅速從這個世界除掉，送到下一個世界，那回他穿了這件馬球衫嗎？

或許穿了，或許沒穿。這種事情他不會記得。但他很確定當時自己穿了那件防風夾克到亞伯喀基，而且就穿著去按賀格曼家的電鈴，把賀格曼做掉，因為他根本沒有時間打開行李換衣服。他用三個不同的名字在三個不同的旅館登記入住，但從來沒把行李留在任何一個房間裡，甚至根本沒打開行李，就又回紐約了。

所以當時他們就在給他設圈套了。拍下他的照片，如果他給他們的時間多一點，他們大概還能拍到更多張照片，但他很快去了又回，所以他們只拍到那張。

而且他們設法把照片交給警方了。他們用的說法是什麼？「我看到這個人跑掉了，然後他停下來轉身，我就拍下他這張照片。」聽起來可能不是很合理，但照片就是照片，可以交給媒體到處登，人人看得到，或許就因此可以有進一步發展。

那些王八蛋知道他的名字嗎？他們不可能從桃兒那邊打聽到，他也想不出他們還能有什麼其他辦法查出來。如果他在亞伯喀基那回慢慢來的話，或許情況就不同了，他們或許可以去搜他的旅館房間，甚至有可能跟蹤他回紐約。他之前飛亞伯喀基是在達拉斯轉機，但回紐約則繞了遠路，到洛杉磯轉機，一路上似乎沒有人跟蹤他。

如果他們不知道他的名字，也不知道他住在哪裡——

但接下來，電視又吸引了他的注意力，他發現他們——警方，而不是艾爾和他長耳毛的同黨——又比幾分鐘之前得知更多資訊了。

照片底下打出了姓名。

「黎若伊．芒綽司，」那名主播說。螢幕上秀出他的照片，接著切到月桂旅店的內部畫面，然後是二〇四號房的畫面，裡頭有一組鑑識人員看起來正在努力工作，蒐集地毯上的東西，好追蹤狡猾的芒綽司先生。

搭配著這個蒐證畫面，一個鏡頭外的聲音說，一名月桂旅店的職員認出了那張照片是幾天前曾入住的客人——照凱勒來看，這是個很巧妙的騙局，因為他根本從來沒去登記入住，連經過櫃台都沒有過。當初他是直接從後頭的停車場，走外頭的樓梯去他的房間，離開時也是一樣。他從來沒經過櫃台旁的通道，沒取回兩百元的押金。他在那個旅館停留的期間，從沒見過任何員工，也沒被任何人看見過。

但任何人都可以打電話去爆料。任何人都可以宣稱自己是記憶力很好的某旅館員工。凱勒覺得，這個線索唯一的可取之處，就是根本不會讓警方有進一步的線索。他們不會在二〇四號房發現他的指紋，或他的ＤＮＡ，或他的任何東西，除了他留在床墊底下的那個手機之外，而搞不好警方根本不會發現那個手機。就算發現了，那又怎樣？他從沒用過那個手機，又把上頭的指紋擦掉了，所以那個手機能讓警方追查到哪裡？

對街，他心想。

對街的丹尼氏餐廳，他曾坐在一張燈光明亮的桌前吃那個愚蠢的三明治和炸薯條。如果他在那邊用了信用卡，警方辦案就會更容易一點，但他當時是付現金，然後他做了什麼？

他用餐廳裡的公用電話叫了計程車，接著在餐廳裡等到車子來了才出去。然後他上車，叫司機載他去機場。

到了現在，警方應該正在仔細查訪月桂旅店附近的商店和餐廳。到了現在，或者要不了幾分鐘，他們就會把他的照片拿給丹尼氏餐廳的那個女侍和收銀員看過，某個人會認出來，某個人會記得他叫了輛計程車。他們會去查所有計程車行——老天在上，他們就是政府，包括州警局和市警局和聯邦調查局——他們會找到那個司機，知道他去了機場，他們會找到租車公司的櫃台，如果他們一查再查，就會查到他用的那張信用卡和駕照，接著他們就不會再認真去找黎若伊・芒綽司，轉而賣力追查起荷登・布藍肯緒普。然後電視螢幕上會開始重複出現這個名字，收音機裡也會大力播送，而警方會拿著這個名字，問遍第蒙市大都會區各個汽車旅館的職員。

警方要多久會追到他這家日日旅店？會來踢開他的門？

等到他們來了，他最好是已經離開了。

但是該去哪裡？

第七章

隔著兩排車，一名三十來歲的男子從越野休旅車裡鑽出來，用遙控器鎖上車，兩手插進防風夾克的口袋，穿過柏油路地面，走向購物中心的入口之一。凱勒覺得他看起來並沒有賊相，應該是因為沒有什麼事情會讓他覺得要鬼鬼祟祟。他比凱勒年輕，肚子比凱勒大一點，棒球帽底下的頭髮比較長也比較淡。照凱勒來看，他們唯一的相似之處，就是都穿著防風夾克。

凱勒看著他走進購物中心不見了。接著又去觀察別人，先是一個推著購物車的女人，然後是一個小鬼，他的工作就是在停車場裡面逛，把顧客留下的空購物車收回去。

凱勒很好奇這種工作的酬勞如何。他猜想是最低薪資吧。這種工作賺的錢並不多，又沒什麼名望，也不會有晉升的機會。不過其中還是有好處。你最後落得的下場，不太可能是自己的照片登上全國電視網，同時全世界每個警察都在追捕你。

或許這是他的錯，多年前他就挑錯了行業。或許當初他該選個收集購物車的工作，而不是走上眼前這一行，在全國各地跑來跑去殺人。

他實在不該開著車到處亂逛。這輛日產Sentra車的油箱還剩半滿多一點。他不確定油箱容量，也不曉得耗油量如何，但他估計還剩十加侖的汽油，以每加侖可以行駛二十哩來計算，那麼剩下的汽油大約還可以讓他開兩百哩。

他在薄暮時分離開了日日旅店的房間，從房間到車上的那段路，他真巴不得天色更暗一些。他一路都沒碰到人，但還是覺得自己顯眼得不得了，而且他很確定自己看起來至少跟照片上一樣賊相，因為他現在有太多事情應該鬼鬼祟祟了。他設法不要讓這種感覺顯露在他的步伐或儀態上，也許是真的有用，也可能是根本沒人在看他，但他安全走到車邊，上了車，離開那裡。

他沒離開很遠，直接來到了這個大型購物中心，挑了一個避開主要車流又不會太孤立顯眼的停車位。他的旅行箱放在後行李廂，槍插在他的皮帶內，抵著後腰。披薩盒放在他旁邊的乘客座，裡面還有三片吃剩的，跟披薩一起送來的可樂杯也放在那兒，他已經沖洗過，現在裡頭裝著手機的碎片。他可以把碎片丟在旅館房間裡，但最後還是決定寧可讓那裡保持得像他住進去時一樣空蕩。而且何必留下任何東西，讓警方有得追查呢？

如果他去購物中心裡逛一圈，就可以達到很多目的。戴假髮或黏上假鬍子看起來會很可笑（雖然大概不會比他幾年前留的鬍子看起來可笑太多），但應該可以稍微改變一下外貌，免得招來注意。

一副眼鏡應該有幫助。他不需要戴眼鏡，連閱讀時都不用，不過他覺得再過兩年就會需要了。

如果他能活到兩年後的話——

不，他心想，努力把這個想法驅走。他不需要戴眼鏡，連閱讀時都不用，但他家裡有一副閱讀用的眼鏡，是在長時間整理郵票收藏時戴的。不是遠視也不是近視眼鏡，而是稍微把字體放大一點而已。除了在書桌前，他都沒必要戴，但他戴著時不會頭暈，而且他也戴著眼鏡照過鏡子。眼鏡會改變他的整個臉型，同時也改變了給人的感覺。眼鏡應該要讓你看起來有書卷氣，在他身上應該也是如此，但除此之外，眼鏡還讓你看起來比較沒有威脅性。

如果他現在有那副眼鏡就好了，他心想，因為他正需要看起來比較沒有威脅性。任何藥房都能買到眼鏡，有各式各樣的功能，但買眼鏡就一定會讓人看到臉，這正是他眼前想避免的。

他不敢去藥房買閱讀用的眼鏡（或太陽眼鏡，它會更大幅改變一個人的外貌，但也有缺點，尤其太陽下山後，戴著太陽眼鏡看起來就像是想遮掩什麼），同時藥房裡還會有染髮劑和理髮剪。把頭髮剪短可以讓自己看起來比較不像照片，染髮也一樣。兩者都需要技巧，他可絕對不希望最後剪得像狗啃似的，招來注意，或者頂著一頭擺明就是染出來的頭髮。最好等到他摸清楚如何剪髮和染髮再說，在此期間，找頂帽子來戴應該會有所幫助。

找頂帽子能有多難？沒賣棒球帽的商店可能比有賣的還難找。到處都在賣帽子，有各式各樣顏色，有各式各樣的商標圖案——球隊的、牽引機廠商的、啤酒品牌的，一般人全都可以自豪地秀出他所擁戴的目標。剛剛那個穿著防風夾克、看起來沒有賊相的男子就戴著一頂帽子，凱勒很想知道自己戴上了帽子看起來是否也比較沒賊相。戴著棒球帽會讓你看起來像普通人，跟其他人沒兩樣。

他望著車窗外，有個男子戴著棒球帽，然後又看到另一個。

或許答案就是這個。守在這裡，等著哪個戴棒球帽的活寶回到車上，因為之前在「蘋果蜂」連鎖餐廳裡吃得太撐而遲鈍又昏頭。朝他頭上敲一記（但是不能太重，免得他流血染髒了那頂帽子），搶走他頭上的帽子，目的就達成了。

老天，他真淪落到這個地步嗎？通常他會去攻擊的人，腦袋標價都是五位數字或六位數字的。但這傢伙腦袋上有的只是一頂棒球帽，帽子的標價是三位數字，其中兩個數字還是在小數點後面。

好吧，如果真要做，他就乾脆來個一石二鳥，挑個戴帽子也戴眼鏡的。而且最好是太陽眼鏡，否則眼鏡有度數的話，他戴上就會頭暈了。

敲那傢伙腦袋，搶走棒球帽，抓下太陽眼鏡——然後搜他的口袋，因為任何有錢到買得起棒球帽和墨鏡的人，大概口袋裡也會有個十五或二十塊錢之類的，而凱勒現在什麼都缺，錢也快花光了。

但他沒去找戴著棒球帽和太陽眼鏡的人，而是留在車子裡聽電台的廣播。

他轉到第蒙當地的調幅電台ＷＨＯ，這個電台號稱是提供「綜合了新聞報導和傳統優良美式談話節目的良好均衡」。根據產品標示法，你應該按照所佔的比例大小，依序列出產品成分。如果ＷＨＯ遵守這些法律，就必須自稱是「綜合了廣告、新聞報導、傳統優良等等的良好均衡」。而且聽眾有權質疑「良好均衡」這個字眼。

凱勒已經明白，廣播節目的麻煩是，你不能按靜音。播放廣告時你可以關掉，但接下來你怎麼知道什麼時候該打開？根本沒辦法。你最多只能在廣告時間把音量調小，等廣告播完再把音量調大，但這樣實在麻煩得不值得，尤其是按照實際狀況看來，廣告是一個接一個，播個沒完沒了。

不過在廣告之間的節目，倒是相當有趣。新聞報導幾乎完全集中在約翰・泰頓・隆佛德州長遇刺身亡，以及緊接著對黎若伊・芒綽司、又名荷登・布藍肯緒普的追捕。

而且談話節目也是如此，這也不算太意外。大部分叩應的聽眾都要談這個話題，而少數不想談的則會得到主持人的簡短道歉，因為主持人遠遠更有興趣的是槍擊案的衍生後果。他的叩應聽眾對於這個主題有各式各樣觀點；儘管沒有人打進來說隆佛德因此永遠退出了競逐總統的行列，但顯然有些人是這麼想，就像有些人認為他跟金恩博士和甘迺迪兄弟一樣，都是悲劇的受害者，但也沒叩應進去。

同時，就像以前的暗殺事件一樣，陰謀論者已經在磨刀霍霍。他們很快就聲稱，芒綽司／布藍肯緒普跟隆佛德州長一樣是受害者，他只是不幸剛好在現場，轉移了注意力，但其實真兇另有其人。幾個持此立場的叩應聽眾都同意這點，不過他們對真相的看法卻各有歧異。對於策劃這樁謀殺案的幕後主使者是誰，每個聽眾都歸咎於不同的陰謀集團。有個女人扯到了某些女孩因為有「那個可疑的防癌病毒」而被強制接種疫苗，認為整件暗殺都與此有關；另一個女人則認為行刺州長是整個支持墮胎權運動的一部分。一名有老煙槍那種沙啞嗓音的男子堅信，使用手槍感覺上是刻意要敗壞「全國步槍協會」的名聲，等到他講完，凱勒才警覺地意識到自己竟然贊同地跟著點頭。

有人認為不是他幹的，這點幾乎讓他覺得安慰，不過這幾個人往往都說他是「可憐的笨蛋」和「不幸的低能兒」，害他一點也興奮不起來。讓他有點心煩的是，他簡直不想跟他們站在同一方，因為他們每個講話聽起來都絕對是瘋了。

至於真正的新聞報導，聽起來就沒那麼有撫慰效果了。凱勒之前心中猜測的追查路線，警方沒花多久就追到了，從月桂旅店到丹尼氏餐廳，再到計程車和機場，以及赫茲租車公司的櫃台，於是他開始期望他們會趕緊追到日日旅店，在那邊花很多時間。

因為現在警方已經知道他開的是什麼樣的車，也知道上頭的牌照號碼，所以他開車或停車都無關緊要。警方早晚會找到他，而且八成會很快。

他不能就這麼丟下這輛Sentra。他需要一輛車，也不能再租一輛來取代。他大概可以偷一輛，很久以前他就學會了挑開車子的門鎖，以及用接線點火將車子發動。這些年輕時期學會的技巧就像游泳和騎腳踏車一樣。一旦學會了，就永遠不會忘記。

因此比方說，他要偷一輛一九八〇年款的雪佛蘭車，就不會有問題。他的瑞士刀還足以對付這款老車。但打從他學會偷車至今，汽車已經改變很多了，車上現在都裝了電腦，有各種安全裝置，如果感應到有什麼不對勁，就可以鎖住方向盤。那他要怎麼辦，去找輛古董車來偷嗎？

他知道自己有辦法偷的那種車，大概開個兩百哩就會故障了。即使沒故障，也實在很顯眼。

這是他眼前這輛車的一大優點——外型非常平凡，而且至少在第蒙市普遍得像泥土似的。他開著車四處跑，發現好像十輛車裡面就有一輛跟他是同廠牌同款的，而且其中很大一部分似乎跟他的顏色一樣，是一種介於米色和鐵灰之間的混色。他不曉得車廠如何為這種顏色取名，但猜想應該是某種抽象辭彙，比方「海上微風」或「堅毅」，聽起來感覺不錯，不會太局限。不論你怎麼稱呼，日產車商這一年賣的同款車裡有一半就是這顏色，而且顯然在愛荷華州有不少車主。

事實上——

隔壁排前頭有輛車，不就跟他這輛是同款同色的嗎？在這個燈光下很難辨認，但那絕對是輛Sentra，顏色看來也沒錯。這是個機會嗎？感覺上肯定是個機會。他可以留下這輛，開走那輛，只要他能撬開車門鎖、接線點火。或者甚至更好，他可以乾脆——

他可以乾脆忘了整件事，因為正當他看著那輛車時，車燈閃了一下。有一剎那，他以為那輛車子在對他眨眼，想博取他的注意；但他隨即明白，那只是因為車主剛剛用遙控器打開了車門鎖。他看著那名女車主把買來的東西裝進後行李廂，然後開了駕駛座旁的車門，坐了進去。

如果他先去弄走了車子，如果他把自己的車跟那輛掉換，對自己也不會有任何好處。她回來取車時，立刻就會明白自己的車子搞丟，然後警方馬上就會知道他新的車牌號碼。而且可能還不止，說不定她那輛車上有衛星定位系統。

啊，要命，那他自己開的這輛車會有嗎？

如果租車公司在車上放了追蹤裝置，以防萬一車子遺失，也是很理所當然的。他不曉得到底有沒有，但他知道有些長途的卡車運輸公司會在車上裝這種玩意兒，免得偶爾會有嗑多了安非他命發神經的司機，從阿肯色州的小岩城開到奧克拉荷馬州的陶薩市途中，忽然決定他們要去舊金山樂一樂。

他真的得做點事情，一定要趕快。而且最好不是那種解決了舊危機、卻製造出新危機的。

他關掉收音機——它只會讓人更難以專心——然後咬了口披薩，真希望有可樂可以配。

然後他想到主意了。他逼自己坐定，逼自己嚼著披薩吞下去，逼自己等一下，先想清楚好確定這個辦法很穩當。然後，他判斷這個主意沒有什麼問題，就轉了啟動器上的鑰匙，開車上路。

第八章

第三次應該就會走運了。

他判定，如果想要找輛車，而且是那種沒人會很快回來取車的地方，就是第蒙國際機場的長期停車場。同時這裡也是他所能想到的最佳棄車地點；不論誰發現了這輛車，都會猜想他設法溜過了警方的天羅地網，搭上飛機離開了。

而且在這個時段，很適合開著車在長期停車場裡打轉。機場裡還有飛機起降，所以停車場裡面還有其他人車活動，免得他一個人在裡頭會招來疑心。但尖峰時間已過，所以他挑上的車，就比較不會碰上車主剛好回來取車。

他想找的，是跟他同樣的車款。他不必發動那輛車子，因為他並不打算開走，只是要進車裡而已。他用小刀大概可以把車子鎖挑開；如果挑不開，也可以打破車窗。但或許還有更好的辦法。

他開著車駛近一輛又一輛停妥的日產Sentra車，把他的遙控器對準車子的尾端，按下後行李廂開鎖鈕。結果試了三次都沒成功。他不認為每輛日產Sentra都會對同樣的遙控器有反應，但因為遙控器的頻率有限，所以他只要多試幾輛，應該早晚就會交上好運。

只不過他的時間不多。最後就算他時間沒用光，停車場裡的Sentra也會試光。再一輛吧，他告訴自己，希望第四次能交上好運，然後駛近第四輛車，停下，把鑰匙從啟動器裡拔出來，又插回去，好把車窗打開，接著又拔出鑰匙——一般人都會想到要先搖下車窗，或者前一次試過就不搖上的，不是嗎？——將遙控器對準另一輛車的後行李廂，按下開鎖鈕不鬆手，因為後行李廂不會立刻打開，你得對準後行李廂按住鈕幾秒鐘，可是反正也沒差，因為根本不會有用……

但這次有用了。

現在他得趕快行動。首先就是打開他自己的後行李廂（去按車內儀表板上的鈕，免得操作遙控器很浪費時間）。新的那輛Sentra的後行李廂裡面塞得半滿，他沒留意裡頭是些什麼，就開始把所有東西搬進他那輛車子的後行李廂，和他原來的黑色旅行箱作伴，只有備胎沒搬。

他用一塊破布擦一下清空的後行李廂，然後關上兩輛車的後行李廂，用遙控器打開車門。遙控器既然可以打開後行李廂，所以看到車門也打開時，他並不感到意外，但他還是鬆了一口氣，因為他簡直不敢再期望能有什麼事不出錯了。

他清空了置物匣，擦了一下，然後把原先在自己車上的赫茲租車公司資料夾和汽車操作手冊放進去。新車的車門儲物袋裡有地圖，一份是愛荷華州，另一份比較想不到的是奧瑞岡州的，他拿了兩份地圖，另外還拿了車子地板上兩張沒中獎的樂透彩券，以及後座上的一張超市收據。把車內清空之後，他把自己有可能留下指紋的表面擦乾淨，不是要擦掉自己的——他已經很小心沒留下任何指紋——而是要除掉車主所留下比較明顯的痕跡。

他進入這個長期停車場時，領到了一張停車券，當時他塞在胸部口袋裡。但另一輛Sentra的車主則是夾在遮陽板底下，以防自己搞丟。凱勒原先根本沒多想，當場就把兩張停車券掉換。

但他付得起嗎？如果他用自己的停車券離開，只要付最低費用兩元就行。但要是另一個傢伙把車子停在這裡一兩個星期了，停車費可能就會耗掉他所剩不多的現金了。

他檢查了一下，停車券上蓋了時間和日期的戳印。結果停車時間還不到二十四小時，所以頂多只要再多付五元，應該值得。他原來的停車券還是夾在遮陽板下，新的則放進自己口袋裡。

然後他又在新車裡加入了幾樣自己的東西。披薩盒（剩下的兩片他取出來，放在自己車上的乘客座，因為他的下一頓還沒有著落）放在乘客座上。手機的碎片則放在後行李廂內。他想像著一堆聯邦調查局的男女探員累半死把手機拚合起來的畫面，心中一股惡意的滿足感油然而生。原先裝著手機碎片的空可樂杯，則扔在後座的地板上。

還剩什麼呢？

唔，他還沒抽出時間來做最重要的事情。但這兩輛車原先停靠得不夠近；要進行下一個步驟前，他最好把自己的車挪得近一點。他發動車子，找了個地方停好，用他的瑞士刀拆掉前後的車牌，剛好有一輛車經過，他連忙蹲在陰影裡，然後他拿著兩塊車牌到另一輛車那邊。他掉換了車牌，回到自己那輛車，把新車牌裝上，然後上車開走，一邊想著自己是不是忘了什麼。一件都想不出來。

這招行得通嗎？

唔，他覺得似乎值得試試看。總之可以拖延一下。他離開那個長期停車場之時，就不再置身於一輛警方有興趣的車子了。好吧，警方對車子本身還是會有興趣，他開的還是同一輛車，但警方不會曉得，因為上頭已經裝上了不同的車牌。

他可以跟任何一輛車掉換車牌。不必是跟自己同一個車廠或車款，也不必是停在機場停車場裡的車。但隨便掉換的話，一旦車主發現車牌不一樣，或是車子被交通警察攔下，這招就保護不了他了。只要這樣的情況發生，警方就會改找新的車牌號碼，他就又得設法躲開警察了。

但如果眼前這招奏效，他就會有一些喘息的空間。因為他不光是提供了警方舊車牌，還提供了一整輛車讓他們忙。他們會發現那輛車，置物匣裡放著他的租車文件。他們會發現那個砸碎的手機，八成還會從那個披薩盒上採到指紋，於是他們會得到什麼結論？認為他換了車？認為他掉換了車牌、但還是開著原來的車？

不，警方幾乎一定會假設：他到機場是因為要搭飛機。而且他們一定會辛苦查半天，難以確定他並沒有設法通過安全檢查而上了飛機。

最後，當然，那輛Sentra的真正車主會回來取車。但他找不到車子，因為早就被警方拖走了，而且很可能把整輛車拆得只剩底盤，要拚湊回去的難度大概就跟拚湊那支手機一樣。

所以這位車主會怎麼做？找遍整個停車場之後，很可能咒罵個不停，他會怎麼辦？

他最可能做的，就是報警說車子失竊。然後警方會把這輛車加入全國失竊車輛名單，但名單上還有其他幾千輛。這表示全國各地的警察都會找這輛車，但不表示他們會找得很認真。如果他出了車禍，如果他因為超速被攔下，警察就會連線輸入他的車牌號碼，查出是被竊車輛。但如果他不超速、規規矩矩開車，沒有人會多看他第二眼。

不過他倒是不如早些指點警方，去找到那輛Sentra。車主大概要至少一兩天後才會回來，但這不是他想指點警方的唯一理由。一旦警方找到這輛車，隨之把追查重點轉入機場航廈，他們就會通報各方停止找這輛車，以及所有的日產Sentra，包括他在開的這輛，這樣他就比較不會引來不必要的注意。

所以他該打電話報警嗎？

警方的九一一專線都會秀出來電者電話號碼，也就立刻會曉得他是從哪個公用電話打的。如果警方巡邏車趕過來想追問，他也早就走了。但有沒有更好的辦法呢？

這個電台有個免付費號碼，之前他在廣播裡已經反覆聽過幾百次，因此都背得起來了。他來到一條購物街，夜裡店家全都關了，然後在角落挑了個公用電話。一個典型廣播員的男性嗓音接了電話說，「WHO，中部愛荷華的新聞領袖與意見領袖，這裡是節目現場。」凱勒吸了口氣說，「嘿，那輛大家都在找的車，如果我通報的話有賞金嗎？因為我剛剛在機場外頭看到那輛車了。」

「你應該把廣播頻道固定在七四〇的，」那傢伙說。「警方已經找到了那輛車，我們整整五分鐘前就播出過了。老兄，你錯過啦。」

他說，「所以我拿得到錢嗎？」電話被掛斷前，他聽到一陣短暫的爆笑聲。

「我猜想那就是拿不到了，」他對著電話說出聲。然後回到車上開走了。

第九章

那一刻他在作夢，是糾纏他一生、偶爾就要作一次那個老夢的某種變奏版，夢中他當眾裸體。這個夢不難解析，多年前他在一場自我探索的失敗實驗中，和他的心理諮商師最早探討的事情之一，就是這個夢。但他依然偶爾會作這個夢，而且多年來累積的熟識之感，已經把這個夢的許多新鮮感磨平，*唉，你又來了*，他心想，然後又沉入那個夢境中。

這回那個夢嘎然而止，他也忽然醒來，不太記得那個夢，也沒有其他證據可以顯示他睡著過。他坐在車子的駕駛座，依然閉著眼睛，想弄清自己的處境。他有種可怕的感覺，覺得他的車子被一群男子團團包圍，他們持槍指著車子，只等他睜開眼睛。但只要他假裝睡著了，他們就會繼續等，於是他坐在那兒閉著眼睛，保持規律的淺淺呼吸。

他睜開眼睛，車子附近沒有任何人。他記得之前自己駛離道路，開進了這片狹長的空地停下。此時一輛載貨小卡車斜斜停在六輛車身之外，引擎空轉著；另外還有一輛大大的休旅車在空地的另一端。除此之外，整個地方一片空蕩。

他在三十號國道旁的一個休息區裡，位於愛荷華州東部大城雪松灘市以西。之前他走八十號州際公路離開第蒙市，然後決定他最好離州際公路遠一點，至少要等到他離開愛荷華州再說。地圖上有一條往東北方到馬歇爾城的公路，看起來很不錯，於是他沿著這條路一直開到接上了三十號國道，然後轉東朝雪松灘開去。到了雪松灘，他有幾條路線可以選擇——往東北到杜比克，然後過密西西比河進入威斯康辛州南部，或者繼續沿著三十號國道往東到克林登，進入伊利諾州，或者另一條路的角度介於兩者之間。他覺得選哪條路都沒什麼差別，只想盡快離開愛荷華州，進入伊利諾州或威斯康辛州。而且看起來，他在愛荷華州不必停下來加油。

但他沒算到的是疲勞。當時並不是太晚，那天早上他也沒太早起，但他所承受的壓力顯然已經讓他付出代價，離雪松灘還有好一段距離時，他就開始打呵欠，覺得自己無法專心。他試圖甩掉倦意，考慮找個地方停下來喝杯咖啡，但他原先的計畫就是只有必要時才停下來，盡可能避免讓人看到。此外，他知道喝咖啡也沒用。此時他的身體最不需要的就是刺激；他真正迫切需要的，就是停工休息一會兒。

所以他碰上的這個休息區，真是天賜禮物。外頭一個牌子標示說凌晨兩點到五點關閉，違反者將被告發。他聽說過這類規定，是為了要防止妓女在這個區域聚集，用業餘無線電跟過往卡車司機拉客。凱勒無法想像那些妓女或卡車司機怎麼會不顧一切到這個地步，也想不透這關其他人什麼事。但他猜想，一個尋常汽車駕駛在這邊閉上眼睛兩個鐘頭，應該不會有人來煩他；而從休息區另一頭的那輛拖車、以及位於中央處的那兩輛汽車看來，顯示他不是唯一這麼想的人。所以他找了個遠離其他車子的位置停下車，關掉引擎並鎖上車門，然後閉上眼睛，猜想休息個二、三十分鐘，他就會恢復精神了。

他休息時沒費事去看時間，但最晚也就是一、兩點了，現在醒來時剛過五點，所以總共是睡了三、四個鐘頭。他浪費不起這麼多時間，但另一方面，這次休息顯然是他需要的。現在他可以再上路了。

他看了地圖，決定他最好還是沿著三十號國道開。這是最直接的路線。稍早，他覺得杜比克還不錯，因為至少他聽過這個地方，而克林登就不是如此了。現在，在白晝的冷光中——或者再過一個小時太陽出來後，就會有冷光了——他明白最重要的，就是趕緊越過州界，而不是非得經過一個他聽過的城市。（何況他聽說過的杜比克也沒有任何迷人之處。事實上，他唯一記得杜比克的，就是他小時候看過《紐約客》雜誌用的一個廣告標語。**不是編給杜比克的老女士看的**，廣告上如此誇耀，讓那個雜誌感覺上非常精緻有品味，但無疑會讓許多杜比克人和老女士都非常不爽。）

你再繼續掰嘛，他心裡想，只不過他想像中是桃兒的聲音在說這句話。現在他真希望能聽到她的聲音，說這句話或幾乎任何話都行。她是他唯一真正交談過的人。倒不是說他完全沒跟別人講過話，他會跟他公寓的門房聊幾句，跟萊辛頓大道上那家咖啡店的女侍鬥嘴，跟報攤老闆聊聊天氣，或跟他在健身房或酒吧或等電梯時碰到的人討論棒球的大都會隊和洋基隊、籃球的籃網隊和尼克隊、美式足球的巨人隊和噴射機隊的運氣——看是哪種球季而定。

但除了桃兒之外，他其實沒真正認識誰，也不讓其他任何人認識他。他很少超過兩天沒跟她講話。現在他卻不能打電話給她。

唔，事實上，他也不能打電話給別人。但她是他想打卻不能打的對象，這點讓他覺得心煩。

然後他腦袋裡想起她的聲音。這並不怪異，也不是什麼神祕的鬼神造訪，只不過是他的腦子在假裝桃兒，說出自己認為桃兒會告訴他的事。**你把那些鬼玩意兒從一個後行李廂全搬到另一個後行李廂，差點都要搬得椎間盤突出了。你不認為你至少該看看你搬了些什麼來嗎？**

不管這主意是桃兒的還是他的，反正都很有道理，現在正是去檢視後行李廂的最佳時機，因為附近不會有人對他、或他在做什麼事有興趣。他打開後行李廂，拿出一個他原封不動搬過來、從沒檢查過的紙箱。這會兒他翻了翻裡頭，發現如果自己要一路開到海邊，裡頭的東西或許用得上，因為裡面全是海灘用品——小玩具水桶、沙鏟、海灘巾，還有一個飛盤。飛盤倒不是沙灘專用的，幾乎任何地方都可以丟飛盤，只要有人接就成。如果要他丟，他想他會直接丟進垃圾桶。

那為什麼不乾脆把整個紙箱都扔掉？離他幾步的地方就有個垃圾桶，何況他有理由留著這些垃圾嗎？他拿起紙箱，走向垃圾桶，然後又改變心意，回到車上，把紙箱裡的東西散布在後座和地上。這裡一個藍綠兩色的塑膠桶，那裡一把紅色的沙鏟。看起來是很好的偽裝，他告訴自己，因為任何人若迅速朝車子內部看一眼，就會認為他有太太和小孩，而非跑路的刺客。

除非警方懷疑他是戀童癖……

他回去看後行李廂，裡頭有個金屬工具箱，就是那種他認為大部分男人車上都會有一個的，裡面裝了各式各樣的工具和儀器，有的他都不曉得是什麼。其中有些他很確定是用來釣魚的；他認出了鉛墜和塑膠浮標，還有兩個連著魚鉤的假餌，一個形狀像個小鯽魚，另一個看起來明明就像吸古柯鹼用的小匙。一時之間他想像著一隻醉茫茫的魚，因為滿懷期待而鼻孔脹大，狠狠吸上一口，結果魚腮就上鉤了（getting hooked，譯註：亦指上癮）。這個隱喻應該發生在人類身上，不過他沒有第一手經驗。如果凱勒有任何癮，那就是對郵票，而郵票絕對不會造成任何人的鼻中隔穿孔。

不過郵票絕對會在你的口袋燒出一個洞來。他上回買東西（除了披薩，現在還剩一片，等他檢查完後行李廂的東西，就會當成早餐吃掉了），就是用六百元買了五張瑞典郵票，讓他口袋裡的現金暴減到一百八十七點多元。之後他花了十五元買披薩，又在機場的停車場花掉七元，另外他還得買足夠的汽油，才有辦法開回紐約。他猜想要開一千五百哩，大概難免得繞些路，一加侖汽油算兩塊五好了，每加侖可以開二十哩，所以總共算下來要花多少錢？

他在腦袋裡面心算，每次算出來的答案都不一樣，最後他拿出紙筆來算。得出來的結果是一八七點五元，他感覺上好多，尤其他手上實際有的錢還差二十元。

而且他還需要花錢買吃的。他想出一個辦法，買食物時不會讓人看得太清楚，但總得要用現金買。而且他早晚得買頂棒球帽，愈快愈好。另外還得買染髮劑改變他頭髮的顏色、某些工具來剪頭髮（工具箱裡有一把修剪樹枝的大剪刀，如果他有一叢玫瑰，用那把花剪就沒問題，但他不認為那把剪刀用在人類身上能稱職）。賣這類東西的地方大半都收信用卡，但如果他刷卡，他的處境就更糟糕了。

如果他沒花掉那六百元就好了。他還是會有很多問題，而且可能都是沒法解決的，但至少不會擔心錢不夠。

但結果他買了那五張小紙片。以前是用來寄信的，那也要他剛好在瑞典，又剛好想寫信給別人。現在這些郵票連讓他寄信都不成。

他覺得自己好像童話裡的傑克，把家裡唯一的母牛拿去換來了魔豆。他記憶中，到後來傑克所碰到的每件事都有好結果。

但是，他提醒自己，那是個童話。

第十章

兩個小時後，他在克林登越過了密西西比河。進入伊利諾州幾哩之後，油箱標示快沒汽油了，他在一個加油站的全套服務區停下來。此時似乎正是當地的尖峰時刻，凱勒覺得這樣最好。

那個服務員看起來高中剛畢業，打算一輩子都待在伊利諾州莫里森市的郊區。他兩耳裡塞著耳塞式的耳機，看起來像是戴著聽診器的實習醫師，但凱勒看得見他工作褲前方口袋裡的iPod，不管他在聽什麼，顯然都比凱勒要有趣。

凱勒把遮陽板拉低，調整後擋住側窗的上半方視野，讓那個加油的小子沒法看到他完整的臉。他要求加四十元的普通汽油；其實他可以要求加滿，但他不想等著找錢。那小子加好油，然後回來問他要不要換機油。凱勒說不必麻煩了。

「我以前有個一模一樣的，」那小子說。「那個小桶子？上頭有一堆小黃狗的？沙灘用的，你知道吧？」

「我兒子喜歡得要命。」凱勒說。

「不曉得我那個桶子後來怎麼樣了，」那小子說。他往旁邊走，接下來凱勒發現他正在擦擋風玻璃，而且擦得出奇地徹底。凱勒也想告訴他不必費事了，但那個小子一定會搞不懂，如果凱勒不想要任何服務的話，幹嘛把車停在全套服務區。於是他讓那小子繼續擦，自己研究著地圖，順便用來擋住臉。

那小子也擦了後車窗，等他擦完後，便走到駕駛座旁邊，凱勒遞給他兩張二十元鈔票。他考慮過要再給他一張二十元，跟他換他那頂帽子，上頭有平價服裝品牌OshKosh B'Gosh的花體字商標，他的工作褲上也有。

是喔，還真的咧。說不定他可以用他的海灘桶跟他換。真是個避免引來注意的好辦法。

他本來很樂於去加油站的便利商店買幾樣東西，或者用他們的廁所。但他的油箱已經加滿，或快滿了，眼前這樣就夠好了。

他繼續沿著三十號國道往東，在空曠的公路上維持五十五哩時速，進入城鎮則慢下速度，遵守標示的速度限制。剛過州際三十九號公路後，他看到了一家漢堡王有免下車點餐窗口，於是點了夠一家人吃的漢堡和薯條和奶昔。他沒看到服務員，也不認為任何人有辦法看到他，幾乎沒耽誤任何時間，他就又回到公路上了。

他碰到的下一個城鎮叫雪波納，不過抵達之前，他就看到「雪波納州立公園」的路標，於是駛入公園，在一個野餐桌上吃飯，上了廁所，一路都沒有碰到任何人。

公園裡有個公用電話，他很想打。

根據收音機裡面播出的新聞，他掉換車牌這招成功了；大部分人都認為荷登・布藍肯緒普設法在第蒙國際機場登上飛機。可想而知，有很多人看到他。一名從第蒙飛到堪薩斯城的女人很確定，她在她旁邊的候機室看到了布藍肯緒普，正在等候一班飛往洛杉磯的大陸航空班機。她告訴記者，她差點就向機場人員報告了，可是剛好她的飛機開始登機，而她又急著要趕回家。

其他熱心助人的公民紛紛通報自己看到了那個狡猾的刺客，地點從愛荷華州的小鎮到東西岸的大城。奧瑞岡州克雷瑪瀑布市的一名男子發誓，他看到布藍肯緒普「或是他的雙胞胎兄弟」站在該市的灰狗巴士總站，一身牛仔打扮，手裡轉著套索，兩邊臀部各掛著一把六發式輪轉手槍。凱勒從沒打扮成牛仔過，也沒轉過套索，而且這輩子從不記得自己去過克雷瑪瀑布市。不過他去過奧瑞岡州玫瑰堡，記得很清楚。他印象中玫瑰堡離克雷瑪瀑布市並不算太遠，而且他車門儲物袋裡有一張奧瑞岡州的地圖，於是就伸手想拿出來查一下克雷瑪瀑布的確切位置，然後他提醒自己，他其實根本不在乎那個地方在哪兒。畢竟他不是要去那裡，連朝那個方向都不是，所以管他去死。

如果他打電話，那就不能打桃兒的手機，因為他相信跟之前的結果不會有兩樣。可是他可以打她家裡的市內電話。

打去做什麼？她不會在家。艾爾不見得知道凱勒的真實姓名，也不見得知道他住在哪裡，但他知道桃兒家的電話，打過兩次。而且他知道她的地址，曾寄聯邦快遞的包裹過去，裡頭有的還裝著現金。

此外，桃兒知道他曉得，也會有所因應。丟、掉、手、機。重、複。丟、掉、那、個、該、死、的、手、機。她會留下這個訊息，就是因為她看清了情勢，因此她知道自己必須做什麼，那就是趕緊逃命吧。

所以如果他打給她，不會有人接。除非警察或艾爾的人在那兒。如果警察的人在，他打去，他們可能有辦法追蹤這通電話。艾爾的爪牙大概辦不到，但凱勒不想跟他們講話，也不想跟警察講話。所以這樣打去有什麼意義？

反正他也沒有足夠的零錢打電話。不然怎麼辦，要電話公司記帳在他家的號碼上？還是請對方付費？

他沿著三十號國道往東，繞過芝加哥往南。他滿喜歡這條高速公路的。車流量始終不會太大，而且大卡車大部分都會走州際高速公路。沿途的城鎮還算密集，剛好夠打斷長途駕駛中的單調無聊。沿途有很多地方讓他覺得，如果能停下來看看一定很有趣。但他知道不能冒險，於是車子駛經一家家古董店和非連鎖餐廳和所有的路邊景點。他心想，哪一天他一定要再沿著這條公路走一趟，等他不再匆忙逃命時，等他不必躲避跟其他人接觸時，等他可以再回去過他往昔的生活時，等到約翰·泰頓·隆佛德恢復心跳時。

但一切還有可能回到以前那樣嗎？

有好幾個小時，他一直避免去想，硬把這件事推到思緒高速公路的路肩上。但現在他再也不能眨眨眼就驅走，不得不正眼面對了。

最後一件差事。當初他為什麼不叫桃兒拒絕呢？

當時他出門去辦完既定的最後一次差事回來。在他離開之前，坐在桃兒家的廚房裡，同時她十指在家裡電腦的鍵盤上飛舞。她暫停下來，審視著螢幕，然後抬頭告訴他說，根據前一天股市的收盤價格，他的淨值是多少，剛剛超過兩百五十萬。「你之前覺得你需要一百萬才能退休，」她提醒他，「當時我什麼都沒說，但是我算起來，如果退休後要過舒服的日子，這個數字好像應該要加倍。好吧，現在不但加倍，還超過呢。」

兩年前，那個印第安那波里斯的差事提供了他一些股市的內線消息，於是桃兒開了個交易帳戶加以利用。一路自然發展下來，從此她把兩人的錢拿來投資。結果證明她這方面很擅長。

「真是太神奇了。」他告訴她。

「嗯，我一直很幸運。不過我似乎有種準確的竅門。而從當時開始，你賺的大部分錢，我們兩個賺的大部分錢，就全都投入市場了，那些錢又持續賺來更多錢。難怪中國人要採行資本主義，凱勒。他們可不是笨蛋。」

「兩百五十萬，」他說。

「你可以填滿你集郵冊裡的每一個空間了。」

「有些郵票，」他告訴她，「一張就不只兩百五十萬。這會讓你覺得集郵充滿希望。」

「為什麼要花那麼多錢去買一張郵票？」

「但兩百五十萬還是很多。」他同意。「如果我每年花十萬元，就可以花上二十五年。我還不確定自己能不能活那麼久呢。」

「像你這樣過著健康純淨生活的有為青年？當然可以活到那麼久。不過別擔心二十五年後錢會花光，或四十年後。」

然後等他問了，她就大概跟他介紹了一下她計畫過的。他沒太仔細聽，但大致上就是她把他大部分的資本投資在市政債券基金，收益是百分之五，還免稅；其他的錢則投資在股票基金上，以抵消通貨膨脹。她可以作一些安排，讓他們每個月寄一萬元支票給他，而且永遠不會動用到本金。

「有人會拚死爭取這種好條件的，」她告訴凱勒，「不過你已經為了這個弄死過人了，不是嗎，凱勒？做完最後這件差事，你就可以翹起腳來玩你的郵票了。」

他糾正她，已經不是第一回了，說郵票不是用玩的，是整理的，又說，他專心整理的時候，從來沒有翹起腳來。然後他說，「最後一件差事。」

「你講得好像該有管風琴音樂伴奏似的。噹－滴－噹－噹。」

「唔，通常不是這樣嗎？一切都很順利，結果到了最後一件差事就出錯了。」

「大螢幕電視的麻煩，」她說，「就是你會看太多垃圾，只因為看起來好漂亮。播什麼都不可能難看。」

也的確是，一切都好極了，他回到家放輕鬆，然後那個艾爾，幾個月前曾付了一大筆訂金的那位，現在有事情要他辦了。

「可是我退休了，」他說，桃兒也沒跟他爭辯這點。艾爾那筆訂金裡歸他的份，桃兒早就記在他帳上了，但她可以扣掉，連同她的份找個辦法退回去。只是她不曉得要怎麼退回，因為她不知道要寄到哪兒。她只能等艾爾來聯絡，問她為什麼拖這麼久，到時候她可以說替她辦事的人死了或去坐牢了，因為他們絕對不相信這行有人退休的，然後艾爾可以告訴她要把錢寄到哪兒去。

她可以另外找個人嗎？這樣就不必退款了。

「這個嘛，我想到過，」桃兒說。「但我已經兩三年沒找過其他人了。當初你一決定要做到存夠退休基金為止，我就開始把所有上門的差事都交給你。有回我還讓一個客戶等著，因為你正在替另一個客戶工作，我要等你回來。」

「我還記得。」

「這樣不太專業，不過我們還是混過去了。其他我都不管了，因為我已經決定，等你退休的那一天，我也要收山了。」

他之前都不曉得。

「也許不重要，但他還特別指定要你，那個艾爾。『拜託用那個在亞伯喀基辦得很漂亮的小夥子。』有人欣賞你，感覺很好吧。」

「他說小夥子？」

「小夥子或傢伙吧，我忘了是哪個。他寫在一張紙上，連同照片和合約資料。他這回沒打電話來。其實他好久都沒打電話來過，我都忘了他聲音了。如果你想確認的話，那張紙我大概收在哪兒沒丟。」

他搖搖頭。「我想最簡單的做法，」他說，「就是去把事情辦了。」

「我不想逼你做，但我不得不承認，你說得沒錯。」

最簡單的做法。再簡單不過了，不是嗎？

第十一章

他在漢堡王買的食物夠吃一整天，但他本來就口渴，吃了鹹鹹的食物害他更渴。而那些奶昔濃得用吸管都差點吸不動，也解不了渴。快到裘立葉市之前——他只知道這裡是州立監獄的所在地，他覺得這種出名的方式比杜比克更糟——他看到一條商店街，於是停下車。自助洗衣店前面有一排販賣機，有各式各樣他不想要的鹹甜飲食，但可口可樂的販賣機裡也提供十六盎司的瓶裝水。他投入十元，得到四瓶水，上頭的標籤保證說是純淨天然礦泉水。其他的非酒精飲料也是同樣價錢，而礦泉水只要裝瓶而已，不必花錢加糖或人工甘味劑或香料或色素或任何東西。但另一方面，礦泉水純淨又天然，其他飲料就未必了，所以你也實在不能抱怨價錢太貴。

凱勒小時候唯一看過裝在瓶子裡的水，就是在他母親的熨斗台上；瓶子上有個蓋子鑽了洞，他母親會在要燙的東西上頭灑水，原因凱勒從來就不太能明白。據凱勒所知，人人喝的水都是從自來水龍頭流出來的，他喝的也不例外，而且還不必花錢。

然後有一個時期，商店裡開始販賣瓶裝水，但唯一會去買的就是那種會吃壽司的人。現在呢，當然了，所有人都吃壽司了，而且所有人都喝瓶裝水了。亡命的機車騎士、身上的疤痕面積和刺青一樣多的傢伙、用殘缺不全的牙齒打開啤酒的粗魯壯漢，全都以他們小瓶裝的法國愛維養礦泉水配加州壽司卷。

凱勒坐在車裡，幾大口喝掉了一瓶礦泉水。自助洗衣店另一端，鄰接著一家中國餐廳處，有一具嵌在牆上的公用電話。凱勒沒有確切的證據，但他覺得現在公用電話沒有以前多了，而且遲早會全數消失。如今每個人都有手機。很快地，如果你沒有手機的話，就得學習印第安人以煙霧打訊號了。

管他去死。他下了車，走到那具公用電話前，撥了桃兒家的號碼。剛剛販賣機找了一大堆兩毛五的硬幣，電話裡的機器聲音要他前三分鐘得先投三塊七毛五。他投了硬幣，聽到了無法接通的枯－嗚噫——聲，隨之是一段錄音告訴他，他所撥的這個號碼是空號。然後把硬幣退還給他。

好吧，他心想，顯然她出門了，這樣最好。但她會花時間去辦停話嗎？甚至她會希望停話嗎？根本不要管電話，不是會更好也更簡單一點嗎？這樣任何人想聯絡她，只會浪費時間一直打，等著她回家。

太多問題了，但他卻無從得知答案。

進入印第安那州兩小時後，他停下來加油。這個加油站很小，一家ＯＫ便利商店前只有兩個加油機，全是自助式的。你插入信用卡，自己給油箱加滿油，自己動手擦擋風玻璃，然後開車走人，中間不會見到任何人，也不會被任何人見到。

但如果你必須付現金，那就是另外一回事了。你得先到便利商店，付錢給櫃台後頭的女孩，她會設定機器看要讓你加多少油。

在此五十哩之前，他就開進了一家類似的加油站，但沒加油又開了出來，因為不願意冒險讓櫃台店員看到他的臉。現在他油箱的油更少了，即使他設法能找到一家有全套服務的加油站，也不表示替他加油的人到時候不會看到他的臉。在莫里森市碰到那個年輕小子是他走運，但並不代表他一路都會這麼幸運。

但這回他不會買四十元的汽油。他中間有時間琢磨過，會一口氣加四十元油的人，應該都會付信用卡。付現金的人只會加一、二十元而已，如果付四十元的話，店員可能就會記得你，凱勒可不希望被人記得。

付現顧客請先入內付款再加油，外頭掛了這麼一張手寫的牌子，雖然沒有標點符號，但訊息夠清楚了。稍早凱勒把外套脫掉了，這會兒又穿上。他猜想這件外套會讓他看起來體面些，也不起眼些；更重要的是，外套可以遮住他插在後腰的那把輪轉手槍。他想把槍帶在身上，因為他可能得用到。

他從皮夾裡拿出一張二十元鈔票，握在手裡走進了那家便利商店。這類商店向來很容易被搶，所以有些店會裝設監視攝影機，他很好奇這家會有嗎？在這種印第安那州的荒郊野外？

啊，管他去死。他要擔心的事情已經夠多了。

他走進商店，店裡只有櫃台後頭的那個女孩，正在看一本《肥皂劇文摘》，聽著一個鄉村音樂電台。凱勒丟下那張鈔票說，「嗨二十元汽油二號加油機。」一口氣講完，毫無抑揚頓挫，然後轉身往外走到門邊時，那女孩的雙眼才從雜誌上抬起。她朝外喊說祝他一天愉快，凱勒認為這是個好徵兆。

他在加油時心想，當然她現在可以再次仔細打量他。她可能覺得他看起來有點眼熟，然後想到為什麼，他可以想像她張大嘴巴，眼中生出好公民的正義感，然後抓了電話撥九一一。

凱勒，你再繼續掰嘛。

到目前為止，六十元用在加油，十五元用來買漢堡和薯條和奶昔，十元用來買瓶裝水。他的鈔票比早上少了一半，只剩八十元和零錢。他的漢堡還沒吃光，到現在只剩微溫，剩下的薯條則早就全冷了。另外還有一整杯奶昔，已經融化了，但還是很黏稠。他猜想自己可以靠這些食物一路撐回紐約。如果他夠餓，他就會吃；如果他沒那麼餓，那就表示他不需要這些食物。

但這輛汽車所需要的，就沒那麼有彈性了。他無論如何都還是得加油，即使「石油輸出國家組織」大幅提供市場原油，在他到達紐約之前，身上的汽油錢就是不夠。

一定有個辦法，可是他卻怎麼都想不出來。他已經山窮水盡，眼前的問題都沒有答案。就算天上掉下來棒球帽和剪刀和染髮劑，就算他忽然有神力可以把自己的相貌變得完全不同，他還是會破產，困在俄亥俄州東部或賓州西部，手上只有等同於一把魔豆的那幾張郵票。

他可以賣掉那些郵票嗎？當初能用六百元買來，真是太便宜了。他有辦法找個人用更便宜的價錢賣掉，換回三百元嗎？怎麼賣？去挨家挨戶敲門嗎？去查小鎮電話簿，找個郵票商嗎？他搖搖頭，覺得完全不切實際。他還不如把郵票貼在前額上，把自己寄回紐約，還比較有希望哩。

他也想到過其他方案，但都同樣行不通。搭火車？鐵路公司幾乎已經放棄客運服務了，不過從芝加哥到紐約、東部沿岸還是有火車可搭。但他不確定火車站在哪裡，就算他設法找到了，現在身上的現金也還是不夠付車錢。他前陣子曾搭美國國鐵的地鐵號（Metroliner）快車到華府，那趟旅途非常愉快，而且可以從紐約市中心坐到華府市中心，不必對付機場的安全檢查，但車錢並不便宜，貴得要命。現在他們把這條路線改名為艾瑟拉特快號（Acela Express），Acela這個字沒人會唸，而且反正沒人坐得起。如果他沒有汽油錢，也當然不會有火車錢。

巴士呢？他不記得上回搭長途巴士是什麼時候了。高中時有年暑假，他曾搭著灰狗巴士旅行，還記得擠在擁擠的車上很不舒服，四周擠滿了人，一個個在抽煙或喝著包了紙袋的威士忌。坐巴士比較便宜，因為太貴就沒人要搭了。

但是一個照片登上全國電視螢幕的人跑去搭巴士，實在是太招搖了。他會和四、五十個人關在車裡好幾個小時，這些人裡頭有多少會認真看他的臉？就算他們沒立刻想到，反正他人就在車上，沒地方可躲，別人也在車上，有很多時間慢慢想，不會有人聯想起來的機率有多大？

不能搭巴士，不能搭火車。電台廣播裡有名男子在猜測，說他顯然從第蒙機場逃走了，而且推論芒綽司／布藍肯緒普可能是跑到私人停機坪，搭上私人飛機離開了。他可能早就有一架飛機停在那邊等，由他的同黨幫他開飛機，或者說不定他自己就會開。又或者，收音機上那個傢伙繼續猜測道，這名鋌而走險的刺客可能已經劫持了一架私人飛機，把機長挾為人質，逼著他飛到不曉得哪裡去了。

凱勒很歡迎他這樣瞎猜，因為實在太荒誕了，讓他忍不住大笑起來，此時他正急需好好笑一下。不過他笑完了在想，這個點子其實不壞。全國各地都有小型私人機場，供小型飛機隨時起降。假設他找到這麼一個小型機場，在哪個偏遠地帶，只有一條跑道。然後假設他等著哪個臭屁的鄉下飛行員，上了他加滿油的飛機準備起飛，然後凱勒這位鋌而走險的刺客就用槍抵著他的臉，命令他飛到紐約四十九街和第一大道的街口？

唔，或許不要吧。

那家連鎖的「旅棧」汽車旅館位於一個小鎮的邊緣，鎮名他根本懶得留意是什麼。他開進停車場後方，就像一般登記的旅客要去自己房間似的，挑了一個角落的停車位，關掉車燈和引擎。他坐在方向盤後面，吃著一個冷掉的漢堡，喝著水，看到一男一女下了一輛方背的本田汽車，走一小段路到位於一樓的房間。凱勒注意到，他們沒帶任何行李，而當那名男子伸手捏了那女人屁股一把時，他所推斷的結論就更確定了。那女人把男人的手拍掉，但當他的手再度伸過去時，她就隨他了，一路直到他們打開門才鬆手。然後他們進了房間。

凱勒羨慕他們，主要不是因為他們接下來要做的事，而是因為他們有個房間可做。他不知道這家旅館一個房間要價多少，但至少也得五十元吧？花這麼多錢，他們還根本不會在裡頭睡覺。他們已婚，凱勒相當確定，但不是跟對方，而且他們將會在租來的床單上翻滾一個小時，頂多兩個小時，而凱勒則又得在車上睡一夜了。

他有機會嗎？假設他等到他們辦完事。他們離開時會把門鎖上嗎？他不太相信他們會特別費事去鎖門，有可能他們走掉時就讓門掩著，這麼一來，等他們一走遠，他就可以進去了。

即使他們把門鎖上，要進去能有多難？他身上有那把瑞士刀，如果挑不開門鎖，他可以試著踢開門。這是公路邊的汽車旅館，可不是保全嚴密的聯邦黃金儲存處諾克斯堡（Fort Knox）。

至於旅館的管理人員，他們只知道這個房間今天晚上出租了。即使他們疑心房間裡沒人，直到明天上午清潔工來打掃之前，他們也不能再把房間給別的客人。從停車場內汽車的數量來看，這裡的房間有一半是空著的，所以還有一半的房間可以出租給別人。凱勒可以進出這個房間，中間完全不會有人發現。

他可以在一張床上好好睡兩三個小時，老天，他還可以沖個澡。

等待真不好熬。他無法停止思考，一直想著自己是浪費時間，想著自己應該回到高速公路上趕路。

而且他怎麼知道這對男女會很快離開？或許他們是旅人，在路上過了漫長的一天，懶得把行李拿進房間了。那女人帶著一個皮包，說不定裡頭就裝了她需要的東西，打算先睡上一覺，明天早上再到車上拿行李。凱勒覺得這樣很奇怪，不過人類向來就會做出很多奇奇怪怪的事。

凱勒走到他們的車旁，後座沒有任何東西，但他們有可能像他一樣，把行李放在後行李廂。他們的車牌是印第安那州的，但這就表示他們一定是本地人嗎？印第安那州相當大。凱勒不曉得確切的面積，也不曉得自己身在這個州的哪裡，因為他手上只有愛荷華州的地圖，那裡他不打算回去；還有奧瑞岡州的，那裡他也不打算去，儘管那裡有頗具吸引力的玫瑰堡和克雷瑪瀑布。但他知道印第安那州的面積頗大，不如德州那麼大，但也不像德拉瓦州那麼小。

他回到自己車上。他們八成是當地人，他必須承認，但他們也還是有可能在這裡過夜。說不定他跟爸媽一起住，而她有室友。他們需要一個地方私下共度，但兩人的家裡都不方便。結果凱勒卻傻等在車上，渴望的雙眼看著那扇門，但那扇門可能要到天亮才會打開。

當門真的打開時，他看了一眼手錶，驚訝地發現他們在裡頭還待不滿一個小時，差了幾分鐘。那名男子先出來，站在門口，替女人扶著門，然後女人走過他身邊時，他又朝她屁股拍了一記。他們一身衣服跟進去前一樣，從外表上看來，他們之前五十分鐘有可能只是看了出身印第安那州當地的大衛・雷特曼主持的電視談話節目，完全看不出做過其他事情。但凱勒懷疑他們還做了別的事。

拜託，他心中無聲慫恿他們。別鎖上門吧。

一時之間，他以為他們真的不會鎖了，結果並沒有，那個狗娘養的就非得伸手去拉門把，把門關上。他們走向自己的車，然後那名男子舉起一張白色卡片，要交給那個女人。她後退，舉起雙手好像要避開，然後他伸手要把卡片塞進她皮包，她則搶過來朝他身上丟。他低頭躲過，卡片飛過他肩膀上方，兩個人大笑著繼續走回車上，他的手再度摸上她臀部，凱勒的雙眼盯著那張白卡片看掉到哪裡去，因為現在他知道那是什麼了。

當然了，那是房間的鑰匙卡。來，蜜糖，這一夜的小小紀念品，我幫你放進皮包裡吧。凱勒把卡片撿起來拍掉塵土，試了門鎖，打開了門。然後他回車上，把車子開到他的房間旁邊，拿出旅行箱，就像花了錢的住客一樣。

第十二章

凱勒本來已經作好心理準備，要睡在那對活寶男女躺過的床單上，但結果不必。這個房間有兩張雙人床，他們只用過一張——而且從證據看來，用得還真徹底。凱勒把這張床的床罩拉上，掀開另一張沒用過的床單。他先去沖了個澡，然後鑽進床單裡，閉上眼睛。他在門把上掛了「請勿打擾」的牌子，但他記得鎖上門以防外面能打開嗎？他努力回想，覺得自己應該去檢查一下，但接下來就睡著了。

他在清潔工開始打掃前就醒了。又沖了個澡，刮了鬍子，換上乾淨的衣服。他旅行箱裡還剩一件乾淨的內褲，以及一雙乾淨的襪子，之後他就得開始回頭穿髒的，因為他沒錢洗衣服或買新的。

他有兩百五十萬元拿去投資了，卻買不起內褲。

沒有人會來這個房間採指紋，但他出於習慣還是擦了一遍。回到車上，他吃掉了最後一個漢堡，又喝了點礦泉水，假裝自己吃了頓豐盛的早餐。他把冷掉的薯條和黏稠得發硬的奶昔都扔了。

他發動車子，檢查了一下油表。很快就得再加油了，他想他還可以擠出二十元來。

乍看之下，他不太確定這家加油站是否營業，搞不好還根本倒閉了。基本的格局很制式，一個小小的便利商店，門前兩個加油機，一側有個打氣軟管和公用電話。唯一看得到的車子，就是加油站後方停著的一輛拖吊車。

裡頭有人嗎？凱勒停在加油機前，那裡掛著一個自製牌子，指示顧客不論用信用卡或現金，都要先到裡頭去付錢。凱勒覺得不太對勁，考慮要開到下一個加油站，但之前他已經路過兩次加油站都沒停，實在沒把握能撐到下一個。

他拍拍頭髮壓平了，穿上外套，確定手槍插在後腰。為什麼那對在「旅棧」的偷情男女除了那些髒兮兮的床單之外，不留給他一點有用的東西呢？比方說一頂棒球帽，或一瓶染髮劑，或幾百元現金，或是幾張能用的信用卡？

凱勒手裡拿著二十元，走進門內。櫃台後面是個矮壯的男子，前額很寬，鼻子至少被打斷過一次。棒球帽底下的鐵灰色頭髮剪得很短，短得可以去參加新兵訓練營了，球帽上繡著卡通「辛普森家庭」裡的人物河馬・辛普森舉著一杯啤酒。那男子正在看雜誌，凱勒敢打賭絕對不會是《肥皂劇文摘》。而且這本雜誌似乎不像那女孩手上的那麼吸引人，因為凱勒還沒開口把錢放在櫃台上，那男子就抬頭看著他。

「能為您效勞嗎？」

「二十元普通汽油，」凱勒說，把鈔票遞給他。

「稍等一下，」凱勒才剛轉身，那男子開口了。凱勒又轉回頭，那男子仔細端詳了一下那張二十元。老天，那張鈔票有問題嗎？

「最近常拿到假鈔，」那名男子說。「不過這張看起來是真的。」

凱勒真想說這張是他印的，但沒把握這男子是否聽得懂這個笑話。「我剛從提款機領出來的，」他說。

「應該沒錯吧。」

愛疑心的老混蛋。凱勒說，「唔，如果都沒問題的話，」然後又再度要朝門外走，但走到一半，又被那男子叫住了。

「不，站在那兒別動，小子。慢慢轉過來，聽到沒？」

凱勒轉身，不太意外地看到那男子手上握著一把槍。是自動手槍，凱勒覺得簡直像一管大砲。

「我不太會記人名，」那男子說，「不過你好像是那個用了好幾個名字的逃犯，搞不好那些名字全是假的。兩手舉起來，聽懂沒？」

「你弄錯了。」凱勒說。

「小子，你的照片登得到處都是。我不太會記名字，但是我很會記臉。我敢說你的賞金很高。」

「老天，」凱勒說。「你以為我是那個混蛋，殺了愛荷華州那個人。」

「射殺了那個跩得要命的黑鬼，」那人說。「唔，如果你非得朝誰開槍，我不反對你挑這個人。但這不表示上帝給你殺人的權利。」

「我知道我長得像他，」凱勒說。「你不是第一個認錯的人，可是我不是他，我可以證明。」

「你那套話省下來告訴警察，行嗎？」然後他沒拿槍的那隻手朝電話伸去。

「我不是他，我發誓。」凱勒說。

「我剛剛是怎麼說的？你想解釋的話，那些有警徽的人會很樂意聽你講的。」

「我在躲警察，」凱勒說。「不過是因為別的事情。」

「怎麼說？」

「贍養費和子女教育費。長話短說，我老婆是個出軌的賤人，那個孩子根本不是我的，我們甚至驗過DNA證明了，但法庭還是判我得養他。」

「你的律師一定很爛。」

「老兄，讓我證明給你看，好嗎？我現在只是要伸手掏口袋，好嗎？」

然後沒等對方答應，他就抽出槍來，趁那傢伙還沒來得及扣下扳機之前，朝他胸部開了兩槍。

第十三章

槍的衝擊力把那人往後摺倒，帶翻了椅子，摔在地上，落地前帽子也飛掉了。凱勒繞到櫃台後面檢查，但只是個形式而已。兩顆子彈都命中左胸，至少有一顆命中心臟，一切就這麼簡單。

凱勒耳裡還有槍聲造成的耳鳴，輪轉手槍的後座力也讓他手有點痛。他直起身，看了窗外一眼。一個加油機旁有輛車，他還慌張了一兩秒鐘，才想到那是他自己的車，就停在原來的地方。

那名死去的男子手上仍握著槍，彎起的食指扶在扳機上，凱勒聽說過一些故事，有的人死掉許久之後還會開槍，因為屍僵造成扳機上的手指變得更彎。他不確定真有這種事發生，說不定是他小時候在漫畫上看到的情節，但反正他想要那把槍。那是一把席格－索爾（SIG Sauer）自動手槍，彈匣裡裝滿了十五發子彈，他自己的輪轉手槍則只剩下兩顆子彈，而且才剛在一樁兇殺案中使用過。那把席格手槍不像外觀看起來那麼巨大；如果有一把槍指著你，你就會覺得它其大無比，但其實它只比那把輪轉手槍稍微大一點又重一點。他把席格手槍插在後腰試試，感覺沒問題，於是他決定就帶走這把了。

他擦掉那把輪轉手槍上的指紋，放在死人手裡，讓他依然溫熱的手握住槍柄，食指穿進扳機護弓。大概沒什麼人會相信這老傢伙朝自己心臟開了兩槍，但把槍塞在他手裡好像不錯，而且至少會造成別人的錯覺。

接下來他想找收銀機，結果沒看到。櫃台上有個「賈西亞與維加」牌雪茄的木盒，結果那傢伙就把現金和信用卡存根收在裡頭。現金除了兩張十元之外，全都是五元和一元的鈔票。凱勒心想，難怪他剛剛朝那張二十元鈔票看那麼認真又看那麼久。這大概是他一整個月第一次收到二十元鈔票。

他不太想碰那個死人，但也不會太神經過敏，於是他從那傢伙的迷彩牛仔褲右後方口袋拿出一個皮夾，上頭有設計的壓印圖案。皮夾很舊，凱勒簡直無法辨認那是什麼圖案。他看得出來是某種徽飾，而且很眼熟，但他講不出是什麼。

他在皮夾裡面找到了一張卡片，上頭有同樣的紋飾，卡片的主人是米勒・L・瑞姆森，全國步槍協會的會員。槍不會殺人，凱勒心想。伸出你那個斷掉的鼻子亂管閒事，這才會害死人。

瑞姆森的印第安那州駕照上也有他的中間名，結果縮寫L代表的是路易斯（Lewis）。上頭有他的出生年月日，凱勒算了一下，發現他七十三歲，而且如果他剛剛沒決定要當個好公民的話，到了十月就七十四歲了。皮夾裡還有社會安全卡和醫療保險卡，外加兩張非常舊的小孩照片，朝著學校的攝影師笑得燦爛。到現在，這兩個小孩可能已經有自己的子女了，但反正瑞姆森沒有其他小孩的照片。

皮夾裡也有現金，兩張五十元和一疊二十元，加起來總共三百出頭。另外還有兩張信用卡，兩張的姓名都是米勒・L・瑞姆森，不過那張花旗銀行的威士卡已經過期了。另一張是「第一資本」金融公司發的萬事達卡，離到期日還有一年半多。

他把鈔票和沒過期的信用卡放進口袋，擦過他碰觸過的一切，把東西放回原位，然後再把皮夾放回瑞姆森的口袋。他又打開雪茄盒，猶豫了一下，然後把那些小額鈔票都拿走。

他覺得有個什麼，剛剛眼角瞥到了，然後又轉頭去看，這次看到了——在天花板上，兩面牆的夾角處。一架監視攝影機，誰想得到像瑞姆森這種破爛的加油站裡，居然會裝這玩意兒？但現在到處都有監視攝影機，等警察發現屍體，他們就會去檢查攝影機，他可不能讓這種事情發生。

他拿了一張椅子站在上面，幾分鐘後搖著頭下來。那個攝影機是裝在那兒沒錯，但裡頭沒有錄影帶或影片或電池，上頭也沒接著電線。那是冒牌攝影機，讓外人以為店裡有防盜設施。根本就像稻草人，凱勒把上頭的指紋擦乾淨，然後放回原處。

那個小販賣區裡的商品不多，大都是汽車零件或各種配件。有幾罐機油、幾根雨刷、一些引擎添加劑。他抓了兩根六呎長的彈性繩索，覺得可能派得上用場，不過想不出會是什麼。瑞姆森的店裡還有各式各樣的點心，幾包洋芋片和牛肉乾，還有花生醬夾心餅乾，他覺得可能也有用，不過還是決定算了。所有點心看起來都好像從卡特總統任期時就已經在這裡了。他一樣都沒拿。

店裡有扇門通到浴室，裡頭一如預期的髒亂。他趕緊關上，又打開另一扇門，裡頭是一個十呎寬、十二呎長的房間，顯然是瑞姆森的起居室。房裡放了一疊雜誌，全都是有關槍枝或打獵或釣魚的，還有三本艾茵・蘭德（Ayn Rand）的精裝本小說；然後，最令人尷尬的是，在瑞姆森那張擺著兩個枕頭的床上，其中一個枕上有個充氣娃娃，還戴了橡皮面具。那張臉看起來有點熟悉，凱勒好一會兒才明白，應該是仿造保守派政治評論家安・庫爾特（Ann Coulter）的臉。凱勒覺得這真是他畢生見過最可悲的一幕了。

還有別的事情困擾他，他花了一分鐘才明白是什麼。不是他殺死這個人的事實——他殺過不少人，沒有一個有令人信服的理由。這個傢伙是自找的，但其他凱勒解決掉的男人和女人可就不見得了。以前他常用一個心理體操的方法，以消除一樁殺人的記憶，但他不必用在瑞姆森身上，因為他一點也不覺得不安。

困擾他的是，他做了一件以前從沒做過的事：劫奪死者財物。

凱勒以前從不明白劫奪死人有什麼罪大惡極，比方說，比起洗劫活人。一旦你死了，你怎麼可能在乎你手腕上的錶或手指上的戒指會怎樣？就像那首歌說的，裹屍布上沒有口袋，而且一般常識都知道，這些身外之物是生不帶來、死不帶去的，所以為什麼不能劫走死人的東西？那又不是超級噁心的戀屍癖；只不過是把主人已經用不著的東西拿來加以利用而已。

但當然，這還是竊佔，因為死人可能有後代，所以你是竊佔了他繼承人的財物。他聽說有人聲稱自己連爐子都會偷，但絕對不會去翻死人的口袋。凱勒以前不懂，但現在他想了想，覺得都是社會為這件事加諸了不必要的禁忌；要不是竊佔死人財物這麼罪大惡極的話，那每個人都會做了。

所以他心驚了一下，不過一旦有機會理清自己的思緒，他就不再感覺不安了。而且他沒拿走手錶或戒指，沒有任何私人物品。只有一些現金和一張信用卡罷了，兩件都是他迫切需要的。

到了外頭，他走向自己的車，動手加油，而且加了不止二十元。那輛Sentra撐著四個輪胎，灌得飽飽的，像個大胖子吃了一頓大餐後往後靠坐著。

瑞姆森的那張公告牌還掛在加油機上，建議用現金或信用卡的顧客在加油前一律要先付錢。凱勒把那張牌子拿掉，自己去櫃台寫了一張取代，用看起來很可能是瑞姆森用過的同一支馬克筆。**家有急事暫不營業**，他用大寫字母寫道。**請自行加油，稍後再付款給我**。他其實很懷疑任何熟識瑞姆森的人會相信他對別人如此信任，但既然可以免費加滿汽油，誰會去爭辯呢？他們會自己動手加油，他猜想，其中某些人可能事後還會想付錢。

回到屋裡，他把窗子上那個「營業中」的牌子翻過來變成「休息中」。他關掉屋裡所有燈，到櫃台後挪動屍體，移到外頭看不到的地方，接著他走向那扇打開的門，按下了關門後會鎖上的鎖，跨出門檻。然後他停在那兒，一腳在內、一腳在外，因為他簡直能聽到米勒．瑞姆森的聲音，叫他站住。

站在那兒別動，小子。你以為你可以就這麼跑掉嗎？

他不想回到櫃台後，但他知道自己非回去不可。他不是已經確定自己並不神經過敏了嗎？那何必現在又要卻步了呢？

他鼓起勇氣，伸手去拿那頂河馬・辛普森的帽子。他不必從瑞姆森的頭上拿下來，因為帽子早已經掉到地上，所以他只要撿起來就行，其實也沒那麼困難；接下來要把帽子放在自己頭上，這就沒那麼容易了。

回到車上，他看了一下自己在後照鏡裡的模樣。感覺上那頂帽子很有幫助。調整帶有點鬆，他注意到瑞姆森的頭頗大的，於是他收緊了一格調整帶，就好一些了。然後他壓低帽簷，多遮住一點前額，這樣又更好一些。

他後腰裡插著一把死人的手槍，口袋裡有死人的錢和信用卡，油箱裡裝滿了死人的汽油。現在他頭上戴著一頂死人的帽子。

從各方面來說，這真是個詭異的發展。但現在看起來，感覺上他似乎終於有希望撐回紐約了。

這個溫蒂漢堡店的免下車點餐窗口比漢堡王的那個更沒威脅性。他點了兩個漢堡和一份蔬菜沙拉，往前開了幾哩後，在車上吃掉。他一路開出印第安那州，接著穿越俄亥俄州，進入西維吉尼亞州幾哩後，又越過另一道州界，進入賓州，才不得不停下來加油。他挑了一個大卡車休息站，停在一個自助加油區，用瑞姆森的信用卡加油。

加油加到一半，他發現另一個車主充滿興趣地望著他，他不知道該怎麼辦；這個休息站裡到處都是人，他不可能射殺那傢伙之後溜掉。他迎視那人的目光，那名男子——頂多只有二十五歲——則朝他露出大大的笑容，豎起大拇指。

老天在上，為什麼？

「老哥，河馬太讚了。」那傢伙說，凱勒才明白他不是在看他的臉，而是在看他的棒球帽，剛剛他表達了自己對河馬・辛普森的支持，或是認同河馬對啤酒的熱愛，或者隨便什麼。

在那一刻之前，凱勒對那頂帽子有種種感覺摻雜在一起。它無疑讓他比較不會被認出來，這樣很好；但同時帽子本身也會吸引他人注意，這可就不好了。一頂農機公司的帽子、百威啤酒的帽子、達拉斯牛仔隊的帽子——這類帽子都能提供某種程度的隱形效果，那是寶藍底繡著螢光黃的河馬帽子似乎無法提供的。他甚至考慮過要把那些繡線剪斷，拆掉河馬和他那杯啤酒的圖案。

但現在他開始覺得幸好沒拆。就像他之前所擔心的，河馬會引來注意，但在眼前這個例子中，那帽子只會吸引人去看河馬，而不是看到凱勒的臉。愈多人注意到河馬，他們就愈不會注意到凱勒。他只是帽子上有河馬圖案的尋常男子，而且他傳送出他很安全、沒有威脅性的潛意識訊息，因為這種眉毛上方一兩吋處戴著一頂河馬・辛普森帽子的鄉巴佬，能有什麼危險性呢？

第十四章

在行經匹茲堡市區邊緣的路上，凱勒轉出了三十號國道，路上的標示牌顯示他快到賓州高速公路了。他可以走這條高速公路回到紐約，但又想起好像聽說過這條高速公路上的州警抓超速抓得很兇。這搞不好是謠傳，而且很可能是二十年前的舊資訊了。但他離開第蒙之後就沒有超速過，而根據另一個標示牌，他走的這條路會通到州際八十號高速公路。

在碰到瑞姆森之前，凱勒有不得不選擇州際八十號高速公路的理由。因為這條公路在賓州境內免費，但賓州高速公路則是要收費的。之前他盡量把錢省下來買汽油，希望能撐到家，所以避開收費高速公路也是值得的。但現在他口袋裡有錢，而收費站最大的缺點，也不過是會讓多一個人匆匆看到他的臉罷了。

他花了比預期久的時間，才來到這條州際高速公路，他很高興有個休息區讓他停下來。他去上了廁所，同時看看鏡中的自己，發現視線無法離開河馬・辛普森。那個圖像非得那麼亮嗎？或許他可以在上頭抹點泥，讓圖案別那麼亮。

結果他沒多事，只去看看廁所外牆上的地圖，然後回到車上，想判斷自己能不能一口氣開回紐約。他的汽油大概夠，不過沒理由冒險，因為現在他有米勒•瑞姆森的信用卡幫他付汽油錢了，免得萬一卡在中間某處，比方進入紐約市的喬治•華盛頓大橋。

他得決定是否要在路上再過一夜。之前在真床上睡了幾小時，讓他被慣壞了，現在想到要在車上設法睡覺，就讓他倒胃。他離紐約還有多久的車程？七、八個小時？加上停下來加油和吃飯，就要更多時間了吧？

他粗略估計了一下，如果一路開車回去，他會在清晨三點或四點抵達紐約。這個時間回他公寓應該不錯。街上的人比較少，而這種時間會在外頭走動的，大概醉得根本不會注意到他，或是見到他、但事後也不會記得。

一股思緒想冒出頭，但他心裡一直刻意把它撇到一邊……

如果他直接開回去，他心想，到了紐約他會筋疲力盡，以這種狀況踏上家門是最好的方式嗎？他希望一進門就爬上他的床，但卻不可能，因為他有一大堆事情要做。信件就別管了，每回他出遠門回來都有一大堆信件。有太多其他事情他得立刻處理，向來就有。

那股思緒又來了，他刻意不去管，幾乎毫不費力就避開了。

他離開瑞姆森的加油站以來，頭一次打開收音機，可是現在在山區，收訊很差。唯一能收到的電台是播放音樂的，但靜電干擾太嚴重，他連播放哪種音樂都聽不出來。

他關掉收音機。他覺得警方不太可能已經發現了瑞姆森的屍體。他留下的那些牌子會讓人以為瑞姆森離開了，除非警方有令人信服的理由，才會強制進入屋裡察看。瑞姆森一個人獨居，從屋裡的跡象，也看不出他有任何朋友。

他的視線越過洗手間和販賣機外頭那堵矮磚牆。他發現入口旁有個《美國今日報》的投幣販賣箱，但他之前沒想過要去買一份。他現在才想到，去看看世界上發生了什麼事，或許不是個壞主意，尤其接下來幾個小時大概都聽不到廣播了。他開了車門下車，一輛大大的越野休旅車卻挑了這個時間開進休息區，正好停在洗手間前面，車門打開，兩個大人和四個小孩跑出來，全都急著去上廁所。

一下子來了太多人。他又回自己車上。報紙先不必急著買了。

他又上路，想著他在印第安那州殺的那個人。說不定有另一個壞脾氣的老頭常跟瑞姆森去打獵、釣魚，或者去找他打撲克牌，早晚會有人撞門進去發現屍體，但是到那個時候，他早就扔掉瑞姆森的信用卡——而且也丟掉這輛Sentra了。因為屆時他已經回到紐約，他在那裡不需要汽車，發瘋的人才會想在紐約擁有一輛汽車。

不論他花一天或兩天，也不論他直接開回去或中途找地方睡覺，他都很快就可以回到紐約，他將會平安返家。

到了下一個出口，有個餐廳的廣告牌，標榜提供賓州荷蘭式家常菜。凱勒覺得很難以抗拒，雖然他不太確定賓州的荷蘭裔移民在家裡都吃什麼。到了現代，他心想，他們八成就跟其他人一樣，去「大聯合」連鎖超市買東西回家，扔進微波爐加熱，但凱勒猜想，這家餐廳指的是古老年代的家庭。他下了出口，找到那家餐廳，在停車場停下，然後搞不懂自己在幹嘛。

因為這是一家很正常的餐廳，你得走進去坐在一張桌子旁，從菜單上點菜，然後等著女侍端來給你。所以女侍會看到你，其他顧客也會，而自從他在第蒙的日日旅店上看到自己的照片首度登上電視螢幕以來，就一直百般努力想避免讓人看到他的臉。現在他有了頂棒球帽，但這可不像是面具。進了餐廳，他的臉還是會秀出來，人人都能看見。

他開著車子出了停車場，找到了一家有免下車點餐窗口的哈帝漢堡。他點了食物，在十幾碼以外的地方停下車，吃掉了，將垃圾扔到垃圾桶，然後開車上交流道，回到州際高速公路。

這一切是怎麼回事？是因為他受不了賓州荷蘭風味的著名甜派和蘋果餅的誘惑？他的食慾接管大腦了嗎？

他想了想，琢磨出是怎麼回事了。

他人在賓州，比愛荷華州要離家近太多了。而離紐約愈近，他就覺得愈安全。加上口袋裡有錢所帶來的安全感，還有頭上這頂棒球帽在上次加油時所帶來的順利，讓他相信自己沒什麼好擔心的。

很快了，他心想。很快他就會到家了。但現在還沒。

兩個小時後，他說服了自己，汽車旅館的風險，絕對不像賓州荷蘭風味餐廳那麼大。

首先，他不必擔心有其他顧客。他唯一會見到的人，就是幫他登記入住的櫃台職員。他戴著帽簷壓低的棒球帽，填住客資料卡時會低著頭。而且這家是獨立式、沒加入全國連鎖的汽車旅館，所以旅館主人很可能是印度移民。事實上，旅館主人八成是來自古吉拉特邦（Gujarat）的，而且姓帕特爾（Patel）的機率很大。

這些年來，來自印度古吉拉特邦的移民大肆購買美國各地的汽車旅館，大部分這類移民都姓帕特爾。凱勒覺得好像古吉拉特邦的第一大城（管他叫什麼）至少有一個訓練學校，專門訓練一些有雄心的當地人如何經營汽車旅館。**各位學員，我們今天的學習目標，就是如何在枕頭上正確地放置薄荷糖。明天我們將會討論如何在馬桶蓋套上「已消毒，請安心使用」的紙封條。**

如果凱勒的臉沒什麼特色，一般人都懶得再看第二眼，那麼在一個截然不同種族背景的人眼裡，不就更不起眼了嗎？凱勒沒有什麼種族刻板印象，也從來不會說所有的亞洲人或非洲人看起來都一樣，但無可逃避的事實是，每碰到不同於自己種族的人時，他第一眼最強烈的印象，就是他們和自己的不同。他看到的只是一個黑種男人，或一個韓國女人，或一個巴基斯坦人；稍後多看幾眼，他就比較能看出每個人的差異。

所以，如果你是來自古吉拉特邦的人，當你在自家汽車旅館看著櫃台前的那名美國白人，不也會有同樣的反應嗎？你第一眼只會先看到他是個白人，而不是他的面貌，不是嗎？而且，因為你唯一要做的就是刷他的信用卡，把房間鑰匙交給他，那麼你有什麼理由要多看他第二眼呢？

凱勒決定冒這個險。

凱勒打開那家汽車旅館辦公室的門時，櫃台後面空無一人，不過他不必看到人，就知道自己的第一個假設正確。旅館主人即使不是來自古吉拉特邦，也一定是印度移民。因為空氣中飄著濃濃的咖哩味，因而再也不必懷疑了。

一般人想不到在賓州中部山丘間會聞到這種氣味，而且對凱勒所造成的效果，比「賓州荷蘭式家常菜」廣告詞的效果更強烈。那種氣味帶給他種種希望，是所有速食漢堡和薯條所缺乏的。凱勒不餓，他不久前才吃過，但飢餓與否並不是重點。他想找到那股美妙氣味的來源，像狗見了腐肉似的埋頭在裡面打滾。他繼而心想，這個畫面對他或對食物都不是一種讚美，但即使如此——

一面珠簾發出叮噹聲，他的思緒中斷，一名年輕女子走出來，暗色皮膚，身材苗條，穿著白色開襟襯衫和格子裙，看起來像教會中學的制服。幾乎可以確定，她是旅館主人的女兒，而且她很漂亮，換了其他的情況，凱勒可能會跟她稍微調情幾句。至少他會讚美一下那股食物香味。

但眼前不行。他只是問了房間價錢，而她只是告訴他三十九元，凱勒覺得價錢很公道。凱勒沒見她抬頭看他，或看那頂繡著河馬的帽子。在她眼裡，他只是個惱人的責任，要盡快解決掉，好讓她回去繼續修改申請哈佛大學的論文。

他填了她遞來的住客登記卡，編了名字和住址，汽車款式和號碼都空著沒填。這類卡片上向來有這些空格，但旅館似乎不在乎你填了沒，而眼前這個女孩也不例外，就算你填上印度聖雄甘地的名字，她也不會注意到。

他用現金付帳，因為信用卡上是瑞姆森的名字，而他已經在卡片上用別的姓名登記了。他可以用瑞姆森的名字登記，至少還可以用上幾天沒問題，而且明天他就會回到紐約，一切就都沒問題了。不過他反正有現金，所以也沒差。

她問他要不要打電話，因為要打的話，他就得再付一筆押金，或者預刷他的信用卡留下資料。他搖搖頭，拿了房間鑰匙，再好好吸一口那股咖哩的甜香，然後走出去。

第十五章

次日早晨，凱勒在房裡把自己碰過的地方都擦了一遍，出門走向他的車，走到半路，才想到棒球帽沒拿。還好他也忘了把房間的鑰匙留在梳妝台上，所以就可以開門回房拿帽子。有了河馬・辛普森在他的前額，就彷彿有個古代北歐神話中的處女戰士仙女瓦爾基里（Valkyrie）站在一艘維京人戰船的船首。

他感覺已經準備好要面對這個世界了。

他往前開了幾哩，停下來加最後一次油，再繼續往前開。「平安到家」像句咒語似的，在他腦中反覆迴盪。他唯一要做的，就是進入自己公寓後鎖上門，然後他就擺脫了逃犯之身，以及種種隨之而來的淒慘日子。而且因為他現在退休了，眼前再也沒有「最後一件差事」，他就可以把過往的工作永遠鎖在外頭。他會有他的郵票，他會有他巨大的、最先進的電視，他會有他的TiVo，而且生活中的種種所需，他只要輕鬆走一小段路就會到──他慣常去的熟食店，他最喜歡的幾家餐廳，他每天早晨買《紐約時報》的書報攤，還有洗衣店能讓他早上拿髒衣服過去、晚上取回乾淨的。他並沒有想像那是多麼刺激的生活，只是像以往那樣，集中在看電視和集郵這類靜止而孤單的活動上。但這些年來，刺激對他已經失去了吸引力，何況他以往就不那麼喜歡刺激。

而且他發現在eBay上競標幾塊錢的郵票，看到截止前最後一刻會不會有哪個王八蛋殺出來，這樣就已經夠刺激了。這是一種低風險的刺激，毫無疑問，但機會卻有很多。

那股漫遊的思緒又再度想冒出來，奮力要浮出水面。那就像是你眼角幾乎沒看到的東西。你知道只要轉頭就能看見；但不想看的話，也只要保持頭部不動，照常往前看就行了。

他的早餐是在免下車點餐窗口順利買到的，有兩個滿福堡和一大杯咖啡。要下州際高速公路時，他看到前方五哩處有休息站的標示，所以他就開到那裡，停在一棵樹下。他很開心地發現自己時間抓得剛剛好，咖啡已經夠涼可以喝了，但滿福堡還是溫的。

吃完了之後，他去上洗手間，出來的路上他終於想到要買份報紙。《美國今日報》是七毛五，他塞了三枚兩毛五硬幣之後，才發現旁邊有另一個賣《紐約時報》的。他按了退幣鈕，拿回他的三枚兩毛五硬幣，補上第四枚，買了《紐約時報》。回到車子的路上，他已經計畫好看報的先後順序。首先是地方新聞和全國新聞，然後是體育版，最後是字謎。可是今天星期幾？星期四？《紐約時報》的字謎是隨著星期幾而愈來愈難，星期一的字謎連對十歲大的聰明小孩都不算是挑戰；到了星期六的，就常常讓凱勒覺得自己有點智障。星期四通常剛剛好。一般狀況下，他都可以填完星期四的字謎，沒問題，不過還是要稍微思索一下。

他坐在方向盤後方，找個舒適的姿勢，然後開始看報。他始終沒機會做字謎。

第十六章

凱勒在紐約時，每天早上買的報紙都有四大落，但《紐約時報》發行到紐約大都會以外鄰近地區的版本，則是只有兩大落。頭版有一篇有關州長暗殺的報導，主要在談因此衍生的政治後果，另一篇則是有關追查兇手的後續報導，幾個調查方向似乎都逐漸停擺，截至目前都沒有任何結果。沒有任何關於米勒・瑞姆森的報導，凱勒也不覺得意外；即使屍體被發現了（雖然現在還不太可能），印第安那州以外的人也不會感興趣，除非他在鏡子上用口紅寫著：趕緊來抓我，免得我殺掉更多州長。

他差點漏看了真正重要的那則報導。

他正在看第二落的第三版。「縱火，白原鎮火災查為謀殺」，標題如此宣稱，吸引他注意的是白原鎮。如果標題沒那麼精確，而是泛稱威徹斯特郡的話，他可能就會掠過了，但他去過白原鎮無數次，一開始是去見老頭，後來就是去見桃兒了。他會去紐約市的大中央總站搭火車，然後從白原鎮火車站搭計程車到陶登廣場那棟大大的老房子，坐在圍起的前廊或舒適的廚房裡喝冰紅茶。於是他就閱讀了那篇白原鎮火災的報導，很快就知道他再也不會去那兒了，因為那裡再也沒有那棟大宅、沒有前廊、沒有廚房，也沒有桃兒了。

顯然昨天的報紙曾經報導過這個事件，而凱勒當然沒看過。但報紙上說，之前——他猜想是星期一，不過也可能是星期天，報上沒寫得那麼清楚——一場火災在清晨時分發生，消防人員趕到時，火勢早已肆虐得無法控制，將那棟百年老宅完全燒毀。

起火點是在廚房，獨居屋主焦黑的屍體也是在此被發現，鄰居確認死者身分為桃樂希雅・哈伯森（Dorothea Harbison）。調查人員立即懷疑是縱火，將猛烈的火勢歸因於整棟房子到處都有大量的助燃劑。一開始似乎有可能是哈伯森女士自己放的火；鄰居描述她安靜而孤僻，認為她最近幾個月顯露出憂鬱症的徵兆。

不管是哪些鄰居說的，凱勒很想反駁他們。孤僻？她受不了笨蛋，也不想跟其他人分享她的個人私事，並不表示她就是那種養貓的怪女人，長年身上都穿著同一套法蘭絨睡衣穿到破掉。憂鬱症的徵兆？什麼憂鬱症的徵兆？她沒到處笑給大家看，但他從不認為她會憂鬱，而且她的自殺傾向低得就像《歡樂滿人間》的女主角歡樂瑪麗（Mary Poppins）。

但後來證明不可能是自殺，那篇報導繼續寫道，因為驗屍後發現頭部中了兩發子彈，兇器是一種小口徑的手槍。兩個傷口顯示不可能是自殺——真的，凱勒心想——現場也找不到兇槍，因此調查人員研判，死者是被射殺身亡，然後兇手縱火以掩飾罪行。

「可是沒用的，不是嗎？」凱勒說出聲。「操他媽的白癡。」

他逼著自己把這則新聞看完。根據《紐約時報》的報導，謀殺動機不明，然而警方不排除搶劫的可能。一名不願具名的警方消息來源指稱，已故的朱賽比・瑞貢（Giuseppe Ragone），又名「惡龍喬」（Joe the Dragon），當年在離開黑幫後的退休生活中，便是由桃樂希雅・哈伯森長年陪伴照顧的。

據凱勒所知，除了那些小報之外，沒人喊過老頭「惡龍喬」。有些人背後談到他會說是喬伊・破布（Joey Rags），或是「收破布的」（Ragman）。一方面因為他姓氏的諧音，另一方面是他有回介入一樁當地成衣區的毒品走私案。凱勒本人則是無論想到或提到，都向來只稱他是「老頭」。

而且老頭從沒退休。他死前放棄了許多興趣，但還是繼續當仲介人接差事，然後派凱勒出去處理，一直到嚥氣為止。

「身為惡龍喬同住的夥伴和親信，」那個未具名的消息來源說，「哈伯森女士應該知道許多組織犯罪的資訊。或許有人擔心她會說出去。瑞貢已經過世很久了，但不是有句俗話說過嗎？這種事遲早都會得到報應的。」

想著自己或許可以做些什麼也於事無補，但他就是忍不住。他找了個公用電話投下硬幣，撥了桃兒家的電話。

枯－嗚噫——！

這個電話已經停止使用了。好吧，這是真的了，不是嗎？一棟房子都徹底燒毀，電話自然就不能用了。

他取回退出的兩毛五硬幣，用來撥回自己家裡，半期待會聽到同樣的枯－嗚噫——和同樣的電話公司錄音，告訴他電話已停用。他的答錄機出門前設定過，有留話便響兩聲後轉入答錄機，沒有留話便是響四聲。所以他從外面打電話回去，如果沒有留言可聽，便可以省下電話費。電話響到第三聲時，他有點驚訝，他以為離家這麼久，應該會有留話的，結果更驚訝的是，電話繼續響了第四聲、第五聲、第六聲，如果他不掛斷的話，大概還會永遠響下去。

怎麼會這樣？他家的電話沒有插撥功能，所以不可能是答錄機正在錄別的留言。如果是這樣，他打回去只會打不通。

他搞不懂自己幹嘛還要拿回那些退出來的兩毛五硬幣。他還能打給誰？

結束了，現在他明白了。這就是他一直不肯明白、避免去面對的那個小小思緒。他本來妄想等他回到自家公寓，就會一切完美無缺，這個白日夢一路支撐著他從愛荷華回到紐約，現在顯然是不可能了，他簡直不明白自己之前怎麼會糊塗地沉醉其中，還以為這是真理。

不知怎地，他一直把紐約視為避風港，安全且神聖不可侵犯。多年來，他都規定自己絕對不接紐約市的差事，儘管有兩回他不得不破例，但大部分時候，他都遵守這個原則。全國其他各地才是他工作的地方，而他也的確跑了許多地方。紐約則是他的家，是他工作完畢後歸來的地方。

但紐約畢竟是美國的一部分，不論有多少本地或外地人不作此想。紐約人看同樣的電視新聞，閱讀同樣的報紙。他們或許比大部分人更不愛管閒事，而且一個公寓住客喊不出同一棟樓裡其他人的名字，也不是什麼新鮮事，但這並不表示紐約人對周遭的一切盲目無知。

他的照片已經登上了所有電視台和每份報紙，可能只有《林氏郵票新聞》除外。（而且說不定還是會登，如果詹姆斯・麥丘想通當初跟他買那些重印版瑞典郵票的人是誰的話。）有多少人跟凱勒住在同一個街區、或隔壁街區？有多少同一棟的住戶認得他？曾在那家熟食店或健身房遇到他？或者是在他幾分鐘之前曾理想化的那種低調生活中的任何場所？

那種日子，他再也回不去了。

他又看了一遍報紙，這回更仔細了，在一篇早先略讀過的報導中，凱勒發現，至少有一個他的鄰居注意到，他很像照片裡的那名逃犯。由於對於這名逃犯的敘述並不一致，記者暗示說，有一名住在海龜灣的不明人士引起警方的注意，「只因為他顯然職業不明，而且常常出城。」而凱勒的公寓，就在海龜灣那一帶。

這就足以讓警方拿著搜索票去他家了。他們會在他公寓搜出什麼可能暗示他有罪的東西嗎？

他想不出會有什麼。他們會發現他的筆記型電腦，會翻遍他的硬碟，但他剛買電腦時，就知道電子郵件的壽命超過鈾元素的兩倍，在網路上傳送的兩句話所留下的痕跡，可能直到寄件人死掉都不會消失。他和桃兒從不寄電子郵件給對方，也發誓將來絕對不會。

好吧，現在要遵守這個承諾就很容易了，不是嗎？

他的電腦用途，大部分與他的嗜好有關——寫信給郵票商、上網搜尋資料、在eBay買郵票、參加網路拍賣競標。他去第蒙之前查過航空公司網站，但沒在網路上買機票，因為他打算用荷登・布藍肯緒普的名字搭飛機。所以他是打電話訂機票的，他的電腦上不會有任何紀錄。

警方可以查出他上過的網站、什麼時候上過嗎？他不確定，但猜想那個最高指導原則——只要是科技方面的東西，任何人有可能辦到任何事——大概可以適用。有一件事他很確定警方辦得到，那就是查出他的電話通聯紀錄，得知布藍肯緒普飛到第蒙的一兩天前，曾打電話給航空公司。但反正到現在，這點也無所謂了，其實是一切都無所謂了，因為警方終於注意到他，這樣就夠了。他過去的人生一向遠離聚光燈下，現在他躲不掉了，過去的人生結束了。

約翰・保羅・凱勒（John Paul Keller）結束了。如果他還能活著（雖然似乎希望不大），他就得離開紐約，而且要改名換姓了。他不會懷念約翰・保羅這兩個名；因為很少用到，別人也不這麼喊他，從小幾乎人人都喊他凱勒。他就是凱勒，而且有時他簽名要用縮寫時，他都覺得他簽的JPK代表的是Just Plain Keller（就只是凱勒）。

他再也不能當凱勒了。凱勒結束了、活夠了——想到這一點，他明白凱勒一生中的所有事物都沒了，所以這個姓也跟著消失，又有什麼差別呢？

比方他的錢就沒了。上回桃兒跟他報告時，他還有超過兩百五十萬元投資在股票和債券上，全都是在一個「美國交易」（Ameritrade）網路帳戶的名下，由桃兒開戶並管理的。錢還是在那裡，不會隨著桃兒的死而消失，但因為他沒法享用，所以就跟沒了一樣。他不知道她開戶用的是什麼名字，也不知道該怎麼去取得帳戶的錢。

當然，他有銀行帳戶，存款帳戶和支票帳戶各一個。存款帳戶裡或許有一萬五千元，加上支票帳戶有一千元左右。但現在警方應該已經凍結了他的帳戶，正在等他用金融卡提款，好用錄影機拍下他的畫面。反正他現在也不能用金融卡，因為沒帶在身上——所以警方大概也把他放在家裡的金融卡沒收了。

那他就沒錢了。也沒有公寓。他多年來都住在第一大道的一戶公寓，是早在這棟新藝術風格的大樓轉為合作公寓時，他以老住戶的身分，用很便宜的價錢買下的，而且每個月的管理費也不多，他一直認為自己會在這裡住到老死為止。這個家一直是他的庇護所，但現在他連回去都不太敢了。他永遠失去了那戶公寓，連同他的大螢幕電視和TiVo、他舒服的椅子、他的浴室和震動型蓮蓬頭、他平常工作的書桌，還有——

啊，老天。他的郵票。

第十七章

凱勒經由喬治・華盛頓大橋下層越過哈德遜河，回到曼哈頓，然後走哈林河道再轉接法蘭克林・羅斯福道，在離他公寓幾個街區的地方轉出去。回紐約前的這個下午，他在賓州東斯特勞斯堡外圍一個購物中心的電影院裡度過。那個電影院號稱是quadruplex（四倍的、四重的），凱勒覺得感覺上像是某人踩到地雷卻大難不死，但其實意思只是院裡有四個廳，可以放四部不同的片子。凱勒看了其中兩部，但只花了一部的錢；他不想出去再買一張票而引起注意，而是從一個廳走到廁所，然後再溜到另一個廳看第二部電影。

那如果被帶位員看到呢？他怎麼辦，開槍殺出去？不太可能，他把那把席格自動手槍放在車上的置物匣裡了，而且很驚訝地發現身上沒槍時，就感覺自己好脆弱。他才帶著槍幾天，就已經覺得非假日下午的黑暗電影院極其危險，裡頭不到兩打觀眾，而其中年齡居中的大概是七十七歲。在這樣的環境中，他理當覺得安全才對，但他開始領悟，無論身處何處，他都再也不會覺得安全了。

第二部電影播放完畢時，就是離開的時候了。他低著頭，頂著河馬・辛普森的帽子，回到自己車上。上了車，還沒繫上安全帶或把鑰匙插入啟動器，他頭一件事情就是把槍插回腰帶裡的老地方。他發現，槍抵著他後腰的那股壓力，讓他覺得很舒服。

他離開電影院時已經天黑了，而他當初去看電影也就是為了要等天黑。等到他開著車進入紐約，繞行他公寓附近的那幾個街區打轉，思忖著該怎麼處理這輛車時，已經接近半夜十二點了。原先他還停留在那個美好的幻想中，《紐約時報》還沒跑出來踢破他的美夢之前，他已經想好要怎麼處置這輛Sentra車了。他會開到布魯克林或布朗克斯某個破敗的區域，把車停在那邊不上鎖，鑰匙仍插在啟動器裡。他會先拆掉車牌，但他想這並不會阻止某些當地年輕人把車子開走。最後車子會被送到紐約市警局的拖吊場，或是布魯克林區班森赫斯特那一帶某家專門拆解贓車的修車店，反正都不關凱勒的事。他會回到家，過著美好的生活，任何走路太遠的地方，他就叫計程車。

是喔，想得美。

現在紐約已經變得跟第蒙一樣不安全了，他需要一輛車離開這裡。所以他得留著這輛車，而且得停放在不會被拖吊的地方。這大概就表示要找個停車場，也就表示又有一個人有機會看他的臉，也因此大概得經過一兩個保全攝影機。但在他家附近實在太難找到合法的停車位，即使是違法的停車位都很難找到。聯合國大樓就在他家兩個街區外，一大堆有外交車牌護身、不會被拖吊的車子囂張地沿著每個公車站和消防栓任意停放。

他經過其中一輛掛著外交車牌的車子三次，那是福特的林肯豪華型轎車。車子就擋在消防栓旁，同時還盡可能擋住了交通，因為那名外交官員停車時非常缺乏外交技巧，把車子停得離人行道邊緣足足有三呎遠。經過第三次時，凱勒在那輛車旁並排停下，打開自己的後行李廂，翻找他的工具箱，找到自己所需要的東西。

幾分鐘之後，他繞過轉角，到了下一個街區，他找到一個空間把那輛Sentra停進去，車身有一大截佔住了公車專用停靠位，足以吃一張罰單了，搞不好還會被拖吊。但是兩種情況都不會發生，因為車子前後的外交車牌已經蓋住了他原來的車牌。

要不要帶著旅行箱？不，帶了幹嘛？

他把車子留在那兒，開始走向自己那棟公寓。另外如果運氣好的話，他也正走向他收藏的那批郵票。

凱勒和他的郵票有一段糾纏不清的歷史。

他小時候就集郵，那也很平常。很多他這一代的男生小時候都集郵，尤其是像凱勒這種內向的。一開始是有個做生意的鄰居常跟中南美洲的公司通信，送了他一批郵票，他便開始學著把郵票泡在水裡，揭掉背面黏的紙，夾在紙巾裡晾乾，然後用鑷子夾起，插在他母親從蘭斯騰百貨商店買來給他的集郵冊裡。後來他又找到其他郵票來源，去金貝爾百貨商店的郵票部買一些郵票組合包，然後相隔半個國土之外的一名郵票商會寄來可退貨的待選郵票，他也買些便宜的，挑出他要的，剩下的連同貨款寄回，然後等著這個郵票商再寄來下一批。他就這樣集郵集了幾年，每星期頂多花一、兩元，有時候因為有別的事情在忙，就連續好幾個星期都忘記要寄回那些待選郵票。最後他對那些郵票失去了興趣，再後來他母親把他的收藏賣掉，或是有可能丟掉了，因為他的收藏不足以讓郵票商出錢收購。

他後來發現自己的郵票收藏沒了，覺得很氣餒，但沒有崩潰，再後來他就忘了，繼續去忙別的事情——其中有些事情比集郵更緊張刺激，但不像集郵那麼能被社會接受。時間過去，世界變了。凱勒母親故去已久，蘭斯騰百貨和金貝爾百貨也一樣。

接下來有二三十年，他都很少想到自己的郵票收藏，除非某些零碎知識勾起了他的記憶，而他之所以記得，要歸功於童年長時間拿著鑷子和膠水紙集郵的經驗。有好幾次，他覺得他腦袋裡的頗大一部分資訊，是直接源自於這份嗜好。比方說，他可以不太困難地就依序背出美國歷任總統，這份能力是源自於一九三八年所發行的那套總統郵票，郵票上有歷任總統的頭像，面值則依照在任先後累加。華盛頓總統是一分錢郵票，林肯是十六分錢的郵票。他還記得這些，甚至他還記得一分錢的郵票是綠色，十六分錢的郵票是黑色，而二十一分錢的郵票是出身紐約的切斯特·阿倫·阿瑟總統，顏色是灰藍。

他知道愛達荷州是在一八九〇年正式成為美國的一州，因為一九四〇年發行了一張五十週年慶的紀念郵票。他知道一六三八年有一群瑞典人和芬蘭人在德拉瓦州威明頓定居，也知道曾在美國獨立革命中為美軍效命的波蘭將軍寇斯丘斯科（Tadeusz Kosciuszko）於一七八三年獲得美國公民權。他可能不知道這個人的名字怎麼唸，更沒辦法拚出來，但他記得這個人，因為一九三三年發行了一張此人的五分錢郵票。

偶爾片段的記憶可能會勾起他的渴望，但願自己還擁有原來那些收藏，雖然沒什麼價值，卻曾佔據了他那麼多時間，也讓他的腦子充滿了各式各樣的瑣碎資訊。但他從沒想過要重溫那段日子。那是他年少的一部分，而且一去不回了。

然後，當那老頭腦子開始不對勁，而且後來擺明會毀掉多年的事業之時，凱勒發現自己開始盤算起退休。他存了一些錢，儘管連桃兒最後在網路帳戶上替他存的那兩百五十萬的十分之一都不到，但他還是設法告訴自己，這些錢夠了。

可是退休後的時間他要做什麼？打高爾夫？繡花？成天去老人中心泡？桃兒指出他需要一個嗜好，於是他腦中冒出了一串童年記憶，接下來他做的第一件事情，就是去買了一批世界各國郵票，一八四〇年到一九四〇年的，做為開始的基礎，然後不知不覺間，他的書架上就有一格放滿了集郵冊，也訂了一份《林氏郵票新聞》，又向全國各地郵票商索取價目表和可退貨的待選郵票。所以當老頭過世，他可以繼續和桃兒直接合作後，他也花掉了退休基金中頗驚人的一大部分。

當他客觀地考慮自己的郵票，就會無可避免地斷定，他整個收藏的認真程度根本是瘋了。他把一大部分可以自由支配的所得，花在一堆小紙片上，而除了他和一些志趣相同的傻瓜之外，其他人根本不會花錢去買這些小紙片。而且他把自己大部分的閒暇時間用來取得這些小紙片之後，還將它們整齊且很有系統地放入專門的集郵冊中。他花了很多心血，好讓這些小紙片在冊子裡看起來像模像樣，儘管其實除了自己之外，他根本不打算給其他人看這些集郵冊。他不想把自己的郵票送去參加郵展，或邀請其他收藏家看。他希望這些郵票就放在他公寓的書架上，只有他能看到。

這一切，他必須承認，實在一點也不理性。

另一方面，他整理郵票時，總是完全投入眼前的事情。他對一件本質上並不重要的任務投入高度的專注，而這似乎是他精神上需要的。當他心情不好時，他的郵票能夠帶他脫離陰霾。當他焦慮或惱怒時，他的郵票就帶著他進入一個境界，焦慮或惱怒都不再重要。當全世界似乎瘋狂而失控時，他的郵票提供一個整齊有序的新星球，在此由平靜主宰、由邏輯掌控。

如果他沒心情，郵票可以靜靜等待；如果他有差事要出城去辦，他知道回來時那些郵票會等著他。郵票不是寵物，你不必餵牠們或定時帶牠們出去散步；郵票也不是植物，你不必替它們澆水。郵票需要他全神專注的照顧，但可以等到他有空提供時再說。

有時他很納悶自己是不是在這些收藏上花了太多錢，或許是，但他還是有錢付帳單，也沒欠任何債，而且無論如何，他的投資已經累積了兩百五十萬，所以為什麼不該隨心所欲花在郵票上？

此外，好的郵品總是會隨著時間增值的。你不能今天買了，明天賣掉，還希望能獲利；但如果你收藏了一段時間，那些郵品就會升值夠多，可以彌補郵票商漲價的幅度。其他還有哪種消遣能有這樣的報酬呢？如果你有一艘遊艇，如果你玩賽車，如果你去非洲野外旅行，你能期望自己花的錢有多少能回收？再推得誇張一點，如果你花錢去買水晶瓶或古柯鹼，還希望自己能有多少淨利？

所以他回紐約來找他的郵票。沒有其他理由讓他回來，而且他有太多理由不該靠近紐約的。要是警方想找他，除了會進入他的公寓、封鎖他的銀行帳戶之外，還很可能派人監視那個地方，以防萬一他笨到會跑回來。

要是警方沒在等他，那麼艾爾呢？在第蒙布置那個陷阱的人可不會袖手旁觀，靜待事情自然演變。他們已經在白原鎮證明過這點了，因為那不是老頭以前結下的冤孽回來報仇，而是艾爾的人槍殺了桃兒，把她家給燒成灰燼。

他們可能已經知道他的名字，也知道他住在哪裡。如果還不知道，他們一定問過桃兒了，而他只能希望她立刻回答了，所以她腦袋上挨的那兩顆子彈就是她唯一要忍受的懲罰。因為換了任何人，早晚也得說出來，而在她身上，早說就能少受點苦。

但或許沒有任何人監視他的公寓，警方沒有，艾爾的手下也沒有。或許他唯一要做的，就是找個方法進去又出來，不要被門房看到。

不過他大概不只要進出一趟。他收藏的郵票放在十大本集郵冊裡，而之前他一整個下午坐在東斯特勞斯堡的電影院裡盯著螢幕，所能想出來的最好辦法，就是把集郵冊塞進那個有滑輪的大尺寸旅行袋裡。袋子是他幾年前在購物頻道買的，從來沒用過，每次旅行要出門，不論是出差或出門度假，那個旅行袋總是嫌太大，他沒那麼多東西好帶，但當初購物頻道那個主持人挑對時間吸引了他的注意，於是他迷迷糊糊就抓起電話，買了那個該死的袋子。

那袋子鐵定能裝下四本集郵冊，說不定還能裝五本，袋子的提把和輪子也可以讓他一路拉到那輛Sentra車的停車處。把集郵冊搬上後行李廂，再回去搬一趟——兩趟應該可以搬完，或者頂多三趟。

公寓裡還有一些現金，除非已經被人發現了。不是什麼大錢，只是一千多元的救急金。如果眼前的狀況不是緊急狀況，那他就不曉得還有什麼算是了；而且他絕對需要現金，但那筆錢還不足以讓他回紐約，就算是十倍或二十倍都不可能。

但那批郵票藏品就是另外一回事了。多年前他已經失去過自己的第一批收藏，他不想再失去這批。

第十八章

如果有人在監視那個地方，凱勒也看不出來。他花了整整半個小時觀察，始終沒看到任何可疑的人。但他也找不到任何管道，可以避開門房而進入那棟大樓。稍微比較可能的方法，就是去弄來一把六呎高的梯子，攀上大樓背面的防火梯，然後或許可以闖入同棟鄰居的屋裡。而這鄰居家裡沒人的機率微乎其微，就算真沒人好了，他帶著一個裝滿集郵冊的超大袋子，又要怎麼爬下防火梯？

管他去死。他做的第一件事情就是摘下河馬・辛普森的帽子，因為這帽子跟他心裡的計畫完全不搭。他可能很快就會又需要河馬了，所以他沒扔掉帽子，只是盡量摺小了，塞進口袋裡。然後他過馬路，挺起胸膛，雙臂自然地在身側微微擺動，然後直接走向那名門房，進入公寓大廳。

「晚安，尼爾。」他進去時說。

「晚安，凱勒先生。」那門房說，凱勒看到他藍色的眼珠睜大了。

他朝尼爾匆忙一笑。「尼爾，」他說，「我敢說我有幾個訪客，是吧？」

「啊——」

「沒什麼好擔心的，」凱勒向他保證。「過一兩天就都能水落石出了。不過現在這些事情，讓我和其他一些人很煩。」他一手探入胸部的口袋，他事先在裡頭放了兩張米勒・瑞姆森的五十元鈔票。「我得上去看一下，」他說，把手心裡那兩張折起的鈔票塞進尼爾的手掌裡。「不必讓人知道我在這兒，你大概能聽懂我的意思吧。」

再沒有什麼比自信的神態更有用了，尤其是還附加了一百元。「當然，我根本沒見到你，先生。」尼爾語調歡快地說，還露出平常罕見的輕微愛爾蘭口音。

凱勒搭電梯上樓，很好奇自己門上會不會貼了封條，被宣布為犯罪現場。但結果什麼都沒有，連一張保證他公寓已經消毒過、可安心使用的封條都沒有。鎖也沒有人換過；他用自己的鑰匙開了門。一進去他立刻發現，公寓裡面的東西已經有人動過了，但他沒浪費時間去察看那些不重要的東西。他直接朝向放郵票的書架走去。

第十九章

沒了，全沒了。

他也不是完全沒料掉。他知道很有可能回家時會發現郵票不見了，被某個訪客拿走了。警察很可能會沒收那些郵票，但他覺得更可能是艾爾，或者他派來的手下，看到了那些集郵冊，對收藏品的市場略有所知，知道這些郵票的價值。不論是誰拿走的，他如果能賣到原來購買價格的十分之一，就算走運了；但即使如此，拿走的人可能還是認為值得冒著脫腸的危險，把這十本大冊子搬出去，找個肯撿便宜而不追究來源的郵票商買下。

如果上述的狀況發生，那他就永遠失去這些郵票了。而如果是警察拿走，也還是一樣，他也永遠拿不回來。接下來二十年，這批郵票收藏可能會放在某個證物櫃裡，遭受熱氣和潮溼和害蟲和空氣污染的摧殘；就算真有奇蹟發生，比方第蒙的某個人受不了而自首供出一切，包括他們當初陷害了凱勒——儘管其實他知道永遠不會也不能——這批收藏也不可能回到凱勒手上，他知道自己再也看不到這些郵票了。

那些郵票沒了。嗯，好吧。桃兒也沒了，這就是完全意想不到的了，他一直以為桃兒這個朋友會陪著他一輩子。所以桃兒的死令他震驚又難過，到現在還是很難過，而且很可能還會難過很久。但對於她的死，他的反應並不是崩潰而蜷縮成一團。他會繼續過日子，因為你向來就是這樣，眼前也必須這樣。你得往前走。

那些郵票不像人命，但絕對是很大的損失，儘管事前已經預料到這個可能，那種衝擊性也絲毫未減。但反正郵票已經沒了，就這樣，結束了。他不打算去設法找回那些郵票，就像他也不會去設法讓桃兒復活。桃兒死了，說到底，死了就是死了。

現在怎麼辦？

他的電腦也沒了。警方一定會毫不猶豫就拿走，眼前可能就有些技師在研究他的硬碟，想設法挖出其實並不存在的資訊。那是筆記型電腦，蘋果的MacBook，迅速而敏感，很容易操作，但據他所能想到的，裡頭沒有任何他有罪的證據。他如果還想要那部電腦，只要花錢再買就行了。

他的電話答錄機被砸成碎片散落在地板上，難怪他之前打電話回來，都沒進入電話答錄系統。他很好奇這答錄機是得罪了誰。或許某個人想偷，然後又決定不值得費這個力氣，於是火大就抓起來往牆上砸。好吧，那又怎樣？他不必換新，因為他沒電話讓答錄機接了，也不會有人要留話給他。

地板上不光是只有答錄機而已，他的訪客搜過他的抽屜和櫥櫃，好幾個衣櫃抽屜裡的東西都被倒出來了，但照他看來，他的衣服全都還在。他挑了幾件襯衫和一些襪子、內褲，又拿了一雙鞋子，以便接下來跑路時可以派上用場。現在呢，他心想，無論有沒有郵票，他終於找到機會，用上那個該死的旅行袋了，於是他去找放袋子的那個櫃子，結果那旅行袋居然不見了。

啊，當然了，他心想。那些混蛋需要找個東西來裝集郵冊，他們事先不會曉得要帶來，因為他們是來了才看到有那些集郵冊的。所以他們就在屋裡找，找到了那個旅行袋。

反正那個袋子也太大。他打算帶走的東西，找個購物袋就夠裝了。

他放下購物袋，在廚房的工具抽屜裡找到一把小螺絲起子，用來打開臥室牆上那片開關面板。很多年前，凱勒還沒搬進這戶公寓時，天花板上應該有盞固定的電燈，不過前任房客整修時移走了。那個電燈開關的面板還在，但完全沒用，剛搬進來時，凱勒老是忘記，沒事就去按那個開關。

後來他買下這戶公寓，成為屋主而非房客，就覺得為了這樁大事，好像應該裝修一下家裡，於是他就拆下那個開關面板，打算在裡頭的空隙塞點鋼絲絨，填點泥料，然後漆成跟旁邊牆壁同樣的顏色。但他一打開來，就發現裡頭是個絕佳的藏密處，從此他就把救急的現金藏在這裡。

錢還在裡頭，總共一千兩百多元。他裝回面板，不明白自己幹嘛還浪費時間裝回去。這戶公寓他再也不會回來了。

他沒再浪費更多時間把抽屜裝回去，或整理那些訪客留下的混亂。他也沒擦掉自己的指紋。這是他的公寓，他住在這裡好多年了，他的指紋到處都是，何況擦不擦有什麼差別？做任何事有什麼差別？

凱勒到樓下大廳時，尼爾正站在大門左邊的人行道上，兩手握在背後，眼睛盯著對街那棟大樓的七樓。凱勒跟著看過去，發現唯一亮著燈的幾扇窗戶都拉下了遮光簾，所以很難猜想那邊有什麼能讓這位門房這麼感興趣。然後凱勒判定他的重點不是要看什麼，而是刻意不想看什麼，也就是說，他不想看到凱勒。

是啊，警察先生，我始終沒看到那個人。

尼爾的姿態並不打算跟他交談，於是凱勒不發一語走過他身邊，一手提著購物袋，感覺到那把席格－索爾自動手槍抵著他的後腰。他走到轉角，戴上他的河馬・辛普森帽子，然後就此永遠從尼爾的視野中消失。

到了下一個街區，他停了一下，看著一輛拖吊車的兩個工作人員正準備要拖走那輛林肯豪華型轎車。那輛車再也沒有外交車牌，也沒有任何車牌，於是立刻顯得停靠得太過外側，而且正擋住了消防栓，完全就是拖吊的頭號候選車，很快就會被送到拖吊場去。

這幅畫面讓凱勒毫無道理地樂上半天。他知道有一個德文字彙Schadenfreude（幸災樂禍）是用來形容他此刻的感覺；看到別人的痛苦所引發的快樂，凱勒知道這絕對不是什麼高貴的情感。

但他發現自己滿面笑容回到車上，可是才幾分鐘前，他似乎認定自己這輩子再也笑不出來了。他只能判定，幸災樂禍至少比悶悶不樂要好。

曼哈頓對外的橋樑和隧道只有進城時要收費。進城要交六塊錢，離城免費。這麼一來，要雇用的收費員就省了一半，但凱勒老覺得這個設計另有一個合理的原因。在拜訪過這個萬惡大城之後，有多少觀光客還能剩下足夠的錢去付買路財？

對他而言，這表示少了一個人有機會看他的臉。他走林肯隧道，到了另一端的新澤西州，一碰到適當的地方，他就停下來拆了前後那兩面外交車牌，否則出了紐約後，恐怕會引來他不想要的注意。他不覺得往後還能用上這兩面車牌，但就這麼丟了好像有點浪費，於是他就放在後行李廂裡的備胎旁邊。

他不知道那輛林肯轎車的車主還能不能再找回自己的車，也不曉得這輛車的失蹤會不會引發國際事件。或許到時候報上會登吧。

一開始他漫無目的地開著車，最後他終於自問要開到哪裡，而腦中唯一能想到的，就是他前一夜在賓州住過那家印度人開的汽車旅館。「我又來了，」他會說，然後那名暗色皮膚、穿著像教會中學制服的苗條女孩會像前一夜那樣，毫無興趣地替他辦理登記。但他還能不能找到那家旅館？他只記得是在八十號公路附近，等碰到了那附近的交流道，他可能認得出來，但——

但這不是個好主意，他懂了。

他會想再回去，是因為那種熟悉感。他在那邊住過一次，平安無事，於是就讓他覺得那裡很安全。但如果他離開後，那個原先對他毫不留意的女孩又看到那張無所不在的通緝犯照片，又假設她忽然有點印象，不過只是很模糊的一點點警覺。她不會費事去打電話報警，畢竟這位住客已經退房離開了，她會覺得可能只是自己異想天開，以為那住客和照片上的人很像。她可能會跟爸媽提起，但也就僅止於此了。

除非他豬頭到再度送上門去，這回給那女孩機會好好端詳他，證實她的猜疑沒錯。而且她可能會露出認出他的表情，儘管傳說中亞洲人的表情總是神祕難測，反正這麼一來，他就得做點什麼。或者她不會露出任何表情，只是幫他登記，說祝他晚安，然後一等他走出登記的辦公室，就抓起電話報警。

此外，現在快凌晨兩點了，他至少還得開四個小時才能到那個汽車旅館。的確有些人是開一整夜車，天亮時才去投宿，但這種人不多，因為一般汽車旅館的退房時間是中午以前。所以早上六、七點才去投宿的人，就會招來特別多的注意，通常旅館職員還會花時間解釋退房時間，否則必須再付一晚的房錢，而且——

算了。這不是個好主意，就算本來是好主意，現在也不可能了；而且這家旅館唯一的優點，就是熟悉感，其實也沒那麼有吸引力。

他是不是應該開始留意路邊的旅館，看到不錯的就去住？現在很晚了，而且他忙了一天下來很累了，如果能好好睡一覺，他的思緒可能會比較清楚。

不過，他現在還是離紐約很近。稍早他往東開時，愈接近紐約，他就覺得愈安全。但現在紐約感覺上好危險，他覺得離那裡愈遠，他才能覺得愈安全。

他該吃點東西，還是喝杯咖啡嗎？

自從在戲院裡吃過爆玉米花之後，他就沒再進食過了，但他並不餓，也不那麼想喝咖啡。而且，儘管他很累又神經緊繃，卻也不睏。

前方有個休息區，他開過去停下車。裡頭的那棟小屋子已經上鎖下班了，但整塊地方是空的，他去旁邊樹叢裡小便，回到車上。他坐在方向盤後方，找了個舒服的姿勢，閉上眼睛，沒幾秒鐘，眼皮又睜開了。他又試了一次，結果還是睡不著。於是他放棄，轉動鑰匙，駛離那個休息區，繼續往前開。

第二十章

十天之後，凱勒邊看電影邊吃掉一大桶爆玉米花，電影劇情是描述一群十來歲的電腦宅男騙了一幫黑手黨惡漢，拐走了幾百萬；劇中的男主角英雄比較不像他那票好友那麼宅，最後也贏得了女主角的芳心。這部電影顯然是要吸引年輕觀眾的，可以在非假日下午買半價老人票進場的人，都會對這片子敬而遠之。

凱勒本來也想避開，但這部電影是他唯一沒看過的。這家戲院有八個廳，總共放映六部電影——最受歡迎的兩部各有兩個廳，這樣你隨時到電影院要看，都不必等超過一小時。這兩部凱勒都看過了，另外四部中也看過三部了，所以現在就只剩這部宅男電影。他看了看手錶，時間還早，所以他可以溜到其他廳去看其他電影第二次，但大部分電影他第一次看就不覺得那麼好看，重看一次應該也不會發現有什麼太大的差別。

這家戲院位於密西西比州首府傑克遜市邊緣的一個購物中心裡。他前一夜是在另一個汽車旅館裡度過的，他已經開始把這類旅館想成「帕特爾汽車旅館」，彷彿這些印度人開的獨立旅館組成了一個龐大的連鎖。這一家離密西西比州北部大城葛瑞納達不遠，正式的位置是在一個叫「領帶草」（Tie Plant）的怪名小鎮。看電影時他衡量自己眼前的選擇，但還是沒決定自己該往前再開遠一點，還是在離開傑克遜市的一路上開始找旅館。這類決定，以及接下來要去哪裡、去了之後要做什麼，都愈來愈順其自然了。

他離開戲院，走向他的車。一如往常，他頭上戴著那頂河馬‧辛普森的帽子，但幾天前他又新添了一件牛仔布夾克，那是在田納西州的另一家戲院裡撿到的。那天晚上很暖，所以夾克的主人有可能到家才發現掉了，等他隔一兩天再回去找而沒找著，可能會想不透怎麼有人會撿走這麼一件破舊的衣服，袖口和領子都磨損了，有些縫線都開始要綻開了。

凱勒滿喜歡這件衣服的。聞起來有前任主人的氣味，就像他自己的獵裝外套聞起來也有他的氣味，但還不至於濃到讓他想脫掉。這件夾克讓他可以有點改變，而且跟他目前的環境很配。《花花公子》或《GQ》雜誌每年都會跟讀者保證兩三次，說藍色的獵裝外套是男人服裝的基本配備，無論是不必穿正式禮服的晚宴或溼T恤大賽，都非常合宜。這話似乎沒錯，凱勒自從離開第蒙之後，也一直很慶幸自己有這麼一件多用途的外套。但在南方的鄉下，穿著這件藍色獵裝外套就不太能融入群眾了。凱勒沒去看拖車比賽大呼小叫，也沒去浸信會友的大集會表演弄蛇，但穿著一件南方老鄉的牛仔布夾克，還是讓他覺得自己比較不那麼顯眼。

身為逃犯，或至少是像凱勒這樣的落跑人物，似乎很自然就會有兩種衝動。第一種就是拚命往前跑，第二種就是停留在某個地方，上床躲在被子底下。

顯然地，他不能同時做這兩件事。但凱勒也明白，如果他希望保持平安無事，那就任何一件都不能做。

如果你躲起來，如果你找到一個地方而在此停留，你就會不斷碰到同樣的那些人。早晚其中一個會好好認真打量你，接下來他就會去打電話報警。

而如果你逃往邊境，好啦，身上沒護照也沒駕照，又長了一張全國警察都在找的臉，根本別想通過九一一事件之後的嚴密安全檢查。但如果你碰上了什麼奇蹟，越過國界到了墨西哥的某個邊境小城，那裡會有一大堆警察和線民，全都會注意身邊有沒有美國佬逃犯。他可不想去那種地方。

所以他能想得到的妙計，就是介於兩個極端之間的中間路線，不斷往前移動，但不要跑太遠或跑太快。一天一百哩，頂多兩百哩，然後挑個安全的地方睡覺，選擇安全的方式度過每一天。白天的最佳活動莫過於看電影。戲院裡幾乎是空的，工作人員則無聊得要命。到了夜裡，最好的打發方式則是留在汽車旅館的房間，房門鎖上，電視打開，但是把聲音關小，這樣就不會有任何人抱怨了。

他不敢冒險每天都住旅館。有天在維吉尼亞州的州際八十一號高速公路旁，他走向一家很典型的獨立汽車旅館，忽然感覺到心臟猛跳，於是他停下，又轉身回到車上。只是神經過敏，他告訴自己，但無論是什麼讓他脈搏加速，他都覺得不能輕忽。他那一夜後來是在一個休息區度過，醒來時車子一邊是一輛大卡車，另一邊像是一整個走唱家庭在野餐。他很確定一定有人看到他，他就在平常看得到的地方，而且是大白天，但他坐著睡覺時頭往前傾，而且帽子遮住了臉，於是他毫無驚擾地離開了那裡。

兩天前在田納西州的那個夜裡，他拖得太晚，連續經過的三個汽車旅館外頭都掛出「客滿」的牌子。然後他看到路邊有個廣告牌寫著「農場出售」，於是就循著指標開了半哩泥土路，找到了那個要賣的農場。農舍裡沒有燈光，外頭也沒車，只有一輛破舊的福特，四個輪子都沒了。他考慮過如果必要的話，要硬闖進屋裡；不過那些門很可能沒鎖。

如果有人天亮時來看屋子呢？或如果有附近鄰居開車經過那條泥土路，注意到他的車子呢？於是他把車開進穀倉，停在外頭看不到的地方。穀倉裡有一隻貓頭鷹，製造的聲響比他還多，另外還有一些不明的鼠類則是盡可能不發出聲音，應該是因為要躲著貓頭鷹，就像他躲著人類一樣。穀倉有動物和乾草堆和其他比較不明顯的穀倉氣味，但他猜想這附近都沒有人煙，這樣很值得。他費事收集了一些稻草，鋪平了，躺在上面，然後得到了一夜好眠。

次日他要離開時，去看了一下那輛福特車。輪子都沒了，跟他昨天晚上看到的一樣，而且引擎也被拔掉了，但這輛舊車的車身前後還掛著車牌，上頭有「田納西／義勇軍之州」的字樣，而且沒有任何年份標示。其中一根生銹的螺絲很難轉動，但他還是設法把車牌拆下來了。當他開著那輛掛著田納西州車牌的Sentra車離開時，他的愛荷華州車牌則塞在穀倉角落的一堆稻草底下。

他在傑克遜市外頭找到的那家汽車旅館，櫃台上有個牌子標明旅館老闆叫桑吉特‧帕特爾，但顯然這位帕特爾的美國夢已經逐步實現，現在雇得起外人，還甚至不是自己的族人。櫃台後面那位年輕小夥子是一位膚色較淡的非洲裔美國人，名牌上標示著他叫阿倫‧威爾頓。他一張長橢圓形的臉，頭髮很短，戴著沉重的黑框眼鏡，看到凱勒就滿臉笑容，露出好多牙齒。「霸子‧辛普森！我最喜歡他了！」

凱勒也回了他一個笑，問了房價，得知是四十九元。他在櫃台上放了三張二十元鈔票，把那位年輕人給他的登記卡往前推了約一吋。「或許你可以幫我填這個，」他說。然後頓了一下，又補充，「不用開發票。」

威爾頓隔著厚鏡片的雙眼若有所思。然後他又露出大大的笑容，把房間鑰匙和一張十元鈔票遞過來。一個房間加稅應該是大約五十三元，凱勒知道，但十元找錢讓他覺得是個很好的折衷，因為密西西比州政府不會收到稅，就像桑吉特‧帕特爾也不會收到這五十元。

「還有，我剛剛講錯了，」威爾頓說，「說你帽子上是霸子‧辛普頓，其實誰都曉得這是他老爸河馬。祝你晚安，辛普森先生。」

很好，而且我從沒見過你，先生。

進了房間，凱勒打開電視，轉著頻道找到了CNN，然後一如往常看了半小時新聞，才去看看別台有什麼可看的節目。次日早上，他就去找個報紙販賣機買一份。

之前他開車南下經過賓州時，買到了《紐約時報》，看到了白原鎮火災的後續報導，說警方比對過牙醫紀錄後，確定燒焦的屍體是桃樂希雅・哈伯森。他本來還抱著一絲希望，期盼那具屍體或有可能是別人，現在連這點希望都沒了。

日子一天天過去，凱勒持續買報紙看——非假日就買《美國今日報》，週末則看其他有什麼報能買。州長遇刺案的相關報導和後續發展似乎就在他眼前逐漸褪淡縮小。多年前，凱勒發明了一套心理程序，以應付他工作上的現實問題，他會想著他的被害人的模樣，然後在心中把顏色濾掉，轉成黑白影像。接下來一步步將焦點轉得模糊，而且逐漸拉遠，讓那個影像在他心中愈來愈小，只剩下一個閃爍的小灰點，然後消失不見。這個辦法很有用，但不是永久性的——幾年後，他曾努力要忘掉的某個人可能又會在他腦中冒出來，真人大小還有顏色——不過這一招幫他度過了一些可能會很難受的時期。而現在，他發現以前的這個手法，其實就跟現實沒兩樣。因為無須藉助人類的意志，時間自會做出同樣的事情，當新聞熱潮過去，不再有新鮮感，報導的能見度也就愈來愈低，其他新出現的新聞逐漸蓋過舊聞，然後完全取代，成為觀眾新的興趣焦點。

在媒體上是如此，他思索了一下，才領悟到人們的意識也是如此。不必太費力，甚至根本不用費力。事情自然就會褪淡、模糊，失去焦點——或只是愈來愈少想到，感覺也愈來愈淡。

他不必尋找例證。幾年前他有一隻狗，一隻很棒的澳洲牧牛犬，名叫尼爾森。他找了一個安德理雅的女郎幫他遛狗。事情自然發展下去，後來他和安德理雅分享的遠遠不光是狗皮帶而已。他喜歡她，買了很多耳環送她，然後有一天她離開，也把那隻狗帶走了。

碰到這種事情，他也不得不接受，但非常傷心，他沒有一天不會想到尼爾森，或是安德理雅。

然後有一天，他就是不再想了。

並不是說，有一天一切忽然完全停止，從此他再也沒想起過那個女郎或那隻狗。他當然還是會想到他們，想到時，那種感覺還是跟第一天一樣，也感受到第二天震撼退去後那種更強烈的傷心。但那些思緒愈來愈少出現，傷心的程度也變得愈來愈弱，直到有一天全都消失了，儘管他從未忘記，但這件事就只是他漫長離奇人生中的一部分罷了。

但現在又何必把這些事情挖出來當例子？他不必追溯得那麼遠。就在一個星期前，他才在一天之內承受了畢生最大的兩樁損失。他最要好的朋友被殺害，外加他的郵票收藏被偷走了，他無時不刻想著這兩者，但他已經可以感覺到思念的頻率愈來愈低，隨著每一天過去，那種思念的強烈程度都會稍微減損一點，逐漸走入歷史。他還是會滿懷痛苦和惋惜，還是灼痛有如酸蝕，但他每多活一天，就離這些往事更遠一些。

所以到頭來，你其實不必刻意忘卻。你只要放鬆自己的執念，這些往事就會自行愈漂愈遠。

第二十一章

凱勒開著車在紐奧良到處打轉，尋找卡崔娜颶風蹂躪過的證據，他覺得自己好像九一一事件後那些在紐約打轉的觀光客，在路上問人要怎麼走到世貿大廈的遺址。他看過新聞報導，知道颶風和海水倒灌如何狠狠摧殘這個城市，但他不曉得路怎麼走，也看不出眼前跟以往有什麼差異。有些地區整個都毀掉了，永遠都不會恢復以前的樣子了，但他不知道以前是什麼樣，也不想問路。

此外，何必去找毀壞的痕跡呢？他曾去世貿大廈遺址當義工，舀菜給救援人員，但他從來也不覺得有必要回去看地上的那個大洞。他不打算拿起錘子，幫忙重建紐奧良，甚至也不會待太久去看別人重建，所以幹嘛張著嘴巴站在那兒，呆呆望著廢墟呢？

他開著車，發現有一個地帶看起來很有趣，於是就把車子停在街上。街邊沒有禁止停車的標示，也沒有停車計時器。他決定不了該穿獵裝還是牛仔布夾克。兩件穿上都太熱，於是他就把紮進褲腰裡的襯衫拉出來，遮住後腰的槍。其實沒什麼用，襯衫太合身，他確定別人可以隔著襯衫看到手槍的輪廓，而且他真有必要帶著手槍到處走嗎？於是他把槍收進置物匣，鎖好車，然後下車去看看紐奧良。

這是個好主意嗎？

他不得不承認，大概不是。最安全的行動方針，應該是持續他既有的做法，盡量不跟其他人接觸，下午窩在黑暗的電影院，夜裡在汽車旅館度過，食物則去速食店的免下車點餐窗口買，打發時間時要盡可能把風險降到最低。這一切他都知道該怎麼做，也沒有理由不能永遠繼續下去。

好吧，這樣是有點誇張了。他一直還在使用米勒・瑞姆森的信用卡加油，拖到現在也該停止了。他用的汽油不多，因為他每天行駛的距離並不長；他上回加滿，是在剛從田納西州進入密西西比州之時，至今也沒用掉多少。也許他不該再讓已故的瑞姆森先生替他付汽油錢了。

很難說，因為據他所知，瑞姆森依然躺在櫃台後面，沒人發現；同時他的鄰居們依然自行加油，佔他便宜。《美國今日報》每天都有一個版刊載全國各地新聞，五十個州都各有一則。這些報導想必是熱門的地方新聞，所以比方說，如果你家住蒙大拿州，到馬里蘭州出差，沒有管道看到蒙大拿家鄉的當地報紙，那麼老牌牢靠的《美國今日報》就可以讓你看到家鄉的新聞。

這對紐約行不通；在紐約所發生不怎麼重要的事情，都會被視為全國新聞，但對印第安那州就行得通。凱勒每天都會檢查那一版，也會閱讀全國各州的簡短新聞，絕大部分都很無趣，而且沒有一則是有關一名男子被發現死在他破爛的加油站裡。但這不表示警方還沒發現他。即使是以這個全國地方新聞集錦的版面標準來看，凱勒也不得不承認這種新聞沒什麼報導價值。

無論他的屍體是否被人發現，凱勒都知道安全一點的方式，就是丟掉瑞姆森的信用卡。要加油時他大概可以冒險用現金，他手上的錢沒用掉多少，何況誰曉得他會不會又碰到另一張信用卡送上門來，就像瑞姆森的那張一樣？

但現在他那輛Sentra車的油箱裡還有很多汽油，眼前一點都不會耗掉，而且只要繼續停著，就可以繼續保持下去。眼前更迫切的問題是，他在紐奧良四處逛是否有風險？但他不想問這個問題，因為他知道自己不會喜歡那個答案。

沒錯，是有風險。

但另一方面，他大老遠開車來到紐奧良，真能就這麼又掉頭離開，照原來計畫光吃那些沒有特色的速食漢堡和薯條嗎？在密西西比州的領帶草鎮或田納西州的白松鎮，這麼做也不壞，因為那種地方沒有什麼選擇；但以前凱勒來過紐奧良幾次，他還記得知名的「世界咖啡店」的法式甜甜圈和菊苣咖啡。而且這些還只是冰山一角——他真可以離開這個城市，而不吃一碗秋葵湯或一盤紅豆米飯，或是炸生蠔三明治，或是什錦燉飯，或是燴螯蝦，或是你在紐奧良幾乎隨處可以吃到、但其他地方卻吃不到的經典美食？

當然可以。他可以轉身就走，離開這一切——或其實是開著車子離去——但他不確定這是個好主意。

他幫老頭做事的那些年，曾有幾回被派去處理那些躲起來的人。通常那些人都是參加了聯邦政府的證人保護計畫，有新的身分，搬到新的環境，他們唯一要做的，就是盡量低調，遠離聚光燈。

其中一個人，就是讓凱勒跑到奧瑞岡州玫瑰堡的下手目標，在此之前，這名男子一直是證人保護計畫的成功案例，毫無困難地適應了在太平洋西北岸的新生活。他原來是個會計師，沒有犯罪背景，但到後來因為知道得太多，而且聯邦探員找上門時，他就把自己知道的全說出來了。但他的內心依然是個態度溫和的會計師，在玫瑰堡也過得很好，經營一家連鎖加盟的快速印刷店，每個星期天上午會在自家前院的草坪上割草，他大可以這麼永遠過下去，但偏偏他輕率地跟家人出遊到舊金山，然後在那兒碰巧被某人認了出來。然後有人找凱勒，事情就是這樣了。

不過其他人就不同，他們天生就是無法永遠安於聯邦探員所安排的平靜生活。有一個人就是非去賽馬場不可，另一個是對新澤西州伊麗莎白市有莫名其妙的思鄉病。還有一個則是每隔一陣子就會喝醉，然後跟陌生人講自己的事情，要不了多久，他就挑錯了人講。然後還有這麼個人答應擔任聯邦證人，以求撤銷猥褻兒童的罪名；之前他是在堪薩斯州首府托皮卡的一個校園遊樂場外頭流連時被逮捕，脫罪後，他就悄悄走出海斯市的州立監獄。但在聯邦探員設法幫這傢伙撤銷罪名前，消息就已經傳回了東岸，而凱勒早就飛過去盯著，四處在找這傢伙，然後就在海斯市，這傢伙又因為對未成年人意圖誘拐與不當性交而被逮捕。老頭聽說了搖搖頭，說要替這世界除害之類的；然後他叫凱勒回紐約，安排了監獄裡的一個人把那個變態的傢伙勒死在牢房裡。

無聊是敵人，如果你為自己開創的新生活又單調得難耐，那你怎麼有辦法過下去？所以他在紐奧良讓自己放一天假。無論如何，給自己幾個小時。他不會喝醉酒，也不會亂講話，不會去賽馬場或賭場亂花錢，不會去校園邊流連，或去著名的波本街狂歡。他只是去吃兩頓飯，在櫟樹成蔭的街道上走走。然後回車上再開回高速公路，接下來，紐奧良就會像其他事物，從現在式轉為過去式。

凱勒知道美好時光短暫，知道自己在紐奧良只能待一個下午，於是便充分利用。他隨意在街道上閒逛，看著那些老房子，有的是豪華大宅，有的則相當簡樸。他覺得這些房子都很好，然後他做了一件好多年沒做的事情，讓自己想像住在這裡會是什麼模樣；如果他買了其中一棟房子，在此度過餘生，他可能會過著什麼樣的生活。這並不是什麼癡心妄想，一個月前他可以很輕易地達成。但一個月前，他只想在紐約終老，如今卻已經不可能，而在紐奧良定居也同樣不可能了。他的所有財產，現在只剩口袋裡的現金和賣不掉的那五張瑞典郵票，他再也買不起這種房子，也無法冒險放棄高速公路上的落跑生活，而定居下來。

不過，他在這些街道上漫步，看著這些房子時，腦袋裡還是可以幻想。他決定，他想要一棟二樓有陽台的。他可以輕易想像，自己坐在這麼一個陽台的白色搖椅上，望著底下的街道，或許喝著一杯——什麼？

冰紅茶？

他把關於桃兒的思緒——她的陽台、她的冰紅茶——拋開，繼續往前走。來到聖查爾斯大道，在卡崔娜颶風侵襲之前，著名的有軌街車就在這條街道上行駛，他在一家小餐館暫歇，點了杯咖啡和一碗海鮮秋葵湯。他坐在卡座上，替他端餐點來的女侍開心地針對他的河馬•辛普森帽子說了兩句。她離去之後，他摘下帽子，放在旁邊的座位上。他對河馬感到厭煩了，而且懷疑這頂帽子是否還有用處。凱勒的照片已經不再出現在電視新聞上，報紙也已經登煩了，所以或許現在若有人看到他的臉，也不會覺得眼熟而產生警覺。但他們會注意到河馬，一定會的，等到他們留意到那個鮮黃色的刺繡圖樣，或許他們的雙眼會往下滑，多看底下的那張臉一眼，而換了別的帽子，他們就不見得會看了。

那碗秋葵湯棒極了，咖啡則比他這些天從速食店免下車窗口買來的要好上一大截。他都快忘了食物也可能是一種愉悅，但紐奧良這個美食之城——如同紐約是房地產之城，而華府是政治之城——又更新了他的記憶。

他幾乎決定擺脫那頂河馬的帽子了，但離開那家餐廳時，他還是戴在頭上。一個小時之後，他腦袋上還戴著帽子，覺得又餓得可以再吃點東西了，於是停在路邊一個小店，只有一個櫃台，還有幾張凳子面對著一個烤爐。那排凳子後頭的牆上有幾個掛鉤，顧客會把外套和這類東西掛在上頭，於是凱勒摘下帽子掛上去。他進去吃了一盤很棒的紅豆米飯和燻腸，又喝了一杯好咖啡，等他喝完準備要走時，發現他的河馬帽子被其他顧客拿走了，原來的掛鉤上留下一頂紐奧良的美式足球隊聖徒隊的帽子。

有趣了，他心想，如果你別阻攔，很多事物就會自行做出決定。當然，那頂聖徒隊的帽子是可以調整大小的，現在幾乎所有球隊帽子都是這樣，不過他不必調整。戴在他頭上完全沒問題，於是他就戴著帽子，把帽簷往下拉一拉，繼續往前走。

聖查爾斯大道上有一家二十四小時營業的藥妝店，甚至還有個免下車購物的窗口。他不需要這家店整夜開著，也看不出一個免下車購物窗口有什麼用，除非是拿著醫師處方來配藥。不過他這張臉反正已經在全紐奧良到處亮過相了，所以何不再進一步利用自己的運氣，進這店裡找找他需要的東西？

精確地說，他要找的是能幫他處理頭髮的用品。他還不敢冒險進理髮店，你不能期望理髮師替你剪頭髮，卻沒長時間好好端詳你，而且如果凱勒要求要染髮，他們就會端詳得更久、更認真了。

他需要的，是能讓他看起來老氣一些的東西。如果他能把頭髮染灰，那就是最理想的了。之前媒體刊登的那張照片，是在他去亞伯喀基時被拍下的，裡頭的他一頭深色頭髮，那張臉也比他現在年輕。如果他的頭髮加上一些灰色，再剪得老氣一點，他看起來就比較不像他的照片，也比較沒有威脅性了。

他找到一個工具包，裡面有一把電動推剪和兩組可以替換的不同刀刃。根據盒子上的廣告詞，這套工具可以用來「輕鬆在家裡剪出全世界最優秀髮型師所創造的最流行髮型」。凱勒覺得這廣告詞也未免太樂觀，他其實已經準備好要接受不那麼時髦的玩意兒了。

店裡有一大堆令人眼花撩亂的染髮產品，有些是男性專用，有些是女性專用。凱勒不明白這些染髮劑為什麼要分使用者的性別，又為什麼要在乎。

染髮劑有各式各樣的顏色，包括藍和綠，但偏偏就沒有灰色。如果你的頭髮本來就是灰的，每家染髮劑工廠都提供了各式各樣產品讓你改變。如果你的灰髮偏黃，可以試試這種產品；如果你想烘托出頭髮中隱藏的藍色（管他意思是什麼），可以試試那種產品。或者你可以擺脫灰髮，回復你原來的自然顏色，有兩種染髮劑都甜言蜜語地描述了這個把灰髮染色的過程，讓人完全看不出灰色的痕跡。

他不明白為什麼製造染髮劑的公司不讓你把頭髮染灰，不過他已經開始相信自己是唯一想這樣做的人。最後他挑了一盒男性專用的染髮劑，可以把灰髮染為自然的淡褐色。可是如果用在像他頭髮顏色這麼深的，會有用嗎？他猶豫了一下，但覺得還是買了比較好吧。

另外他也買了那把電動推剪。如果其他方式都失敗，他還可以用推剪把頭髮理光。然後他只消戴著帽子十天半個月，就會有個不錯的平頭髮型了。

他往前走，大致上往他停車的那個方向走去，一面好奇著他頭上這頂帽子的主人，是不是真戴走了那頂河馬帽子。假設他的河馬帽子是被某個沒戴帽子的人偷走了，而凱勒則又偷了另一個人的帽子，基本上這就是為了報復甲，而去搶了乙的東西。

這種事他可以接受，不會有任何道德上的虧欠感，但如果這頂帽子的正主兒在街上遇到他呢？

這個嘛，他就要離開紐奧良了，所以隨著每一分鐘過去，這種情況發生的機率就愈來愈低。何況，這是一頂聖徒隊的帽子，半個城市的人似乎都穿戴著這個球隊的衣飾。今年聖徒隊的戰績很好，遠遠超出了任何人的預期，全國人都把聖徒隊的表現視為這個城市復活和重生的象徵。大家似乎認為，如果聖徒隊能打進季後賽，那麼紐奧良就能熬過區區一個颶風所帶來的損害。

之前河馬・辛普森讓他顯得突出，雖然也讓別人容易忽略他的臉。聖徒隊的帽子同樣能夠隱藏他的臉，但卻讓他融入身邊的這些人群中，不會顯得突出。

他咧嘴笑了，又拉了拉帽簷。

他走的這條街道叫幽特琵（Euterpe）。他看到街道牌的第一眼，還不太確定該怎麼唸，不過可以縮小到兩個可能的唸法。然後他又碰到其他幾條平行的街道叫特普西克瑞（Terpsichore）和梅爾帕莫妮（Melpomene），也不太會唸，但接下來又出現了艾拉托（Erato）和克萊歐琵（Calliope），他就懂了。他從以前做過的綜合字謎中知道，艾拉托是希臘神話中九名繆思女神的其中之一，另外他記得克萊歐琵除了是一種利用蒸汽發聲的樂器、在嘉年華行列中可能會見到之外，同時也是另一名繆思女神。而且這就是為什麼幽特琵讓他有點眼熟，因為她也在縱橫字謎中出現過一兩次，要唸作You-Tour-Pee，凡是希臘名字字尾的e，都要唸作長音ee，比方耐吉（Nike）和阿芙洛黛蒂（Aphrodite），當然，還有克萊歐琵。

想像以九名繆思女神為街道命名。還有哪個地方的人會想得到？唔，或許雅典吧，但還有其他什麼地方嗎？

他沿著幽特琵街來到普萊坦尼亞（Prytania）街口，據他所知，這不是任何一個繆思女神的名字。他腦中響起那首著名的英國愛國歌曲，只是把「不列顛尼亞」（Britannia）改成了發音相近的普萊坦尼亞。統領，普萊坦尼亞，普萊坦尼亞統領四海……他穿過普萊坦尼亞街口，走了一個街區，碰到的這條街道名為競技場（Coliseum），這是羅馬字，不是希臘字，而且這條街旁邊就是小公園，長度大約是兩個美式足球場相接。只不過規劃這條街的人要不是喝醉了，就是想像力豐富得會用九個繆思女神為街道命名，也或者兩者皆是，因為競技場街彎來彎去，就像巨大的密西西比河般迂迴曲折，於是旁邊的這個公園有些地方比美式足球場寬，有些地方又窄些。

這樣也好，凱勒心想，因為如果要把這裡開闢為美式足球場，他們就得砍掉二、三十棵櫟樹，但是真敢這麼做的人，就該先吊死在樹上。這些老櫟樹真是壯觀，儘管這不是回到他車上的最佳途徑，但還是值得花幾分鐘走在這片草皮上，徜徉在這些大櫟樹間，暮色漸濃，白晝即將告終，而且——

一個女人發出尖叫。

第二十二章

「不要！喔，老天！救命啊！」

他的第一個念頭是有人看到他而尖叫，認出他就是那個第蒙刺客，害怕得叫喊起來。但那個叫聲依然迴盪之時，他就打消這個想法。尖叫來自五十碼外的左邊，就在那個小公園中段。凱勒看到動靜，一部分被一棵樹幹擋住了，然後又聽到另一聲喊叫，這回沒那麼清楚，然後被打斷了。

有個女人被攻擊了。

不關你的事，他立刻明確地告訴自己。他是全國追捕的目標，他最不該做的事情，就是捲入別人的麻煩。而且那八成只是夫妻吵架，某個大老粗在狠狠揍他那位放蕩的老婆，如果警察來了，她會決定不要提出告訴，甚至可能當場就站到她老公那一邊去對付警察，這就是為什麼警察最討厭去處理這類家務事。

而他又不是警察，這件事情也跟他毫無利害關係，做了好事又不能讓警察替他記上功勞。所以他現在該做的，就是轉身離開這個公園，回到幽特琵街，找到路回去取他的車子，然後盡快開車離開這個城市。

方。

這是唯一有點道理的做法。

儘管腦子已經想得很透徹了，但他所做的，卻是拔起腿來，全速衝向那個發出尖叫聲的地方。

怎麼回事很清楚了。凱勒眼前所看到的狀況一點也不模稜兩可。即使是在黯淡的光線下，還是不可能搞錯。

那個深色頭髮、身材苗條的女人躺在草地上，一手撐著地，另一手舉起來抵擋攻擊者。而那名男子則是典型的瘋狂強暴犯造型，一頭蓬亂不齊的雜金色頭髮，又寬又平的臉生著一星期沒刮的亂糟糟鬍鬚，一邊眼角下方的顴骨上有個淚滴形的監獄刺青，讓你知道他可不是什麼小白臉。

他朝她蹲低身子，撕扯著她的衣服。

「嘿！」

那男子聽了回頭，朝凱勒露出牙齒，彷彿那是武器。他直起身子，手上的刀閃出光芒。

「扔下武器，」凱勒說。

但他沒扔下那把刀。而是舉在身前左右揮動，好像在朝什麼催眠似的，凱勒沒看那把刀，而是看著那名男子的雙眼，伸手到後腰想拿手槍。不過槍當然不在那兒，而是放在一輛上鎖汽車內的置物匣裡，真該死，他如果能再看到車子或那把槍，就算他走運了。眼前他面對著一名拿刀的男子，而他手上卻只有一個連鎖藥妝店的塑膠袋。他打算怎麼辦，幫那傢伙理髮嗎？

那女人想跟他說那傢伙有刀子，但凱勒已經知道了。他沒認真聽她講什麼，而是把注意力放在那名男子身上，盯著他的雙眼。他看不出他眼珠的顏色，光線太暗了，但他看得出那對眼睛裡極其狂躁的能量，他放開手裡提的購物袋，兩腳站穩了，努力回想他多年來所受過各種武術訓練的點點滴滴，希望找到一點能派上用場的。

他去上過課，也接受過一對一武術指導，包括中國功夫、柔道、跆拳道，外加一些西方的徒手搏擊訓練，不過他從沒認真學過，每一樣都沒學多久。但是針對你沒有武器、而對方手上有把刀的狀況，他跟過的每個老師都給過同樣的指示。他們全都告訴他，你該做的，就是轉身拚命跑。

每個老師都同意，對方不會追上來的機會很大。凱勒也確定，眼前這個髒兮兮的金髮瘋子應該也是如此。他不會追凱勒，他會留在原地，回去強暴那個女人。

凱勒看著他的眼睛，當那男子移動，凱勒也跟著移動。凱勒躍身側踢，一腳揚得很高，踢中了那隻握刀的手腕。他穿了運動鞋，真恨不得那是鞋尖裝了鋼片的工作靴，但他踢得很準，時間又抓得恰到好處，幾乎彌補了球鞋的缺點，那把刀飛出去，那名男子隨即痛得大叫。

「好吧，」他說，往後退，揉著手腕。「好吧，算你贏。我走就是了。」

然後他轉頭要離開。

「我可不同意，」凱勒說，追了上去。那傢伙轉身，準備要打架，大弧度一拳揮過來，凱勒正好一彎腰躲過。他直起身子，腦袋正好撞上那傢伙的下巴，那傢伙頭往後猛地一仰，凱勒伸出手，一手抓住一把油膩的黃色頭髮，另一隻手扣住滿布鬍碴的下巴。

接下來凱勒想都沒想。他的手自然知道該怎麼做，也的確做了。

他放開那名男子，讓他的身體滑到地上。幾呎之外，那個女人瞪著他，張著嘴巴，雙肩聳著。

該走人了，他心想。該轉身溜進黑夜裡了。等到她恢復鎮定後，他已經離開了。那個戴面具的男子是誰？你問這做什麼，我不知道，但他留下了這顆銀子彈……

他走向那個女人，伸出一隻手。她握住了，然後他拉著她站起身。

「老天，」她說。「你剛剛救了我一命。」

凱勒不曉得該怎麼回答。他唯一想到的是先嘆聲哎呀。他站在那裡，帶著一臉鐵定是哎呀的表情，她往後退，認真看了他一眼，然後垂下眼睛望著腳邊那名男子。

「我們得報警，」她說。

「我不確定這是個好主意。」

「可是你不曉得他是誰嗎？一定就是這個人，三天前的夜裡在奧杜邦公園殺了那個護士，強暴了她，又在她身上刺了十幾刀。他很符合那個外型特徵的描述。而且那個護士不是他的第一個受害者。他本來會殺了我的！」

「可是你現在安全了，」他告訴她。

「對，感謝老天，但這不表示我們可以讓他走掉。」

「我不認為他有機會走掉了。」

「你什麼意思？」她湊近了看一眼。「你把他怎麼了?他……」

「恐怕是，沒錯。」

「但是怎麼可能?他手上有刀，你也看到了，一定有一呎長。」

「沒那麼長。」

「差不多了。」他發現她恢復了鎮靜，而且恢復得比他原來預期的要快。「而你赤手空拳的。」

「現在戴手套太熱了。」

「我不明白這話是什麼意思。」

「是搞笑啦，」凱勒說。「你說我赤手空拳，我就說現在戴手套太熱了。」

「喔。」

「這笑話有點冷，」他承認。「解釋起來更冷。」

「不，拜託，我很抱歉，我只是一下子有點反應不過來。我的意思，當然，就是剛剛你手裡什麼都沒有。」

「我本來有個購物袋的，」他說，然後找到了袋子撿起來。「不過你指的不是這個。」

「我指的是，你知道，比方一把槍或一把刀，諸如此類的。」

「的確是沒有。」

「然後他死了？你真的殺了他？」

很難判斷她在想什麼。她覺得他很厲害？還是嚇壞了？他看不出來。

「而且你憑空就冒出來。如果我是什麼宗教狂，大概就會以為你是個天使了。怎麼樣？」

「什麼怎麼樣？」

「你是天使嗎？」

「差得遠了。」

「我剛剛講話沒得罪你吧？講什麼『宗教狂』的？」

「沒有。」

「所以我猜想，這就表示你不是宗教狂了，否則你就該覺得被得罪才對。好吧，感謝上帝你不是。這是個笑話。」

「我也覺得可能是。」

「不太好笑就是了，」她說，「不過我現在赤手空拳，也只想得出這樣了。哈！你至少也笑了，對吧？」

「沒錯。」

她吸了口氣。「你知道，」她說，「就算他死了，我們也還是應該打電話給警察，不是嗎？我們不能把他留在這裡，等著清潔工發現。我皮包裡有手機，我來打九一一。」

「拜託，請不要打。」

「為什麼？警察不就該做這類事情嗎？他們或許不能防止犯罪或抓到犯人，但事後你打電話給他們，他們就會來收拾善後。為什麼你不希望我——」

她講到一半自己停下，兩眼望著他，而他看著她意識到眼前看到的，看著她完全明白過來。她一手掩嘴瞪著他。

要命啊。

第二十三章

「你很安全。」

「是嗎？」

「沒錯。」

「可是——」

「你聽我說，」他說，「我救了你的命，可不是為了要自己殺掉你的。你不必怕我。」

她看著他，想了想，點點頭。她比他剛開始以為的要老，三十來歲後段了。長得很漂亮，深色頭髮披在肩膀上。

「我不怕，」她說。「可是你是——」

「沒錯。」

「而你現在跑到紐奧良來了。」

「只有今天。」

「然後——」

「然後我就要去別的地方了。」他聽到遠方有警笛響起，但是不曉得要開往哪裡，也聽不出是警車還是救護車。「我們不能待在這裡，」他說。

「對，當然不行。」

「我陪你走到你車上，」他說，「然後我就會離開你的人生，也離開你的城市。我不敢告訴你該怎麼做，但如果你可以忘掉你見過我——」

「恐怕很難。不過我不會說出去的，如果你的意思是這樣。」

他的意思的確就是這樣。

他們離開公園，沿著坎普街往前走。警笛聲——不管是警車或救護車的——在遠方逐漸消隱。最後她打破沉默，問他接下來要去哪裡，他還沒想到該怎麼回答，她就說，「不，不要告訴我。我連自己為什麼要問都不知道。」

「就算我願意，也沒法告訴你。」

「為什麼？啊，因為你也不知道。我猜想你得等到他們告訴你接下來要去哪裡。你在笑，我說了什麼很可笑嗎？」

他搖搖頭。「我是自己跑來這裡的，」他說。「沒有人告訴我接下來要做什麼。」

「我還以為你是陰謀集團的一分子。」

「我只是人家的卒子。」

「我不明白。」

「是啊，你怎麼可能明白呢？我自己都不確定該從何說起呢。你的車停在哪裡？」

「在我家車庫裡，」她說。「我心裡很煩，才會出來散步。我就住在那邊過去幾個街區。」

「喔。」

「你不必陪我走回家，真的。我沒事的。」她忽然爆笑起來。「我正打算說這個區很安全，也的確是，真的。你大概急著要……唔，要去做你要做的事。」

「應該是。」

「但其實沒有？」

「對，」他說。這是實話，他並不急著離開，自己也不明白為什麼。兩人陷入沉默，走過另外一棟有框架的兩層樓大房子，兩層樓都有陽台。有張搖椅，他心想，還有一杯冰紅茶，加上有個人可以講話。

他一時忍不住，脫口說了，「你沒有任何理由相信我，而且反正也不重要，但愛荷華那個人不是我殺的。」

她沒馬上接腔，他搞不懂自己幹嘛覺得非說不可。然後，她輕聲說，「我相信你。」

「你為什麼要相信我？」

「不曉得。為什麼你剛剛要跟那個人打架，殺了他，救了我一命？到處都有警察在找你。你為什麼要冒這個險？」

「我自己也不明白。從自我保護的立場來看，這麼做實在很蠢。我也明白，但是沒有用。我就是……做出本能反應了。」

「我很高興你這麼做了。」

「我也很高興。」

「是嗎？」

他沒回答她的問題，而是開口說了起來。「打從第蒙的那樁暗殺發生，打從我在CNN看到自己的照片，我就一直在逃。開著車到處轉，睡在車裡，睡在便宜的汽車旅館裡，睡在電影院裡。我唯一真正掛念的人已經死了，而我唯一珍惜的財產也沒了。我這輩子一向認為，事情到頭來總會解決，我總可以度過，多年來的確都是如此，但現在，感覺上好像整首歌已經快演奏到盡頭。早晚我會失手，或早晚警方會走運而抓到我。但唯一的好處是，那我就不必再逃了。」

他吸了口氣。「我不是有意說這些的，」他說，「不曉得怎麼會莫名其妙就說出來。」

「這有什麼差別呢？」她停下腳步，轉身面對他。「我說過我相信你，相信你沒殺那個人。」

「我想我剛剛說過不重要。指的不是你相信我，這點對我很重要，雖然我不明白為什麼。但無論我有沒有殺那個人，這點都不重要了。」

「當然很重要！如果他們陷害了一個無辜的人——」

「他們陷害我，沒錯。但如果說我無辜，那就太牽強了。」

「剛剛在公園的那個人。那不是你第一次殺人，對不對？」

「對。」

她點點頭。「你動手的時候，動作熟練得要命，」她說。「看起來就像是以前做過。」

「我多年前離開了紐奧良。這很少見，大部分在這裡長大的人都永遠不會離開。這個城市就是會讓人離不開。」

「這點我可以了解。」

「但是我得出去，」她說，「於是我離開了。然後卡崔娜颶風之後，半個城市的人都離開了，我卻跑回來。我還真是做什麼都跟別人反方向。」

「是什麼讓你回來的？」

「我父親，他快死了。」

「我很遺憾。」

「他也很遺憾。他不想住進安寧病房。之前颶風期間他都不肯撤離了，他說要他現在離開這房子才見鬼呢。『我生在這個房子裡，chère（法文：親愛的），所以我死在這裡也好得很。』其實他跟大部分人一樣，都是在醫院出生的，但我想他都已經被癌症折磨成這樣了，講話誇張一點也隨他了。我努力想過自己人生有什麼更重大的事情，要比照顧他、好讓他死在家裡更重要，但卻一件都想不出來。」

「你沒結婚。」

「現在沒了。你呢？」

他搖搖頭。「從來沒有。」

「我那段婚姻維持了一年半。沒生小孩。我唯一擁有的就是一份工作和一戶公寓，沒有一件是我放不下的。現在我每星期去當兩天代課老師，雇了個女人在我上課時來照顧老爸。我賺的錢其實跟雇她的錢差不多，不過可以讓心情轉變一下。」

chère，他心想。是歌星雪兒（Cher）嗎？或者是雪倫（Sharon）或雪麗（Sherry）或雪若（Cheryl）的暱稱，諸如此類的？

反正也不重要。

「我家就在下一個街區。前頭種了高矮杜鵑的那一棟，那些杜鵑長過頭，都蓋住一樓的陽台了。應該修剪一下的，可是我實在不曉得該怎麼弄。」

「看起來很美。有點茂盛又狂野，但還是一樣美。」

「他的床放在一樓的起居室，這樣他就不必爬樓梯了，我也在一樓書房弄了張床，理由一樣。二樓全是空的，我都不記得多久沒人上去過了。」

「那麼棟大房子，只有你們兩個人？」

「今天晚上會有三個，」她說，「整個二樓都是你的。」

她去看她爸時，他在走廊等著。「老爸，我帶了個男人回來。」他聽到她說。

「唔，你真是個小壞蛋。」

「不是那麼回事，」她說，「你真是滿腦子歪主意。這位紳士是珍珠・歐本恩的朋友，他正在找房子。他會住在樓上，如果狀況順利的話，他可能會租下靠前面那個房間。」

「那你就得更辛苦啦，chère。而且還多了些進帳哩。」

他覺得自己好像在偷聽，於是走遠些免得聽到。他正看著牆上一幅躍馬過籬的鑲框版畫時，她出來了，帶著他走進廚房。

她用咖啡機煮了一壺咖啡，倒在兩個大馬克杯裡，放在餐桌上，外加一個糖缽和一小壺鮮奶油。他說他比較喜歡喝黑咖啡，她說她也是，然後把鮮奶油放回冰箱。他們邊喝咖啡邊說話，然後她說他一定餓了，堅持做了個三明治給他。

幾年前，他因為渴望有個說話的對象，便買了一個絨毛小狗的填充玩具，帶在身邊一兩個星期，好對著它說話。那隻狗是個很好的傾聽者，從不插嘴，只是乖乖聽他說，但眼前這個女人的稱職程度，也絕對不遜於那隻絨毛小狗。他一直說，說到他們喝完了那壺咖啡，她又煮了第二壺，他沒反對，又繼續說了些。

凱勒說起他想改變外貌的事情，她說：「我原先還想不透那個袋子裡裝了什麼呢。」他把裡頭的電動推剪和那一小包染髮劑給她看。那把電動推剪八成沒問題，她說，不過用來剪自己的頭髮大概很困難。至於那包染髮劑，她認為機會不大，它可以把灰髮或白髮染成上頭說的淺褐色，但用在像他這麼深色的頭髮上，可能最後會讓頭髮偏向橘褐色。

而且你不可能真的把深色頭髮染成灰的，她告訴他。你能做的，比方去參加化妝舞會或演戲時，就是把灰色顏料噴在頭髮上。不過水洗就能洗掉，所以你每次洗完頭都得再噴一次，或甚至淋了雨之後也得再噴，那還不如戴假髮，比較簡單也比較有用。

他說他也想過戴假髮，但是後來不考慮了，她也贊成，說戴假髮的總是一眼就看得出來。可是很難講，如果效果真不錯，你根本就不會發現。

「我的頭髮是染過的，」她忽然說。「你看得出來嗎？」

「你說真的？」

她點點頭。「六、七年前第一根灰頭髮出現，我從那時就開始染髮了。我家族裡所有的女人都頭髮白得早，他們一頭漂亮的銀髮，每個人都說他們看起來像女王。我說管他去死，我要染髮。我從不讓那些灰頭髮長出來，所以現在我也不曉得自己灰髮的狀況有多嚴重，運氣好的話，我永遠也不會發現。你真的看不出來？」

「真的，」他說，「而且我還是不太敢相信你的話。」

她翻了翻自己的頭髮。「唔，我上星期才補染過，所以應該看不出來，不過如果你仔細看，或許可以看得到髮根。」

她朝他彎下身子，他低頭看著她的頭髮。有些灰色髮根嗎？他其實看不出來，這個距離很難對準焦點，但他的確留意到她頭髮的氣味，清新又乾淨。

她直起身子，臉看起來有點發紅。都是因為喝多了咖啡，他心想。她說，「你希望別讓人認出來，對吧？我有些點子。讓我想一想，明天我們再來看看。」

「好。」

「你還要喝咖啡嗎？因為我已經喝太多了。」

「我也是。」

「我帶你去看看你的房間吧，」她說。「很好的房間，我想你會喜歡的。」

第二十四章

早上起床，他在樓上的浴室沖了澡，然後穿上同樣的衣服下樓。她在桌上擺了早餐，有切半的葡萄柚和吐司麵包佐糖漿。喝了兩杯咖啡後，她把她的福特Taurus車開出車庫，載他去取他的Sentra車。一如她說過的，車上夾了張停車繳費單，但如果沒繳費，他們能怎麼樣？寄一張法院傳喚單到東田納西州那棟破爛的農場？

他開著車尾隨她回家，然後照她的吩咐停在車庫裡，她自己的Taurus則停在車道上。「你要在這裡待一陣子，」早餐時她跟他說過，他說他相信她很擅長逼小孩聽她的話。她說如果他認為她霸道的話，那真是不幸。「你當初要救我的命，我可沒反對過。」她說，「所以我要回報的話，你就別在那邊哀哀叫了，聽到沒？」

「是的，夫人。」

「這樣好多了，」她說。「不過聽起來好滑稽，『是的，夫人。』」

「隨你怎麼說吧，chère。這樣好一點嗎？」

「這下子你真變成紐奧良人了？」

「啊？」

「喊我chère啊。」

「那是你的名字，不是嗎？不是？你父親是這麼叫你的啊。」

「每個人都這麼叫每個人的，」她說。「在紐奧良是這樣。那是法文的『親愛的』。你午餐點一份炸海鮮三明治，替你上菜的中年女侍也會喊你chère的。」

「我在紐約，那些女侍都喊每個人蜜糖。」

「一樣的意思。」她說。

可是她沒說她的名字是什麼。他也沒問。

在廚房的圓餐桌旁，他坐在一把船長椅上，讓她幫他理髮。他已經脫掉襯衫，她用一條床單幫他圍在肩膀上。她穿著一條褪色牛仔褲和一件男式白襯衫，袖子捲了起來，看起來有點像二次大戰時期愛國海報上鼓勵女性就業的「鉚釘工蘿西」（Rosie the Riveter），只不過她的鉚釘槍換成了連鎖藥妝店買來的電動推剪。

住在紐約時，凱勒光顧同一家理髮店長達將近十五年。那個理髮師名叫安迪，他的理髮店裡有三張椅子，他每年會飛回巴西聖保羅一趟探親。凱勒對他的了解僅限於此，而且他想安迪對他的了解也不多，因為他每個月去一趟，都沒說什麼話，凱勒老是在理髮椅子上睡著，直到安迪清他的脖子，拍拍椅子的扶手，他才醒來。

這回他沒打算睡覺，但不知不覺就盹著了，接下來只知道她說可以睜開眼睛了。他照辦，她告訴他浴室就在走廊那邊，他進去後仔細瞪著鏡中人好久。回瞪著他的那張臉是他的臉，這點很明顯，但跟他以前從鏡子裡看到的印象大不相同。

他原先一頭蓬亂的頭髮，現在剪短了，但不是平頭。剛好長到會下塌，而她剪成的髮型，是一度被稱為「長春藤髮型」，或「普林斯頓」的那種。再加上一件粗毛呢外套和編織領帶，拿根煙斗，他看起來簡直就像個教授了。

但他發現，她不光是剪短他的頭髮而已。他的前額更高了些，他在太陽穴的髮際線往後退了。她用那把電動推剪讓他顯得禿了些，創造出老了十歲的假象。他試了幾個不同的表情，微笑、皺眉，甚至瞪著眼睛，整個效果很有趣。他看起來危險性似乎大減，比較不像那種會暗殺州長的刺客，倒還比較像是替州長寫演講文稿的可靠幕僚。

他回到廚房，她正在用吸塵器清理，看到他進來，她關了機器，他說他覺得自己好像李伯大夢的主角。「我一覺醒來，」他說，「發現自己老了十歲。我看起來像個討人喜歡的大叔。」

「我不確定你會喜歡。我對顏色也有一些想法，不過我想先等一兩天，這樣我們兩個都比較習慣現在的樣子，然後接下來還要怎麼做，就比較容易決定了。」

「這是很合理。不過——」

「不過這就表示你要留下，你是打算這麼說的吧？昨天晚上你說過你有多麼厭倦跑路了。」

「是沒錯。」

「你不認為現在或許是停止跑路的時候了嗎？現在你終於有了個好機會。你的車子沒停在外頭路上。現在沒人看得到，但你需要的時候，隨時都能用。樓上的房間你要住多久都行。那裡本來就沒人住，你在那兒也不會礙著誰。我多做一人份的飯，一點也不麻煩，如果你開始覺得打擾我很有罪惡感，偶爾還可以帶我出去吃頓晚餐。我敢說我知道一兩家餐廳，你可能會喜歡。」

「我可以弄到新的身分證明，」他說。「一份駕照，甚至是護照。現在不像以前那麼容易了，過去幾年安全審核變得比較嚴格，不過還是辦得到。只是要花時間就是了。」

「你現在唯一有的，」她說，「不就是時間嗎？」

她把他臥室裡的抽屜和櫥櫃清空，舊衣服裝滿了兩個垃圾袋，她發誓那些衣服已經二十年都沒人穿過了。「這些早都該捐給慈善二手店了，」她說。「現在你就有足夠的空間放自己的東西了，對吧？」

他的東西，他在這世上所擁有的一切，一個小旅行箱和一個購物袋就夠裝了。而他現在所擁有的空間，簡直每件衣服都可以獨佔一個抽屜了。

稍後，她得出門，問他能不能待在樓下，這樣她父親喊人的時候，他可以聽得到。「他大部分時間都在睡覺，」她說，「醒著的時候，他也沒做什麼事，只是對著電視機回嘴而已。他可以自己去上廁所，也不喜歡人家幫他，但萬一他跌倒的話——」

他坐在廚房裡看報，報紙看完了，他就到樓上走廊的書櫃裡，去拿他之前看到過的一本書。那是一本羅倫・艾斯托曼（Loren Estleman）的西部小說，關於一個巡迴劊子手的，凱勒坐在廚房裡邊看小說邊喝咖啡，直到那個老人喊他。

他進房，發現老人在床上坐起身，上身睡衣沒扣，右手兩個指頭間夾著點燃的香煙。你從他臉上可以看見病容。凱勒很好奇他得的是什麼癌症，跟抽煙是否有關，也不曉得他現在是否該抽煙。然後他告訴自己，現在這些也沒差了。

「是肝癌，」老人說，看穿了他的心思。「跟抽煙沒有關係，唔，幾乎沒有關係吧。要是你相信醫師的說法，每種壞事都該怪抽煙。酸雨，全球暖化，什麼都怪。我女兒在家嗎？」

「她暫時外出了。」

「暫時外出？你的說法可真新鮮。她不是去教那些小搗蛋了？通常她去教書的時候，都會叫一個黑人女孩來照顧我的。」

「我想她是出門買東西了。」

「過來這邊，讓我好好看看你。我現在又老又病，就可以使喚別人了。我說這是不適當的補償，我自己。你常想到死亡嗎？」

「有時候。」

「像你這個年紀？我敢發誓我以前從沒想過，現在我倒是快死了。但是我現在也想得不多。你跟她睡覺嗎？」

「什麼？」

「這又不是什麼困難的問題。我女兒，你跟她睡覺嗎？」

「沒有。」

「沒有？你不會是同性戀吧？」

「不是。」

「你看起來不像，但以我的經驗，這種事情很難講。有些人發誓他們看得出來，但我不相信。你喜歡這裡嗎？」

「這個城市很美。」

「唔，這裡是紐奧良啊，不是嗎？我們已經住習慣了，你知道。我意思是這棟房子，你喜歡嗎？」

「這裡很舒服。」

「你會在這裡待一陣子吧？」

「我想是，」他說。「是，我想應該是。」

「我累了，我想我要睡一下。」

「那我就不打攪了。」

他正要走出門，那老人的聲音讓他停下腳步。

「你有機會，」他說，「就跟她睡覺吧。否則有一天你就老得辦不到了。到時候你就會恨你自己，放走了那些機會。」

次日他們去城牆街的一家眼鏡店。他本來想配一副閱讀用的眼鏡，她否決了，堅持說看起來不對勁。他說他不需要普通眼鏡，但她說驗光結果可能會令他意想不到。「如果你的視力近乎完美，」她說，「他就會幫你配一副幾乎不必矯正的眼鏡。」

結果他需要矯正的是看遠和閱讀時。「一石兩鳥，」那名驗光師說。「換句話說，雙焦眼鏡。」

耶穌啊，雙焦眼鏡。他又挑了鏡框，他喜歡的是粗黑塑膠框的。她看了笑起來，提起搖滾先驅巴迪・霍利（Buddy Holly）什麼的，然後引導他去看不那麼輪廓鮮明的金屬框，可鑲入圓角四邊形的鏡片。他試戴了，不得不承認她的判斷沒錯。

有些眼鏡行是一個小時就能交出眼鏡，但這家不是。「大概明天這個時候來拿，」那個人說，然後他們去世界咖啡店喝咖啡牛奶，吃法式甜甜圈，回家路上又在傑克遜廣場暫停，看一個女人餵鴿子，好像那是她人生最重要的事。

她說，「你看到報紙了嗎？DNA檢驗有結果了。確定就是他在奧杜邦公園強暴又殺害了那個護士。」

「不意外。」

「沒錯，不過你先聽聽警方認為是怎麼回事。你知道老櫟樹的樹枝會長得很彎，幾乎要彎到地上？」

「以我所知道的，只有櫟樹會這樣。」

「唔，所以呢，櫟樹很容易爬。警方認為他就是爬上樹去，在上面等著被害人經過。」

「我想我知道他們會推到哪裡去了。」

「然後呢，因為他有幾點幾的血液酒精濃度，在樹上失去平衡跌下來，腦袋撞到地面，折斷脖子，於是就死了。」

「這個世界可真危險哪。」

「不過稍微不那麼危險了，」她說，「因為現在沒有他了。」

她的名字是茱麗亞・愛蜜莉・魯薩德。他找了一本書來看，她的名字就寫在扉頁上。

他等了兩天，才有機會喊她。這兩天雖然談過不少話，但不知怎地就是找不到一個適合的句子，把她的名字給夾進去。

他們拿了眼鏡（裝在附贈的皮革眼鏡盒裡，盒上印著驗光師的姓名和地址，還有一塊厚厚的眼鏡布），然後他帶她去吃中飯。回家的路上，她問起他曾提到自己的兩個損失，他最要好的朋友和他最珍惜的財產。那個朋友是誰，她想知道，還有那些財產是什麼？

他先回答第二個問題。他的郵票收藏，他回他公寓時發現不見了。

「你集郵？認真的嗎？」

「這個嘛，那是我的嗜好，不過我收得滿認真的。我在上頭花了不少時間，也花了不少錢。」他稍微談了一下自己的收藏，提到這個童年的嗜好如何在成年後又吸引他回頭。

「那麼，那個朋友呢？」

「是個女人。」他說。

「你太太？不，你說你沒結過婚。」

「不是我太太，也不是女朋友。我們從來就沒有那種男女之情。我想你可以說，她是我的事業夥伴，但我們非常要好。」

「你說事業夥伴的意思是……」

他點點頭。「陷害我的那票人殺了她。他們想布置得好像是她燒死自己的，但是沒弄得太認真。任何菜鳥火場調查員都能立刻判定那是縱火，而且他們朝她頭上開了兩槍。」他聳聳肩。

「他們大概也不在乎警方會怎麼判定。反正根本也追查不出來。」

「你想念她嗎？」

「隨時都在想。這大概就是為什麼我會這麼多話。我平常不會講這麼多的，至少不會跟剛認識的人這樣。其實有兩個原因，一個是跟你講話很輕鬆，但另一個原因是我以前習慣跟桃兒講話，但她現在不在了。」

「她就叫這個名字，桃兒（Dot）？」

「其實是桃樂希雅（Dorothea）。我一直以為全名是桃樂賽（Dorothy），結果不是我搞錯，就是報紙搞錯。因為報上登出的火災新聞裡面，寫的是桃樂希雅。但反正所有人都喊她桃兒。」

「我從來沒有暱稱的名字。」

「大家都喊你茱麗亞？」終於用上了！

「除了學校的小孩，他們必須喊我魯薩德小姐。這是你第一次說我的名字，你發現沒？」

「你從來沒跟我說過你的名字。」

「真的？」

「我想屋子裡可以翻到一些文件之類的，不過我不想到處亂翻。等你想說的時候，自然會說。」

「我還以為你早就知道了，以為講過名字是理所當然的。你救了我的命，我親眼看著你扭斷一個人的脖子，然後你陪我走路回家，我們又在廚房裡喝咖啡。你怎麼可能不知道我的名字？」
「之前我打開一本書，」他說，「裡頭就寫著你的名字。啊，老天在上。」
「怎麼了？」
「唔，我怎麼知道那是你的名字？說不定你是買了二手書，說不定那是其他家人的書。」
「不，那是我。」
「茱麗亞・愛蜜莉・魯薩德。」
「是，先生。那是我。」她用法文說。
「法國人？」
「我父親那邊是法裔，我母親那邊是愛爾蘭裔。我跟你說過她死得早，對吧？」
「你只說過她頭髮白得早。」
「而且也死得早。三十六歲，有天晚餐時她提早離開去睡覺，因為她覺得有點發燒，第二天早上她就死了。」
「老天。」
「病毒性腦膜炎。這一天她還好好的，第二天她就死了，我想我爸始終不明白這對他的傷害。對她那是當然，但對他也是傷害。對我也有影響，當時我十一歲。」她看著他。「現在我三十八歲了。比她死時還要大兩歲。」

「而且你一根白頭髮都沒有。」

她笑了，很開心。他說他比她大幾歲，她說他看起來也的確是這樣。「有了那個新髮型。」她說。「我想我們該把你的頭髮先漂白，然後染成漂亮的中度褐色。如果你不喜歡染出來的效果，我們反正還可以染回你現在的顏色。」

但結果效果不錯。茱麗亞說是柔褐色，又說頭髮天生是這種顏色的人，通常都會想去染髮。「因為看起來有點乏味，你知道吧？不會吸引人家注意。」

太完美了。

不曉得她父親是否注意到差異，但總之他什麼都沒說。凱勒照著鏡子，判定這個比較淡的髮色更符合大學教授的氣質，而雙焦眼鏡更加強了那種莊重感。他其實不太需要戴眼鏡，之前不戴也過得很好，但眼鏡無疑改善了他的遠距離視力。他在聖查爾斯大道上散步時，之前要瞇著眼睛看的街道路標，現在都能看得很清楚了。

他去散步的這天，茱麗亞去教書，一個矮矮胖胖的褐皮膚女人露西兒來照看魯薩德先生。茱麗亞到家時，凱勒正在門前的階梯等著。「我都安排好了，」他說。「露西兒答應待晚一點，讓我們兩個去趕一場電影，然後好好吃頓晚飯。」

他們看的是一部浪漫喜劇，休．葛蘭飾演裡面那個卡萊．葛倫型的男主角。晚餐是在法國區的一家餐廳，餐室有挑高的天花板，那些侍者看起來老得簡直可以去典藏廳演奏早年的紐奧良風爵士樂了。凱勒點了一瓶葡萄酒佐餐，他們各喝了一杯，都覺得酒非常好，但都沒再多喝，就讓酒剩在那邊。

他們是開她的車出來，等到要開車回家時，她把鑰匙遞給他。這是個溫暖的夜晚，空氣有一種熱帶的感覺。溼熱撩人，他心想。就是這個感覺。

回家的一路上，兩個人都沒說話。露西兒就住附近，不肯要他們開車送，凱勒說要陪她走回家，她也只是搖頭。

茱麗亞去看她父親時，凱勒就在廚房裡等。他坐不住，只是走來走去，開了碗櫥張望。每一件事都近乎完美，他心想，但你接下來就要搞砸了。

感覺上她好像拖到地老天荒都沒出現，但接著她來到他身後，隔著他肩膀瞧。「好多套盤子，」她說。「一家人在同一個地方住太久，東西就會愈積愈多。我看要找一天，在院子裡弄個拍賣了。」

「真好，住在一個充滿往事的地方。」

「應該是吧。」

他轉向她，聞到她的香水味。稍早她沒擦香水的。

他把她拉近，吻她。

第二十五章

「你知道我原先擔心什麼嗎？我怕我不記得該怎麼做了。」

「那看來你都想起來了，」他說。「好一陣子沒做了，對吧？」

「好多年了。」

「我也一樣。」

「啊，少來，」她說。「你，跑遍全國，到處冒險犯難不是嗎？」

「我最近的確是跑來跑去，但唯一跟我講過話的女人，是問我要不要點大號薯條。想想如果在好餐廳裡這麼問你，『先生，你的紅酒燉雞要大號的嗎？』」

「可是在第蒙的事情之前，」她說。「我敢說你每個港口都有個姑娘。」

「才不呢。我一直在回想我上次是什麼時候做……那個。我只能告訴你，那是很久以前了。」

「我爸問我，我們是不是一起睡覺。」

「剛剛嗎？」

「不，剛剛他睡得好沉，動都沒動。我想露西兒讓他喝了Maker's Mark牌波本威士忌了。

醫師不希望他喝酒，但他也不希望他抽煙，我想能有什麼差別呢？不，他是前兩天問我的。『你跟那英俊小夥子睡在一起吧，親愛的？』對我爸來說，你還是個小夥子呢，雖然我把你頭髮弄得那麼老氣。」

「他也問過我。」

「不會吧！」

「你第一次讓我單獨留在家裡陪他那回。他就直接問我是不是跟你睡覺。」

「我不懂我幹嘛會覺得意外。這就是他的作風。結果你怎麼說？」

「當然說我沒有啊。有什麼好笑的？」

「這個嘛，我不是這麼告訴他的。」

他撐起一肘，身子側過來瞪著她。「你為什麼要——」

「因為我不想告訴他這樣，過兩天又得去跟他講是那樣。啊，少來，別說你沒想到我們最後會上床。」

「唔，我是抱著期望。」

「『唔，我是抱著期望。』你找我出去吃晚飯時，一定心裡就想到了。」

「到那個時候，」他說，「我已經抱著很高的期望了。」

「剛認識你的第一天晚上，我還怕你會採取行動。我開口邀你來這裡住，然後才想到你可能以為我要的不光是這樣。那可真是我當時最不想要的。」

「你才剛在公園碰到那樣的事情欸，我怎麼都不可能想要那樣的。」

「我當時唯一想要的，」她說，「就是幫我救命恩人一個忙。只不過——」

「只不過什麼？」

「唔，當時我沒有意識到這個。但回想起來，如果你不是長得很帥，我也不會把你拖回家。」

「很帥？」

「還有滿頭亂糟糟的深色頭髮。別擔心，你現在更帥了。」她伸手撫梳著他的頭髮。「只有一件事。我不知道該怎麼叫你。」

「喔。」

「我知道你的名字，或至少是他們登在報上的名字。但我從沒喊過你的名字，或問起該怎麼喊你，因為有時旁邊有其他人，我不想說錯話。而且你還提到要弄一套新的身分證明。」

「是啊，我想先從這個開始。」

「唔，你不曉得新的名字會是什麼，對吧？所以我想等到你曉得，再開始喊你新的名字。」

「這樣很合理。」

「可是在親熱的時候，有個名字可以喊你的話，那就太美了。」她說。「之前有一刻你喊我的名字，我不得不說，讓我有點激動。」

「茱麗亞，」他說。

「如果在適當的時刻說，感覺會更好。總之，我不知道在那種時候要怎麼喊你。我想我可以試試看用法文說親愛的，不過這好像太平常了。」

「凱勒，」他說。「你可以喊我凱勒。」

早上他把自己的車開出車庫，去拜訪了幾個墓園，直到找到一塊墓碑，上頭提供了他一個男性小孩的姓名，死於四十五年前的嬰兒期。他抄下名字和出生日期，次日他就到市中心去，問了路，找到了資料紀錄局。

「一切都得換新，」他告訴那名職員。「我本來在聖柏納教區有這麼一棟小房子，所以發生了什麼事，還需要我告訴你嗎？」

「我敢說你失去了一切，」那女人說。

「我先去了蓋維斯頓，」他說，「然後北上到阿圖納投靠我妹妹。那是在賓州。」

「我好像聽過阿圖納。那裡不錯吧？」

「唔，我想還可以吧，」他說，「不過能回家真好。」

「回家什麼都好啊，」她同意。「現在麻煩你給我姓名和出生日期——啊，你全寫下來了，不是嗎？那就省得我還要問你怎麼拚，不過你這名字尼可拉斯・愛德華茲（Nicholas Edwards），大概也不會有別的拚法了。」

他帶著一份尼可拉斯・愛德華茲的出生證明回家，到了那個週末，他已經通過考試，拿到了路易斯安那州的駕駛執照。他算了一下自己還剩多少現金，拿一半去銀行開戶存款，以他的駕照當身分證明。他又去紐奧良郵政總局，那裡一名職員給了他申請護照的表格，他填了一份寄出去，連同一張匯票和必須附上的兩張照片，寄到華府的辦公室去。

「尼克（Nick），」茱麗亞說，看看他的臉，又看看駕照上他的照片，然後又回去看他的臉。「或者你比較喜歡正式的尼可拉斯？」

「我的朋友都喊我愛德華茲先生。」

「我想我會跟人介紹說你是尼克，」她說，「因為反正大家大概都會這樣喊你。不過我會是例外喊你尼可拉斯的人。」

「隨你吧。」

「那就隨我了。」她說，然後攬住他的手臂。「可是我們在樓上的時候，」她說，「我還是要繼續喊你凱勒。」

她每天晚上都跟他上樓，然後回到她一樓書房的床上過夜，免得萬一夜裡她父親需要她。兩個人嘴巴都說很遺憾必須分床睡，但進一步想過之後，凱勒明白自己倒也很高興獨自醒來。他有個感覺，茱麗亞八成也有同樣的想法。

有天夜裡，他們做愛完畢、但她還沒溜下床時，他提起一件他心裡想了好幾天的事情。「我的錢愈來愈少了，」他說。「我花得不多，但一直沒有進帳，剩下的也花不了多久了。」

她說她還有一點錢，然後他說那不是重點。他向來能養活自己，要他靠別人也不會自在的。她問他昨天在前院割草，就是因為這個嗎？

「不，我剛好去車上拿東西——」那把槍，一直還放在置物匣裡，他昨天終於拿出來，改放到他的衣櫥抽屜裡——「剛好看到了割草機，而且稍早我注意到那些草太長，所以我就去割草了。一個撐著鋁製助行器的老頭站在那邊看了我幾分鐘，然後問我割這草收多少錢。我說你們家沒付我一毛錢，可是我可以跟屋裡的女士睡覺。」

「你沒這麼告訴他，對吧？這全是你編出來的。」

「這個嘛，不是全部。我真割了草啊。」

「那李歐耐德斯先生有停下來看你嗎？」

「沒有，不過我看到他在附近，於是把他加進故事中。」

「嗯，挑他很完美，因為他會告訴他太太，而他太太會到處廣播，你還沒把割草機放回車庫之前，半個紐奧良的人都會知道了。我該拿你怎麼辦呢，凱勒？」

「啊，你會想到辦法的，」他說。

到了早上，她替他倒了咖啡，然後說，「我一直在想。我想你該做的，就是找個工作。」

「我不知道要怎麼做。」

「你不會找工作？」

「我沒真正找過。」

「你從來沒有——」

「我收回。我上高中時，替這個老先生工作過，有人會雇他去清掉家裡閣樓和地下室的雜物，但他把那些雜物賣掉所賺的錢還更多。當時我是他的助手。」

「那之後呢？」

「之後，我所做的工作和我替他們工作的人，都不必用到社會安全卡。順便說一聲，尼克·愛德華茲申請了一張社會安全卡，應該這幾天就會寄到了。」

她想了一會兒。「這陣子城裡有很多工作，」她說。「你會做營造方面的活兒嗎？」

「你指的是比方蓋房子？」

「或許技術不那麼高段的。跟著一組人做，整修或改建。架設乾牆板、填泥料、粉刷，還有打磨地板。」

「或許吧，」他說。「我想做這類事情，應該不需要什麼工程學的畢業證書吧，但如果你不知道該怎麼做，大概就不行了。」

「就說你好一陣子沒做了，所以技術有點生疏了。」

「聽起來不錯。」

「而且這裡的方法，跟你以前家鄉那邊不太一樣。」

「這也不錯。你自己編故事的本領也不差嘛，茱麗亞小姐。」

「如果我做得不錯，」她說，「他們就會讓我跟園丁睡覺。我想我該去打幾個電話了。」

第二十六章

次日他來到工地，就在拿破崙大道旁一條窄窄的小街上。一個住了很久的房客死了，樓上的公寓空下來，內部要全面整修。「屋主說要整修成一個大通間，附加一個開放式廚房，」那個名叫唐尼的承包商說，他是個瘦削的金髮男子。「你錯過好玩的部分了，我們已經先把牆拆掉。跟你說，那真是生猛有勁。」

現在他們架設乾牆板的作業進行到一半了，下一個步驟是粉刷，牆壁和天花板都要。完成後就要打磨地板。他滾筒刷用得怎麼樣？站在梯子上還行嗎？他對梯子沒問題，他說，用滾筒刷也還可以，不過一開始可能會有點生疏。「你慢慢來就是了，」唐尼說，「很快就會完全上手了。我只希望一小時十元你可以接受，因為我只能付這個錢了。」

他從天花板開始，他還知道該怎麼做，因為他以前用過滾筒刷，在紐約粉刷過自己的公寓。唐尼不時會來察看一下，偶爾教他一點訣竅。大部分是教他如何擺放梯子的位置，這樣就不必常常移動。但顯然他做得還行，偶爾休息時，他也設法觀察別人如何將乾牆固定位置，在縫隙中填入石膏黏土膠。看起來沒那麼困難，只要你知道做法就行。

他第一天工作了七小時，離開前領了七十元，唐尼要他次日早晨八點再來。他雙腿有點痠痛，因為在梯子上頻繁爬上爬下，不過那是一種好的痛，就像在健身房裡認真運動過的感覺。

在回家的路上，他停下來採花。

「是佩西打來的，」茱麗亞掛斷電話後告訴他。他還記得茱麗亞提過有個高中同學佩西・默瑞爾，娘家姓沃林斯，而唐尼・沃林斯是她弟弟。茱麗亞告訴他，佩西打來說，唐尼打過電話給她，謝謝她介紹了尼克過去。

「他說你話不多，」她轉述，「但是做起事可不含糊。『你交代他的事情，不必講第二遍。』根據佩西說，他就是這樣講的。」

「我根本不曉得自己在做什麼，」他說，「可是做了一天下來，我想我大概是抓到訣竅了。」

次日他又繼續粉刷，漆了天花板，開始漆牆壁；然後第三天他們全體三人都在做粉刷工作，唐尼派他負責用毛刷漆木框。「因為你的手比路易斯穩，」他私底下解釋，「而且你做事不像他那麼急。」

粉刷工作完成後，第二天早上八點，他照唐尼的吩咐來到工地，結果只有他和唐尼兩個人。唐尼透露說，接下來兩天他都不會用路易斯了，因為那傢伙完全不會打磨地板。

「其實呢，」凱勒說，「我也不會。」

唐尼說沒關係。「至少我可以用英語解釋給你聽，」他說，「所以你學起來會比路易斯快。」（譯註：路易斯〔Luis〕是西班牙語裔常見男子名，在此顯然指路易斯是不諳英語的新移民。）

整個整修工作持續了十五天，完工後那個地方看起來很漂亮，有新的開放式廚房，浴室裡鋪了新的瓷磚地板。他唯一不喜歡的部分是打磨木頭地板，因為你得戴著面具以避免吸入粉塵，而且粉塵會沾得你頭髮和衣服和嘴裡都是。他可不想天天做這種事，但只做個兩天也沒什麼大不了的。而另一方面，在浴室裡面鋪瓷磚就真的是一大樂事，這部分完成之後，他還覺得很遺憾，但也對呈現出來的新樣貌感到很驕傲。

屋主曾來過兩次，看看工作進行得如何，完工之後，她檢查所有細節，表示非常滿意。她給了他和路易斯一人一百元紅包，又跟唐尼說這一兩個星期還會有份工作給他。

「唐尼說，我們把她那個地方整修得那麼好，」他告訴茱麗亞。「她可以要價月租一千五了。」

「她可以這麼要價，也可能會接受一點砍價，但是不曉得。現在的房租很難講。她說不定真能談到一千五。」

「在紐約的話，」他說，「這麼大一個地方，要租到五、六千元。而且浴室裡還不會鋪瓷磚。」

「希望你沒跟唐尼提這個話。」

他當然沒提，因為他們對外的說法是，他是茱麗亞的男朋友，這部分倒是實話，但說他是跟著她從威奇塔過來的，這就不是實話了。他心想，早晚會有個熟悉那邊的人會問他有關威奇塔生活的問題，到那時候，他希望自己已經對那個城市多知道一些，因為目前他只知道威奇塔位於堪薩斯州而已。

一、兩天後，唐尼的一個朋友打電話來。他手上有個粉刷的工作，天花板已經弄完，只剩牆壁了。至少要三天，或許四天，他同樣願意付時薪十元。尼克能接這份工作嗎？

他們三天完成了工作，他除了週末之外，又多休息了兩天，然後唐尼打電話來，說他標到一個工程，尼克明天一早能過去嗎？凱勒寫下地址，說他明天早上會到。

「我跟你說，」他告訴茱麗亞。「我開始相信我可以靠這個謀生了。」

「當然啊，我看不出有什麼不行的。如果我能教四年級小孩謀生——」

「可是你夠格啊。」

「什麼？教師證書？你也同樣夠資格。你保持清醒，準時上工，你照吩咐完成工作，你會講英文，而且你不會對這份工作不屑。我真以你為榮，尼可拉斯。」

他已經習慣唐尼和其他人喊他尼克了，也已經逐漸習慣茱麗亞喊他尼可拉斯。她在床上還是喊他凱勒，但他感覺得到逐漸會改變，而他不介意。他知道自己很幸運，在聖派屈克公墓找到的那個名字是他可以接受的。當初他瞇著眼睛看著那些飽經風霜的墓碑時，根本沒考慮到自己是否喜歡那些名字，他當時唯一在意的就是生卒日期是否可以借用，但現在他明白，如果運氣差一點，他有可能會困在一個自己很受不了的名字裡頭。

他把自己賺來酬勞的一半拿給她，當作房租和家裡的開銷。她一開始反對，說太多了，但他堅持，而她也沒抗拒得太厲害。除了給車子加油之外，他根本用不到什麼錢。（不過存錢買輛新車倒不是個壞主意，或至少買輛二手車，因為他眼前雖然沒事，但萬一有人跟他要行車執照，那就不妙了。）

晚餐之後，他們拿著咖啡到前廊。坐在那裡很舒服，看著人們經過，看著白晝褪成薄暮。不過他也看到了那些杜鵑灌木叢，的確像她說的，長得有點太高了，遮掉了太多光線和視野。

他大概可以學會修剪那些灌木。等到哪天休假，他就來想辦法。

有天晚上，他們做愛之後，她打破沉默說，剛剛她喊他尼可拉斯。真正有趣的是他根本沒注意到。她這樣喊他似乎理所當然，在床上跟在外頭一樣，因為感覺上尼可拉斯就是他的名字。

而且他所收到郵寄來的社會安全卡和護照上，也是這個名字。收到護照的那一天，他同時也收到了一封申請信用卡的邀請函。上頭說已經預先核准他的信用卡了，他不明白這家發卡銀行是憑什麼標準核准他的。他有個郵寄地址，還有脈搏，顯然有這兩樣，就可以拿到信用卡了。

此刻，在天花板上緩慢旋轉的風扇葉片下，他說，「我想我可能不必賣掉那些郵票了。」

「你在說什麼？」

她似乎很警覺，他想不出為什麼？

「你的郵票不是都沒了嗎？」她說。「你之前說過你所有的收藏都被偷走了。」

「沒錯，不過就在一切完蛋之前，我在第蒙買了五張珍貴的郵票。要再轉賣很困難，但這五張郵票還是我手上最有可能轉賣的財產。那輛車更值錢，要賣也更容易，但你得有產權憑證，而我沒有。」

「你在第蒙買了那些郵票？」

他從梳妝台最上層抽屜裡拿出郵票，找出他的鑷子，放在床頭燈下，讓她看那五張方形的小紙片。她問了幾個問題——這些郵票的年代有多久遠、值多少錢——他把一切都告訴她，也說了當初是在什麼狀況下買了這些郵票。

「要不是花了六百元買了這些郵票，」他說，「我一路回紐約的路上，身上就會有很多現金了。但買郵票的當時，我身上的錢看起來很夠，因為我所有該付的錢都已經付了，包括回程機票都買了。結果我才剛付掉郵票錢，就聽到收音機傳來消息。」

「你的意思是，你之前沒聽說那樁暗殺的新聞？」

「沒人聽說，至少我說服自己買下那些郵票時是這樣。我唯一想得出來的是，隆佛德正在和那些扶輪社員吃那些沒味道的雞肉時，我剛好把車停在麥丘先生店面前的車道上。我一開始聽到新聞，沒搞清楚怎麼回事，還以為只是巧合，我人在第蒙，而一個重要的政治人物剛好同時被暗殺。我有一份完全不同的差事要做，至少我以為是這樣，然後——好吧——怎麼回事？」

「你不明白嗎？」

「明白什麼？」

「你沒殺那個人。隆佛德州長。你沒殺他。」

「唔，還真不是蓋的。我記得好像很久以前就跟你說過了啊。」

「不，你沒搞懂。你知道你沒殺他，我也知道你沒殺他。但光是你和我知道也沒用，警察還是會繼續找你。」

「對。」

「但如果當時你就坐在愛荷華州的——你剛剛說那郵票店是在哪裡？」

「市谷。」

「就坐在愛荷華州市谷的一家郵票店裡，如果州長被槍擊時，你人就在那家店裡，而且如果那個麥某某先生就坐在你對面——」

「麥丘。」

「隨便啦。」

「他本來姓麥某某，」他說，「可是他女朋友要他改姓，否則就不嫁給他。」

「老天，別鬧了，讓我說完吧。這件事很重要。如果你人在那兒，他也在那兒，他會記得的，因為他聽到收音機裡面播出消息，這麼一來，不就證明了當時你沒在第蒙市中心射殺那個州長嗎？不行？為什麼？」

「媒體一整天都在播放那個消息，」他說。「麥丘會記得他賣了我那批郵票，他可能甚至記得，當時他正好就聽到了那件行刺案。但他無法記得確切的時間，就算他記得，檢察官也可以讓他在證人席看起來像個白癡。」

「而只要一個好的辯護律師——」

但她看到他搖頭的模樣，講到一半停了下來。「不，」他柔聲說。「有些事情你不明白。姑且說我可以證明自己的無辜。姑且說麥丘的證詞可以完全讓我脫身，而且姑且說還有另外一個證人，是個絕對可靠的社會中堅人物，他可以出面證實麥丘的證詞。這些都無關緊要。」

第二十七章

「這些都無關緊要。因為這個案子根本不會上法庭。我活不到那個時候。」

「警察會殺了你？」

「不是警察。警方、聯邦調查局，他們是最不可能殺我的人。警方從來沒逮到桃兒，他們甚至不曉得她的存在，結果看看她的下場。」

「那不然是誰？喔。」

「沒錯。」

「你跟我說過他的名字。艾爾？」

「他說『叫我艾爾』。這只表示那其實不是他的名字，不過如果我們需要一個名字稱呼，那就喊他艾爾。我很好奇他第一次設計我的時候，是不是就已經想好要怎麼利用我了。唔，這也同樣無關緊要了。隆佛德死了，現在大家都在找我，但要是我出面，我就成了艾爾唯一的漏洞。如果他先找到我，我就死定了。如果警方先找到我，我也還是死定了。」

「他有辦法在警方戒護之下動手？」

他點點頭。「小事一樁。他很有本事，這點很清楚。而且安排某個人在看守所裡出事，也不會有多難。」

「這好像很不——」

「公平？」

「我本來是想這麼說的。但誰說人生是公平的呢？」

「一定有人這麼說過，」他說。「在某個時間吧。但是不是我。」

過了一會兒她說，「假設……不，那好蠢。」

「什麼？」

「我是在電視上看來的。有個人被陷害，唯一解套的方法就是破了這個案子。」

「就像O・J・辛普森，」他說，「跑遍佛羅里達州的高爾夫球場，想尋找真兇。」

「我跟你說過那很蠢嘛。假如要查的話，你會知道要從哪裡開始著手嗎？」

「或許墓地吧。」

「你覺得他死了？」

「我想艾爾是不會冒險的人，而殺了真兇是最安全的做法。他利用我當替死鬼，因為他知道從我身上根本無法追查到他。但真正的兇手會認識某個人，不是認識艾爾，就是認識某個艾爾的手下，所以他得堵住這個漏洞。」

「但是不會有人發現這個漏洞，因為大家都以為你才是兇手。」

「沒錯。但在此同時，為了避免有人可能會發現真相，或者兇手可能上酒吧喝多了，為了想吸引女人上床，就吹噓自己做過的事——」

「吹這種事情有用？」

「我想，對某種女人可能有用吧。重點是，一旦隆佛德州長死了，開槍的兇手立刻就從資產變成負債。要我猜的話，我想他在暗殺發生的四十八小時內，就被幹掉了。」

「所以他不會跑去跟辛普森打高爾夫球。」

「的確不可能。但他有可能跟貓王在另一個世界，分享花生醬香蕉三明治。」

那個星期四，他們工作時碰到了一個水管裝配的問題，需要的專業技術超過唐尼的能力，所以他們提早收工，把工作現場讓給一個從北邊麥特瑞來的水管師傅。凱勒直接回家，打算請露西兒提前下班，自己接手照顧老人，結果發現茱麗亞在前廊。看得出她哭了。

她說的第一件事情，就是廚房裡有咖啡，於是凱勒進廚房倒了兩杯，等了一會兒好讓她恢復鎮定。然後他端著咖啡到前廊，此時她稍微恢復過來了。

「他今天上午差點死了，」她說。「露西兒不是正式的護士，但她受過一些醫療訓練。他的心跳停止了，後來不是自行恢復心跳，就是被露西兒搶救回來。她打電話到我學校，我急忙趕回來時，她已經找來了醫生。」

「你剛剛說差點死了。那他現在還好吧？」

「還活著，你指的是這個嗎？」

「應該是吧。」

「他輕微中風，所以現在講話有點影響，不過不嚴重。只是要搞懂他的意思更困難了一點，不過醫生希望送他去住院時，他把意思表達得很清楚。」

「他不想去？」

「他說他寧可死掉，那個醫生也是個壞脾氣的老混蛋，說那他大概就會先死。我爸頂嘴說反正他就快死了，那個該死的醫生也是，死有什麼大不了的？然後那醫生給他打了一針，好讓他休息，但我覺得或許那一針是為了要讓他閉嘴，然後醫生告訴我，現在該做的事情就是送他去醫院。」

「那你怎麼說？」

「說我父親不是小孩了，他有權決定要死在哪張床上。啊，那醫生聽了很不高興，好好教訓了我一頓，講得我好內疚。那些話都可以拿去開課了，如果醫學院有這門課程的話。」

「你還是堅持立場？」

「是啊，」她說，「而且這點可能並不困難。你知道最困難的是什麼嗎？」

「懷疑自己的決定？」

「沒錯！我堅持立場跟那個醫生爭論的同時，腦袋裡有個小小的聲音一直在碎碎念。我憑什麼以為自己懂得比醫生多？我這麼做是不是因為我希望他死？我勇敢對抗醫生、是不是因為我沒勇氣面對我自己的爸爸？我腦袋裡有一整個委員會的人在爭論，每個人都在捶著桌子大吼。」

「他現在休息了嗎？」

「睡著了，上回我去看是這樣。你要進去看他嗎？如果他醒了，可能會不認得你。醫生說他可能會喪失一些記憶。」

「我不會計較的。」

「而且醫生跟我說，他可能還會中風。要不是因為他有癌症，醫生就會給他稀釋血液的藥物了。當然，如果他肯住院，他們就可以監測血液稀釋劑，每小時調整劑量，免得他出血致死或中風致死，而且——尼可拉斯，我這麼做是對的嗎？」

「你尊重他的意願。」他說。「還有什麼比這個更重要？」

他走進起居室，病房的氣味比平常還重，也或者是他的心理作祟。一開始他看不出老人在呼吸，還以為他的生命已經告終，然後這才感覺到他的呼吸。他站在那兒，不曉得該作何感想。

老人眼睛睜開，定定看著凱勒。「啊，是你。」他說，聲音沙啞了些，但除此之外仍清晰得有如鐘聲。然後他閉上眼睛，又睡著了。

次日上午去工作時，凱勒把唐尼拉到一邊，遞給他一張十元鈔票。「你昨天多給了，」他說。「你給了六十元，但我們只工作了五個小時。」

唐尼把那張鈔票推還給他。「幫你加薪，」他說。「一小時十二元。我不想在別人面前提。」他指的是路易斯和另外一個杜維恩。「你有那個價值，老哥。我可不希望你被別人給搶走。」他擠擠眼睛。「不過很高興你這麼誠實。」

他等到晚餐後才告訴茱麗亞，然後接受她的道賀。「不過我不意外，」她說。「佩西的母親可不會生出笨小孩。他這點做得沒錯，你有那個價值，他很聰明，不要冒著失去你的危險。」

「你繼續捧下去，」他說，「接下來就要說我在這一行有前途了。」

「不太可能吧。我想這一行賺的錢不多，尤其比起你以前賺的。」

「我以前大部分時間都在等電話響。去工作時，賺的錢的確是不錯，但不能這樣比。那是不同的人生。」

「我可以想像。也或許我根本不能想像。你想念那種生活嗎？」

「老天，不。為什麼我會想念？」

「不曉得。我只是覺得你過慣了那種生活，現在這樣可能會很無聊。」

他想了想。「有趣的部分，」他說，「就在於碰到問題，然後解決掉。我指的不是從頭到尾，而是有時候。你拆掉一片塌掉的天花板，看到裡頭什麼問題都有，然後你可以一一解決，而且不會有人受到傷害。」

她沉默了好久，然後說，「我想我們最好考慮一下給你買輛新車了。有什麼好笑的？」

「桃兒以前老抱怨我講話會跳離主題。她喊我離題大師。」

「所以你想知道我是怎麼會扯到這件事？」

「不重要，只是我忽然想到覺得好笑，如此而已。」

「我會想到，」她說，「是因為我在想，感覺上你可能會想在這裡住久一點。而唯一可能壞事的，就是你那輛車。上頭的車牌或許追查不出什麼，但如果你被警察攔下，他們要你的行車執照看──」

「我在機場掉換車牌前，就已經把車子的文件收在這輛車的置物匣裡。我想過要在上頭動手腳，把我的名字和地址改一下。」

「行得通嗎？」

「匆忙看一眼可能會過關，但如果仔細慢慢看就不行了。而且那是愛荷華州的行車執照，掛著田納西州的車牌，而我的駕照卻是路易斯安那州的。所以呢，我不得不說，這招是行不通的。所以我根本就懶得試。」

「你可以從不超速，」她說，「而且遵守所有的交通規則，甚至不會冒險違規停車。然後哪個醉鬼從後頭撞上你，接下來你就得接受警察盤問了。」

「或者哪個警察去田納西州度了假回來，看到我的車牌，很好奇為什麼跟那邊的車牌長得不太一樣。我知道，有各式各樣出錯的可能。我一直在存錢，等我存夠了——」

「我給你錢。」

「我不想用你的錢。」

「你可以還我啊。不會欠太久的，你現在每個小時多賺兩元了呢。」

「讓我考慮一下吧。」

「我完全贊成，」她說，「隨你怎麼考慮都行，尼可拉斯。然後星期六早上我們就上街去挑車子。」

結果他們沒上街去挑。因為次日他見到唐尼，提起他打算換輛車。你該買輛小貨車，唐尼說，從此你就再也不會想開一般的舊車了。唐尼知道有個人有輛半噸的雪佛蘭小卡車，看起來不是很稱頭，不過機件什麼的都很牢靠。得付現金買，唐尼說，不過他大概可以找個人接手尼克的那輛Sentra。凱勒說他已經講好要賣給別人了。

那輛小卡車的車主是個老女人，看起來像個圖書館員，結果還真的是，據她的說法，是在北邊傑佛遜教區的一個大型分館服務。凱勒猜不出她怎麼會有這輛小卡車，她的神態顯示她自己也覺得很困擾。不過車子的文件看起來沒問題，而且凱勒問起價錢時，她嘆了口氣，說她是希望賣五千元，聽起來她顯然沒抱那麼大的期望。凱勒出價四千元，猜想最後會以四千五左右成交，結果那女人又嘆了口氣，點點頭同意，讓凱勒簡直覺得有罪惡感。

茱麗亞開著她那輛福特Taurus，載他到那個女人家裡取車，然後他開車跟著她回去，把車停在門外的街道上。他告訴她，那個女人同意四千元時，他簡直想再多加一些，茱麗亞叫他別傻了。「那不是她的車。」她說。

「再也不是了，現在是我的了。」

「從來就不是她的。那是某個男人的車，她兒子或她男朋友或不曉得誰，總之最後落到她手上，而且相信我，這輛卡車不是故事裡面最慘的部分。怎麼了？」

「我只是在想，」他說。「你這些故事好像鄉村歌曲的歌詞，這點你知道吧？」

那輛Sentra車最後安頓在密西西比河。如果他因為跟那個圖書館員殺價而感到內疚，那麼把這輛幾個月來沒給他惹過麻煩的車子拋棄掉，感覺就更糟了。他曾在車上吃飯，在車上睡覺，他開著它在全國各地跑，而現在他感恩的方式，竟是把它推進河裡。

但他想不出其他百分之百安全的辦法。如果他丟下車子讓人偷走，就切斷了自己跟這輛車的聯繫。但早晚會引起警方的注意，到時候只要查一下引擎的序列號，就能輕易查出這是暗殺隆佛德州長的刺客在第蒙租的車子。只要有個人很想找到他，就會有理由開始在紐奧良查探。

這輛車很有可能永遠沉埋在河底，他告訴茱麗亞，就算日後被拖上來，也不會有人費事去查引擎的序列號。

然後他開著他的小卡車，載她回城裡。

第二十八章

她父親一開始似乎逐漸復元。然後他一定又中風了一次，因為有天早上茱麗亞進他房間，發現他的狀況急遽惡化。他講話讓人聽不懂，雙腿也好像沒法移動。稍早他得用便盆；現在則是凱勒被叫去幫忙，才發現茱麗亞在幫他父親換尿布。

醫生來過，替他掛了靜脈注射器。「不然他會餓死，」他告訴茱麗亞，「不過即使如此，我們也沒辦法正常監視他。他現在不可能改變心意，你知道，所以就得靠你，讓我們把他送進醫院了。」

稍後她說，「我不知道該怎麼辦。不論我怎麼決定，到最後都會是錯的。我只是希望——」

「你希望什麼？」

「算了，」她說。「我不想說出來。」

她的下半句要說什麼，其實很清楚了。她希望老人死掉，一了百了。

凱勒進去看那老人睡覺，覺得任何人都不可能另作他想了。如果順其自然而不加干涉，魯薩德先生可能就會放棄一切，拒絕進食和喝水，一兩天之內就會走了。但透過醫學的奇蹟，現在替他接上了靜脈注射器，茱麗亞也教了他如何補充點滴注射液，於是老人得以繼續苟延殘喘，直到另一個身體機能又垮掉為止。

凱勒站在他床邊，想到另一個老人，朱賽比•瑞頁，又名喬伊•破布，或老天幫忙，又名「惡龍喬」。凱勒從沒用別的名字想過他，心裡一向只認定他是「老頭」，其實當面也從沒叫過他。或者他早年喊過他老爺？有可能，他不記得了。

老頭一直到死前，身體狀況依然維持得很好，但總是會有什麼出差錯的，不是嗎？在老頭身上，不對勁的是腦子。他開始犯錯，忘記細節，有回他派凱勒去聖路易處理一件差事，那件差事是在某個特定的旅館房間裡，老頭把房間號碼寫下來交給凱勒。只不過他寫的其實不是房號，他寫的是三一四，但根本不是那個房間，一點都不像，事後凱勒猜半天，才發現那是聖路易的電話區域號碼。反正凱勒被派去那個錯誤的房間，做了他該做的事情，但解決的卻不是他該解決的人。那個旅館房間裡還有個女人，所以這兩個人就不明不白地死了，老頭這樣處理業務怎麼成呢？

另外還發生了其他一些事情，讓桃兒無法再否認了，而且最誇張的是，那個老人找來一個編高中校刊的小子，要他幫忙寫回憶錄。桃兒趕緊防患未然，叫凱勒出門旅行。他當時已經在收集郵票，準備要退休了，桃兒慫恿他去外地看一個郵票展，一路都用他自己的名字登記，而且所有開銷都用他自己的信用卡。

換句話說，事情發生時，讓他在別的地方。

她在老人睡前喝的可可裡面加了安眠藥，這樣她用枕頭摀住他的臉時，他就會仍在熟睡中。於是事情就是這樣。在甜美的夢境中退場，過去多年來，無數人也都是這樣離開人世的，只是方式稍微比較溫和一點。

「我不敢說這是他想要的，」後來桃兒告訴過他，「因為他從沒說過，但我可以告訴你，換了我會想要這樣。所以萬一我以後變成像他那樣，凱勒，而你在我身邊，我希望你知道該怎麼做。」

當時他答應了，然後桃兒翻了個白眼。「現在說得可容易，」她說，「但等到那個時候，你會告訴自己，『我來想想看，現在我是不是該替桃兒做件事情呢？可是我好像想不起來那是什麼鬼了。』」

「我剛剛去看了你父親，」他告訴茱麗亞。「你知道，如果有什麼事你想找機會跟他說的，現在可能是個好時機。」

「你不會是覺得——」

「我不敢打包票，」他說，「但不知怎的，我想他頂多只能再撐一兩天了。」

她點點頭，站起來，走進她父親的病房。

那天夜裡稍後，她上樓跟他在一起。他們沒做愛，而是一起躺在黑暗中。她談起自己的小時候，一路追溯到她出生前的家族史。他話不多，大部分只是聽，同時想著自己的心事。

她下樓後，他起床出去二樓的陽台。滿天烏雲，沒有月亮或星星。他想著那台忠實的老Sentra車，在密西西比河底銹爛掉，又想到桃兒和他的郵票和他母親，還有他未曾謀面的父親。真好笑，有些事情你好幾年都沒想到過，忽然間全都在腦袋裡冒出來。

他在陽台上待了一個多小時，應該夠讓她進入夢鄉了，然後他小心翼翼下樓，避免樓梯板發出吱嘎聲。

桃兒以前是用枕頭。很簡單，而且迅速，唯一的問題是會留下點狀血斑，非常明顯，可以看得出來。這無所謂，因為桃兒找來的那位家庭醫師根本沒多看死者一眼，就簽下了死亡證明。當一個老人顯然是自然死亡時，你通常就不會多事要去仔細驗屍。

這個屋裡也不會有驗屍，因為醫生知道這名老人已經中風過兩次，而且正被肝癌折磨得快死了。但這位醫生可能會比白原鎮那個老頭的醫師更仔細觀察，如果他在克雷蒙特．魯薩德的眼球上發現了紅色斑點，他就會以為茱麗亞幫他進入下一個世界。他可能不以為然，也可能認為這是一個盡責女兒最後一個愛的舉動，但何必給他批判的機會呢？

如果之前他們能讓他住院，就可以嚴密觀察他，他們可能會給他血液稀釋劑，減低再度中風的機會。但鑑於他肝臟的危險狀況，一般所選擇的血液稀釋劑可邁丁（Coumadin）可能輕易造成他的內出血致死。不過即使沒有可邁丁，他也還是會死，所以他的死亡不會引發任何懷疑。

可邁丁是處方藥，凱勒沒有門路弄到。但早在可邁丁用來當作人類的抗凝血劑之前，這種藥原來稱為華法林（warfarin），是用來毒老鼠的，它會讓老鼠的血液無法凝結，因而流血致死。

買華法林不需要醫師處方，但他連買都不必。之前他在車庫裡剛好看到有一盒舊的老鼠藥，跟園藝工具放在一起。上頭找不到保存期限的字樣，但他覺得應該還是有效用。難不成放久了就會減低毒性？而且這些老鼠藥很可能不是製藥級的等級，所以專家會建議你不可以拿來像可邁丁那樣，用於治療人類。但眼前的狀況，他根本不必去擔心藥品有雜質或造成副作用，對吧？

他把粉狀的華法林加到靜脈注射袋內，站在那老人的床邊，等著藥品滴入他的血管內。他很好奇這個藥會如何產生效用，或者會不會產生效用。

幾分鐘後他進了廚房。壺裡還有咖啡，他倒了一杯放進微波爐加熱。如果她醒了來到廚房，他就會說他睡不著。但她沒醒，於是他喝完咖啡，在水槽裡把杯子沖乾淨，又回到老人的床邊。

那個醫生除了探了下病人的脈搏，幾乎都沒檢查。即使老人身上有點狀血斑，或甚至是太陽穴有槍傷的傷口，凱勒也不認為這醫生會注意到。他簽了死亡證明書，然後茱麗亞打電話給他們家族以前用過的葬儀社老闆。有十幾、二十個親朋好友來參加告別式。唐尼・沃林斯和他太太來了，另外凱勒也第一次見到了佩西・默瑞爾和她先生艾德格。告別式後，這兩對夫婦陪他們回家。遺體已經火化了，從各方面考慮，凱勒都覺得這是個好主意，這麼一來就不必去墓地，在墓旁再舉行一次葬禮。

兩對夫婦都沒在他們家待太久，他們離開後，茱麗亞說，「好吧，現在我可以回威奇塔了。老天，看看你臉上的表情！」

「唔，一時之間，我還——」

「我剛搬回來的時候，老是不斷告訴自己，說我只會待到他不需要我的時候。換句話說，就是待到他過世。但我想我很快就明白，我再也不會離開了。這裡是我的家，你懂嗎？」

「除了紐奧良，很難想像你待在任何地方。其實是，除了這棟房子，我無法想像你待在其他地方。」

「威奇塔沒什麼不好，」她說，「我在那邊也有自己的生活。我上瑜珈課，參加讀書會。那裡是生活的好地方，但不會給你歸鄉的感覺。」

他懂她的意思。

「我可以去別的地方，兩個月之內我就可以重拾在威奇塔的生活。或許不上瑜珈而改上彼拉提斯課；或許參加橋牌會，而不去必去研究英國作家芭芭拉・泰勒（Barbara Taylor Bradford）在書裡這麼寫的用意。但那會是同樣的生活，我的新朋友也會像在威奇塔的那些朋友，等過了幾年我到別的地方，也同樣可以再找一批新朋友取代。」

「那現在呢？」

「現在我得整理他的東西，想想哪些該送走，要送到哪裡。你能幫我嗎？」

「當然。」

「另外我們要打掃那個房間。裡頭味道好重，香煙味和生病的氣味。我不曉得該拿他的骨灰怎麼辦。」

「一般不是埋在地下嗎？」

「我想是吧，但這不就違背原先火化的目的了嗎？最後還是有個墓碑？我知道我希望怎樣。」

「怎樣？」

「像你那輛車一樣，不過不是河裡。把我的骨灰撒在墨西哥灣就行了。萬一你有機會的話，能幫我做這件事嗎？」

「我看你替我處理後事的機率還大一點。不過你的想法很不錯，墨西哥灣是個好地方。」

「你不要撒在紐約那邊的長島海灣？你不想回家？」

「不，我喜歡留在這裡。」

「我想我要哭了，」她真哭了，他擁住她。然後她說，「不要太快，好嗎？墨西哥灣不會跑掉的。你就待在這裡一陣子，好嗎？」

唐尼的一個熟人有船，願意帶他們兩個出海到墨西哥灣。不到一個小時就開到海灣上，他們撒了骨灰後，回到碼頭。那個船主連油錢都不肯收。

出租公司來收回醫療病床，然後兩個開著白色廂型車的年輕人來收走靜脈注射的儀器。病房裡用過的床單和毛巾，還有茱麗亞的父親穿過的睡衣之類的，都被凱勒裝進垃圾袋裡。癌症不會傳染，那些衣服和床單可以洗過再用，但他還是把東西裝進垃圾袋，拿出去放在街邊，等垃圾車收走。

佩西・默瑞爾的一個朋友來為病房進行煙薰儀式。凱勒原先不明白那是什麼意思，直到看到那女人動手了才曉得，她拿出一把東西，說是曬乾的鼠尾草，一端用火柴點著了，然後繞著房裡走，讓煙霧散發到各處。她的嘴唇從頭到尾都在動，但完全不可能聽出她在講什麼，或是不是有發出聲音。她總共進行了十五分鐘，但凱勒感覺上卻更久，等她結束後，茱麗亞謝了她，小心問她進行這些儀式是否收錢。

「啊，不，」那女人說。「不過我倒是很想喝杯咖啡。」

她是個很奇怪的人，身材像個小精靈，年齡和種族背景都很難猜。她對那咖啡大加讚美，但只喝了三分之一。出門前她告訴他們，說他們的能量很棒。

「好奇怪的人，」目送她開車離去後，茱麗亞這麼說。「真好奇佩西哪兒找來的。」

「我是好奇她到底做了些什麼。」她跟著茱麗亞回到起居室，皺起眉頭。「不管做了什麼，」他說，「我想可能有用，除非只是用新氣味取代舊氣味。」

「不止這樣。她改變了這裡的能量。拜託別問我那是什麼意思。」

這對凱勒是全新的經驗。他其實沒做什麼以前沒做過的事情。但這是他第一回辦事完畢後，還留下來收拾善後。

第二十九章

有天晚餐過後，電話響了，是唐尼打來的。他唸了一個密西西比河對岸葛瑞特納市的地址。凱勒抄下來，次日早上就照著地圖找到那兒去。

唐尼的卡車停在車道上，眼前是一層樓高的框架構造式建築，凱勒認出那是一般所謂的「散彈槍屋」，長而窄，沒有走廊；房間是一個接一個排成長條形，而「散彈槍屋」之名則是因為：如果你拿散彈槍站在前門，開一輪火就可以掃遍整棟房屋。這種建築形式是南北戰爭之後沒多久從紐奧良發源，隨即傳遍美國南方各地。

眼前這棟散彈槍屋的屋況很慘。外頭需要粉刷了，屋頂還缺了些屋瓦，草坪上遍布著雜草和碎石。屋裡頭更糟，地板散布著瓦礫，廚房髒得要命。

凱勒說，「老天，我們可有不少工作要做呢，不是嗎？」

「這屋子真美，對吧？」

「我剛剛在外頭好像看見一面『已售出』的牌子？買下這個地方的人一定是樂觀主義者。」

「唔，要命，」唐尼說，「我想有人用難聽很多的字眼說過我。」他咧嘴笑了，對於凱勒目瞪口呆的反應很開心。「我昨天買下的。」他說，「你看過那個有線電視台的節目《舊屋大翻新》嗎？買下舊屋裝修後，再出手賣掉？我的計畫就是這樣。只要一點點愛，就能把這個垃圾堆轉變為整個街區最漂亮的房子。」

「恐怕得費不少工夫，」凱勒說，「再加上一點愛。」

「還有一點錢。我帶你去看看。」他帶著凱勒走遍全屋，大致介紹他的整修計畫。他有幾個有趣的想法，包括在房屋後半加上二樓，把屋子改建成當地所謂的「駱駝背散彈槍屋」。他承認這個想法是有點野心太大了，不過這樣能讓房屋的轉售價格增加很多。

「另外呢，我是這麼打算的，」唐尼說。

「他手上的錢，大部分都花在房子的頭期款上頭了，」凱勒告訴茱麗亞，「剩下的錢還得買材料、雇其他工人，因為他不能期望杜維恩和路易斯這種人跟著他一起冒險。但他猜想我或許願意，等整修完畢後賣掉房子，我可以分到三分之一的利潤。」

「這樣換算起來，大概比一小時十二元的時薪要多出很多。」

「那我們的整修工作就不能拖太久，免得分期付款的利息累積太多。而且整修完，我們得趕緊找到買主，賣個好價錢。」

「我想你已經決定了。」

「你怎麼看得出來？」

「你剛剛說，『我們得趕緊找到買主，』你當然不會拒絕了。」

「我是這麼想的。唯一的缺點是，我有一陣子沒法拿錢回家了。」

「沒關係。」

「也沒辦法付那輛卡車的貸款，家裡的開銷我也沒辦法幫忙分攤。」

「真是太慘了，」她同意。「要不是為了上床，你對我根本一點用處都沒有嘛。」

撒了父親的骨灰、清理並煙薰過那個病房之後，茱麗亞才搬到樓上她童年的臥室。凱勒還是留著自己原來的房間，他的東西也還是留在原來的抽屜和櫥櫃裡，只有夜裡到她的臥室度過。

葛瑞特納那棟屋子的整修工作進度落後，而且預算超支，不過其實大家都不覺得意外。唐尼和凱勒每天的工作時間都很長，而且週末也不休息，每天黎明就開始，直到天黑為止。唐尼手邊的錢沒他預期中撐那麼久，他刷爆了幾張信用卡後，跟他岳父借了五千元。「那個老混蛋問我要拿什麼當抵押品，我說，『你女兒的幸福怎麼樣？』你可以想像他有多不高興，可是管他的，我借到錢了，不是嗎？」

他們的工作成果很令人滿意，尤其是唐尼決定要徹底執行計畫，設計並建造了附加的二樓。「感覺上像在蓋一棟房子。」凱勒告訴茱麗亞。「是建造房子，你懂嗎？不光是整修而已。」

全部完工後，外頭的草坪重鋪過，也種了新的灌木，他帶茱麗亞去看。之前才剛開始整修時，她去過一次，這回看到了新的樣貌，她說很難想像是同一棟房子。他說，除了屋樑和大椽，其實大部分都已經不是原來的那棟房子了。

他們到法國區吃晚餐慶祝，雖然要等房子賣掉才能真正慶祝。他們挑了之前去過的那家天花板挑高的餐廳，點的菜也跟上次差不多，而且這回同樣沒喝完那瓶葡萄酒。他們談著這份工作，還有那種滿足感，又猜想唐尼不知道能否賣到他想要的價錢。

如果能得到唐尼所預期的利潤，他告訴她，他們就要再來一次，下回凱勒就是合夥人了。她說他不已經是了嗎？他解釋，是完整的合夥人，買房子的錢他要出一半，所有費用也負擔一半，最後利潤當然也分一半。唐尼正在物色下一棟房子，已經有幾棟列入考慮了。

「唔，不愧是沃林斯家的人，」她說。「他們很有創業精神。」

不過首先，唐尼手上還有兩份零工，一個是在梅爾帕莫妮街的共管公寓粉刷，另一個是在麥特瑞替一棟房子做卡崔娜風災後的整修。茱麗亞說，沃林斯家的人除了有創業精神之外，同時也很務實。凱勒說，在進行這兩份工作之前，他們可以休息幾天。

「唔，當然了，」她說。「他是紐奧良人，不是嗎？」

他們到家後，她問他有什麼不對勁。

「因為我們離開餐廳後上了車，你整個心情忽然就變了。天氣很好，所以不會是天氣的問題。我說錯了什麼嗎？沒有？那到底怎麼回事？」

「沒想到你看得出來。」

「告訴我吧。」

他不想說，但也不願意瞞著她。「在那裡，」他說，「有那麼一會兒，我覺得有人在盯著我看。」

「唔，那當然啦，你長得很好看，而且……啊我的老天。」

「那是虛驚一場，」他說。「他其實在看我後面，等著停車服務員把他的車子開過來。但我想到我聽說過的一個人，他會惹上麻煩，就是因為他去舊金山，碰巧有人看到他，認出他來。」

她腦筋轉得很快，你告訴她第一句，她就了解整頁在說什麼。「我們大概不應該再去法國區了，」她說。

「我也是這麼想。」

「還有其他觀光客常去的地方，不過其實主要就在法國區。別再去世界咖啡店，也別再去頂點鮮蠔屋。要吃鮮蠔的話，上城的普萊坦尼亞街有家菲力士餐廳也一樣好，而且還比較不擠。」

「那狂歡節的時候——」

「狂歡節的時候，」她說，「我們就都待在家裡，但反正我們本來就很少出門的。可憐的孩子，難怪你心情變壞了。」

「讓我心煩的，」他說，「不是感到害怕，因為其實只有一下子，根本沒什麼。等到我知道要害怕時，我就已經看得出沒什麼好怕的。但我已經擁有全新的生活，也非常適應，當初我們把那輛車推進河裡時，我就斬斷了跟過去的一切聯繫。」

「而且你認為你人生的那一部分已經結束了。」

「的確是結束了，但我同時也以為，過去的往事不會找上門來，這點就未必了。因為總是有可能發生意外。要是有哪個眼尖的混蛋，來自紐約或洛杉磯或拉斯維加斯或芝加哥——」

「或第蒙？」

「或任何地方。他剛好來這裡度假，因為這裡是熱門的度假城市。」

「卡崔娜颶風之後，觀光客就沒那麼多了，」她說，「不過最近觀光業又開始復甦了。」

「而且只需要一個人，他剛好跟我們在同一個餐廳，或者我們出餐廳時，他跟我們在同一條街上，或者發生任何該死的狀況。我承認，這種機會不大。我們在這裡過得並不奢華，而是比較低調的生活。我們大部分時間都只有兩個人在家，平常來往的也只有艾德格和佩西夫婦，或是唐尼和克勞蒂亞夫婦。我們的社交生活很愉快，但不會讓我們的照片登在紐奧良的《平民時報》上。」

「以後有可能，」她說，「等你和唐尼紅了，成為卡崔娜風災後重建工程裡最熱門的公司。」

「你慢慢等吧。我們兩個都沒那個野心，你知道為什麼唐尼想做舊屋翻新轉賣的工作嗎？一半是因為利潤高，另一半是因為他不想去搶標工程了。他討厭這部分，每個細節都要列入考慮，然後算出一個價錢，要低到能得標，但同時又高到不會賠本。當然他自己當屋主的話，也同樣要算計這些，但他說算自己的不會那麼頭痛。」

於是他們改變話題，沒再回去談那種昔日的陰影，但那天晚上在床上，兩人沉默良久之後，她問有沒有什麼辦法，可以讓他完全解套。

他說，「你指的是對艾爾而言，因為警察那邊，只要我不被逮捕，抓去按指紋，就不會有事。至於艾爾，唔，時間可以治癒。時間過去得愈久，他就愈不會在乎我是死是活。至於採取行動擺脫他……」

「怎麼樣？」

「這個嘛，我能想到的唯一辦法，就是設法查出他是誰、該去哪裡找他。然後不管他在哪裡，我就去那邊，然後，唔，解決掉他。」

「你的意思是，殺了他。你可以說這個字眼沒問題，我不會感到不安的。」

「這是唯一的解答。你不能跟他簽訂互不侵犯條約，握手言和。」

「總之，」她說，「真該斃了他。你笑什麼？」

「誰想得到你原來這麼兇悍。」

「跟鐵釘一樣強硬哩。有什麼辦法可以找到他嗎？你一定想過這個問題。」

「想好久了，而且想得很認真。但答案是沒有，我不認為有辦法找到他，反正我想不出來就是了，連一點頭緒都沒有。」

第三十章

唐尼立刻就找到買主了。對方出的價錢低於他的目標，但還是比他們的成本高得多，他決定趕緊脫手。「我們愈早把房子賣掉，就愈早可以開始下一個。」他告訴凱勒，房子賣掉後，凱勒分到的三分之一淨利是一萬一千元出頭。他沒記錄自己工作了幾個小時，但知道自己分到的錢折算之後，遠高於一小時十二元的時薪。

他帶著這個好消息回家，還以為茱麗亞已經曉得了。因為桌上放著精緻的瓷器餐具，花瓶裡還插了鮮花。「我想有人告訴你了，」他說，但結果沒有，她聽了他的好消息之後向他道賀，吻了他，說桌上的花和一切，是因為她也有好消息要告訴他。她工作的學校要雇她次年擔任全職老師。

「永久職位哩，」她說，「我真想告訴他們，在這個不確定的世界中，沒有什麼是永久的，但後來決定還是不要多話。」

「這樣大概比較聰明。」

「當然，這表示有更多錢，也表示福利更好。而且再也不必每隔一兩個月就得去設法熟悉一群新的小鬼頭，以後我可以一整年都教同樣一批小鬼頭了。」

「太好了。」

「不過也有缺點，以後我就得每週上班五天，每年四十個星期；不像以前有工作時，只是因為其他老師生病，或是搬去不曉得哪兒。」

「威奇塔？」

「我會被這個工作綁住，但有什麼我們真正想做的事情，會因此被耽誤嗎？最棒的是，我們有暑假，如果你想離開紐奧良，我們就可以趁夏天去旅行。我想我應該答應他們。」

「你的意思是，你還沒答應？」

「唔，我想先跟你商量。你覺得我應該接受嗎？」

他覺得應該，也這麼告訴了她，然後她端上菜，是她以紐奧良名菜的食譜稍加改變而來的，一道豐盛而美味的鮮肉秋葵燉菜加米飯，另外還有青菜沙拉。甜點則是檸檬派，她去馬格辛街一家小麵包店買來的，他正在吃第二片時，她說她幫他買了個禮物。

「我還以為這個派就是禮物了。」他說。

「很好吃對吧？這個禮物也是在馬格辛街買的，就在那家麵包店往前兩戶。不曉得你注意過沒。」

「注意到什麼？」

「那家店。不曉得，說不定我犯了個錯誤。說不定你根本不想要這東西，說不定這東西只是在你的舊傷口上撒鹽。」

「你知道，」他說，「我完全不曉得你在說什麼。你禮物到底要不要給我？」

「其實不太算是禮物。我的意思是，我沒包起來。這不是那種你會包起來的禮物。」

「很好，因為這樣就省掉我拆開的時間了，我們可以利用這些時間慢慢扯。」

「我是不是瘋了？『沒錯，茱麗亞，你瘋了。』你待著別動。」

「不然我能去哪裡？」

她拿著一個扁扁的紙袋回來，所以那個禮物畢竟是包了起來，只是不太正式。「我只希望我沒做錯，」她說，把東西遞給他，他伸手到紙袋裡，抽出來是一份《林氏郵票新聞》。

「有這麼一家店，小得幾乎就像牆上的一個洞。賣郵票和錢幣和政治競選的別針。還有其他嗜好收藏品，但主要是剛剛講的那三種。你知道我講的是哪家店嗎？」

他不知道。

「我走進去，不想買郵票送你，因為我覺得可能不太好——」

「這點你沒想錯。」

「可是我看到這份報紙，你不是提過一次？我想應該是。」

「有可能。」

「你以前常看這份報，對吧？」

「我是訂戶。」

「我就在那邊考慮應不應該買給你？因為我知道你那些郵票沒了，也知道那些收藏對你的意義有多重大，買這報紙可能只會讓你覺得更失落。但接著我又想，或許你看那些文章會看得很樂，誰曉得，說不定你還會想，呃，比方說，開始另一批收藏，雖然在失去一切之後，這樣恐怕是不可能的。然後我又想，啊，老天在上，茱麗亞，給那個可憐的小個子男人兩塊五，拿了報紙回家吧。於是我就買了。」

「於是你就買了。」

「現在，如果你覺得我這個主意很爛，」她說，「把報紙放回紙袋裡還給我就行，我保證你這輩子再也不會看到它，然後我們可以假裝這件事從沒發生過。」

「你太棒了，」他說。「這點我跟你說過嗎？」

「說過，不過一向是在樓上說的。這是你頭一回在一樓這麼告訴我。」

「好吧，你真的很棒。」

「這個禮物還可以嗎？」

「沒錯，而且未來充滿希望。」

「我的意思是——」

「我懂你的意思。這個禮物不光是還可以。我不曉得裡面會不會有什麼有趣的文章，我不知道我會不會想看那些廣告，更別說看了廣告去買郵票什麼的了。但這一切，應該由我自己去發現。」

「那我就鬆口氣了，」她說。「我來給你倒杯咖啡，你拿著報紙去書房看如何？」

他看著第一版，搞不懂自己幹嘛浪費時間。頭條報導是有關一批帝俄時代、一九一七年革命前郵票及郵政史料的傑出收藏，在瑞士琉森所舉行的拍賣會上以高價成交。次要新聞則是最近美國一批捲筒郵票被發現有個錯誤，少印了一個顏色；還有另一則報導是有關美國郵局宣布次年新郵票的發行計畫，所引發的各方反應。

同樣的報導，他心想，每個星期都差不多，年復一年。細節有所變化，數字有所變化，但變化得愈多，感覺上就愈恆常不變。他還得檢查報上的日期，好確定這期不是他幾個月前或幾年前看過的。

讀者來函也還是一樣很蠢，同樣自我耽溺地發洩個人的不滿，這個人抱怨要收集大量新郵票得花很多錢；那個人則氣呼呼大罵郵局裡的那些白癡，堅持要在他信件加蓋重重的註銷章，毀了他的郵票；還有其他人則加入永無休止的爭辯，討論如何吸引兒童集郵。凱勒猜想，唯一的辦法，就是讓集郵比電動玩具更刺激，但毫無可能，就算你發行一系列會爆炸的郵票也沒用。

凱勒接下來翻去看「餐桌集郵人」專欄，他聽說這是該報最受歡迎的單元。他覺得很難以理解，不過他不得不承認，他自己也老是忍不住想看。這個單元的執筆評論者總共有兩位，都是用筆名，每星期由其中一位撰文，文章都會極其詳細地分析自己新近從《林氏》廣告主那邊低價買來的一批郵票，通常便宜到只有一元。這星期又是典型的這類文章，筆名先生氣得難以置信，因為他用兩元買來的那批郵票花了總共兩星期才寄到，而且他還很不高興，因為那批郵票中有整整百分之十一是小張通用郵票，而非廣告中聲稱的大張紀念郵票。基督啊，凱勒心想，你住嘴行不行？如果你實在無法為自己的人生找到重心，那能不能至少假裝你有？

然後有件奇怪的事情發生了。他又看了一篇文章，被吸引住了。接下來不知不覺，他就看著一個廣告，裡頭列出一批拉丁美洲郵票清單，廣告主是一個住在加州埃斯孔迪多的郵票商，經營世界各國郵票，過去幾年凱勒跟他買過郵票。就像大部分郵票清單一樣，這份清單只列出圖錄號碼、品相縮寫，以及價錢，所以一般人其實看不懂，但凱勒的雙眼不自覺被吸引過去，然後又被吸引到下一個廣告，接下來他放下報紙，到樓上去一下。他拿著史考特郵票目錄下樓，回到書房，拿起《林氏郵票新聞》，回到他剛剛看到一半的地方。

「尼可拉斯？」

他從出神狀態中醒來，抬起頭。

「我只是要跟你說，我要上樓了。你上來時會關燈吧？」

他闔上目錄，把報紙放在一旁。「我現在就上去。」

「如果你看得正開心——」

「我明天還要早起，」他說。「我一個晚上只能消受這麼多樂趣了。」

他沖了澡，刷了牙，同時她在床上等著他。他們做愛，事後他睜著眼睛躺在那裡說，「那真的很窩心。」

「對我也是。」

「唔，剛剛那個是當然。但我指的是你買那份報紙給我。你真的很體貼。」

「我只是很高興結果沒出錯。應該是吧？」

「我完全被吸引住了，」他說。「可是你要聽一件很可悲的事情嗎？我看到了一個廣告，裡面登的郵票好像很有趣，結果我就上樓去拿我的目錄。」

「為了查價錢？」

「不，我不是要查價錢。我可能跟你說過，我向來把那本目錄當成核對的清單。所以我拿了目錄下樓，好確認我的收藏裡是不是缺了某張特定的郵票。」

「這樣很合理啊，」她說。「我不懂有什麼可悲的。」

「可悲的地方是，」他說，「我的收藏缺的是所有的郵票，每張都缺，只除了瑞典的一號到五號。因為，除了那五張我不該買的郵票之外，我根本沒有任何郵票收藏。」

「喔。」

「還有最精彩的部分。中間有一度，我發現自己這樣很可悲——或荒謬，或隨便你要怎麼說吧。但我沒有因此停下來，我照樣去研究哪些郵票該買來，好充實我那份不再擁有的收藏。」

他差點看漏了。

次日他工作到很晚，到家時吃了晚餐，看了一小時電視，就上樓睡覺了。再隔天他休息，上午他嘗試性初步修剪門前的那些杜鵑灌木，想找出一個折衷的界限，讓那些杜鵑可以生長，同時又可以讓他和茱麗亞在前廊陽台時，可以享受多一些光線和視野。剛過中午十二點時，他停下來休息，不太確定自己到底是修剪了太多還是太少。

到了傍晚，他們開著茱麗亞的車越過州界，到密西西比州墨西哥灣邊的一家海鮮店。唐尼和克勞蒂亞曾大力推薦這家店，結果也還不錯，但回家的路上他們一致同意，不值得大老遠跑這麼一趟。他們進了家門，她有一堆衣服要洗，凱勒則看到書房椅子上的《林氏郵票新聞》，於是去拿了要丟掉。因為他已經看過大部分文章了，現在他也不集郵了，所以幹嘛還留著這玩意兒呢？

但他沒丟掉，反之，他拿著報紙坐下來，不自覺又開始翻閱，同時想找出一個方法，在沒有郵票收藏的情況下繼續集郵。他心想，一個可行的辦法，就是只買他未曾擁有過的郵票，然後不要收在集郵冊裡面（因為他已經有過一整套的集郵冊，或者該說曾經有過），而是放在盒子或是郵票插冊裡。這個方法的前提，應該是這些郵票等著未來要放進他的集郵冊裡，只等他找回原有的收藏。但當然他不可能找回原來的那批收藏，這表示他永遠不必整理郵票，一一放進集郵冊裡，可以專心收藏就好了。

就某種意義來說，這樣收集郵票，就像是鳥類學家收集鳥類。每種新的鳥，一旦被看到並鑑別出種類，就列入鳥類學家的終生名單中，不必實際擁有這些鳥類以宣稱那是自己的。以同樣的方式，凱勒曾經擁有的那些郵票，被奪走的那些，依然是他的。它們已經列入他的終生名單裡了。

他還是會用這本史考特目錄當他的核對清單。他每回買一張新郵票，就把目錄上的號碼圈起來，這樣就不會搞錯而買重複。新買來的呢，他心想，可以用別種顏色的筆打圈，藍色或綠色，這樣他一望即知，哪些是他失去那批收藏之前買的，哪些又是之後；或許也可以說，哪些是他實際擁有的，哪些則是理論上擁有的。

這真是太怪了，他知道，但收集郵票本身不就夠怪了嗎？

他翻著報紙，深深陷入自己的思緒中，沒太注意眼前看到的東西。所以他大概看過那個小廣告好幾遍，卻一直沒看進去。

到最後幾頁，但還不到分類廣告前，《林氏》會把整版大部分都用來登小幅廣告，一吋或兩吋高，一欄寬，這麼大的空間基本上是讓郵票商刊登啟事。比方可以宣稱自己專營法國及其殖民地郵票，或是一九六〇年之前的大英帝國。從凱勒幾年前訂閱這份報紙以來，有個傢伙每期都刊登同樣的廣告，說他專營AMG郵票，意思是二次大戰後，同盟國軍政府（Allied Military Government）在德國和奧地利佔領區所使用的郵票。又看到你了，凱勒注意到，還在這裡，每個字都還是一樣，而且——

在兩欄之外，他看到這則廣告：

JUST PLAIN KLASSICS（就只是古典）

保證滿意

www.jpktoxicwaste.com（www.jpk有毒廢棄物.com）

凱勒瞪著那則廣告，眨了好幾次眼睛，但回去再看時，廣告還在那兒。不可能啊，但除非他是睡著了在做夢，否則那則廣告真的在那兒。但是他一定看錯了，因為不可能。

這輩子他碰到過幾次，人在夢中，心知這是夢，努力想脫離夢境——但還是困在裡面，即使他以為自己會醒來，恢復意識。眼前就是那樣的狀況嗎？他站起來，走了幾圈，然後又坐下，很好奇自己剛剛真的是在走，或只是在夢中走。他拿起報紙，又看了幾則廣告，看會是一般的廣告，或是亂七八糟怪夢會出現的廣告。

根據他的判斷，其他廣告都沒問題。而「就只是古典」的廣告還在那兒，依然不可能。

因為唯一可能刊登這則廣告的人已經死了，腦袋中了兩槍，在白原鎮被燒成焦屍了。

第三十一章

這裡偏離他平常的路線有幾個街區，但凱勒開車來到馬格辛街，看看那家郵票店。他看到了，但只因為他知道該去哪裡找。招牌小得不能再小，這也解釋了為什麼他之前從沒注意到。

他考慮過要進去一下，看看店裡是否還有別期的《林氏郵票新聞》，好搞清楚那個廣告以前是否登過，但何必費這個事？有什麼差別呢？

十分鐘之後，他在一條街的街邊停下，過馬路到對面的網路咖啡店。那個年輕的櫃台職員看起來比較像個大學摔角選手，而不是一般印象中典型的網路宅男，他指了一部電腦給凱勒。他好久沒坐在電腦前面了，上一次是他飛到愛荷華州以前，在eBay上競標郵票。他的筆記型電腦在他回紐約的公寓時就已經不見了，從此他沒想過要再買一部。買來做什麼呢？

茱麗亞則是從威奇塔搬回紐奧良前賣掉了她的電腦，她提過要再買一部，但那種急迫的程度就像在談要清掃閣樓一樣。這輩子可能會發生，但實在不是優先要處理的事情。

即使她有電腦，他也不會用來做這件事。他現在所需要的，是在遠離他所居住的地帶，找一部放在公共場所的公用電腦。

他坐下，啟動Explorer，鍵入jpktoxicwaste.com，然後按下連線鍵。

廣告的標題有可能只是巧合。一個郵票商專營郵政史第一個世紀、亦即一八四〇到一九四〇年的古典類郵票，有可能正巧用了「就只是古典」（Just Plain Classics）當成企業名，也可能決定刻意改變拚法，用Klassics取代Classics，向Krispy Kreme甜甜圈店這類店家致敬。

若是如此，他這店名剛好引起了凱勒的共鳴。不是因為凱勒收集古典類郵票，因為收集這類的人還滿多的；而是因為店名剛好是凱勒名字的縮寫。JPK代表約翰・保羅・凱勒（John Paul Keller）——或者，就像桃兒喜歡指出的，代表Just Plain Keller（就只是凱勒）。

「就只是古典」的老闆沒費事在廣告上列出自己的姓名，但這也不稀奇。也沒附上他的郵寄地址或電話，或傳真號碼，只有一個網頁的網址。現在很多郵票生意是在網路上進行的，許多分類廣告的聯絡資料只留個電子郵件網址，但在展示型廣告裡頭，這樣就不尋常了。

但真正一槍斃命的，是那個網址本身。www.jpktoxicwaste.com。

幾年前，老人還在管事的時候，曾一直把工作往外推，讓凱勒和桃兒很困擾。當時他們兩個都不熟悉這個行業，於是就決定採取主動，桃兒在一本模仿《雇傭軍人》的雜誌《傭兵時代》上登了個廣告。徵求打零工機會，移除特定物——諸如此類的廣告詞，同時附上公司名稱「有毒廢棄物」（Toxic Waste），聯絡地址是紐約州海斯汀鎮或楊克市的一個郵政信箱。

巧合嗎?這就像他去第蒙是巧合的機率一樣。但如果不是巧合，那就是死人來拜訪了，因為會登這個廣告的人，只可能是桃兒。

結果那個網站秀出來，令人大失所望。上頭只有一般粗黑體的字首縮寫JPK。沒有任何關於郵票的，沒有任何關於有毒廢棄物的。事實上，什麼都沒有，只有一個很簡短的啟事，說這個網站正在建構中。另外還有一個他完全看不懂的數學方程式。

19△ = 28 x 24 + 37 – 34 ÷ 6

啊？

他連上Google，試著輸入各種可能的關鍵字。JPK、just plain klassics、JPK郵票。什麼結果都沒有。如果把classics的字首c換成k，那何不把最後一個c也照辦？他又試了JPK classiks，還有JPK classics，還是沒有結果。他又鍵入「有毒廢棄物」（toxic waste），Google搜尋到無數筆，但沒有一個他有興趣的，接著他又想輸入那個方程式，可是有些符號不曉得要怎麼打。他盡力打了出來，Google很快顯示出沒有相符的結果。他放棄了，回到原來的那個網址，www.jpktoxicwaste.com，又看到同一個網頁，再度告訴他這個網站正在建構中，給了他同一個方程式。這回他把網址複製，回到Google貼上去，結果還是沒有找到符合的結果。

算數學吧，凱勒。

他用鉛筆和紙開始算。看起來是代數，而他在高中學的代數早就忘光了。但或許用簡單的算術就能對付了。二十八乘二十四是六七二，加上三十七是七〇九，減掉三十四是六七五（不過為什麼要加上三十七，隨即又要扣掉三十四，他實在不懂）。除以六就得到一一二・五。所以十九個小三角形等於一一二・五。表示那個小三角形是多少？算出來的答案是不能整除，等他算到小數點後第九位——五・九二一〇五二六三一——他決定答案不可能是這個。

很像 π。或許這只是網際網路上的瑣碎垃圾，在網路上漂浮的殘骸，折磨那些沒有警覺的人。

一個地方既然自稱咖啡店，無論前面是否加上「網路」，你會以為店內會供應咖啡。凱勒問了，那個捧角選手搖搖頭，指指一個供應可口可樂跟各種機能飲料的機器。

凱勒在隔壁街區找到一家星巴克，點了一杯牛奶咖啡。他端著咖啡和他的筆記找了張桌子，看著那個原始等式。去掉記號，他心想，結果得到什麼？

十九個三角形等於二八二四三七三四六。

他打開皮夾，找出自己的社會安全卡，照著上頭給數字加上短線連字號。

二八二－四三－七三四六。

十九個三角形是哪來的？而且無論如何，用個社會安全號碼有什麼作用？啊。

忘了那個三角形，只取等式中的十一個數字，把連字號稍微移動一下……

一－九二八－二四三－七三四六。

啊。

北亞歷桑納州。九二八是北亞歷桑納州的電話區域號碼。

他不認識任何住在北亞歷桑納州的人。他不認識任何住在亞歷桑納州的人，至少他想不出來。上回他去亞歷桑納州是好幾年前了，那回是到土桑市去辦事。他要找的人住在一個有圍牆的社區裡，住宅周圍環繞著僅供會員使用的高爾夫球場。土桑在南亞歷桑納州，而且區域號碼是五二〇。

以他所能想到的，有三個可能性。

第一，完全是巧合。這不可能，因為再怎麼巧，也不會巧成這樣。整個狀況太複雜了，這種巧合就像是給一隻猴子打字機，讓牠打出一部《哈姆雷特》。即使一開始沒問題，早晚牠也會打出一行，「生存還是毀滅，這是一個阿里不達。」

第二，這個訊息是來自桃兒。她死了，但她找了個方式從墳墓裡跟他聯繫。她沒在他面前顯靈，或是在他耳邊低語，因為她覺得這樣會嚇壞他，所以她想出這個聰明的主意，在《林氏郵票新聞》上頭登這麼一個必須解碼的廣告。但這也不可能，因為靈界的人要怎麼在報上登廣告？

第三，這個訊息是那個艾爾忍不住去登的。他應該會知道凱勒的嗜好，因為運走他那批郵票收藏的，八成就是他的惡棍手下。他應該知道凱勒的姓名縮寫，就算他不知道Just Plain Keller這一層意思，也還是有可能碰巧用上Just Plain Klassics。但即使他覺得用這個方法來尋找凱勒很合理，他會刻意掩飾那個電話號碼，寄望凱勒破解謎題嗎？何必費事呢？他不必擔心會被其他人發現，只要把誘餌放在那兒，等著凱勒上鉤就行了。

但無論如何，他不可能會曉得那個有毒廢棄物的事情。桃兒和凱勒是世上僅有兩個曉得怎麼回事的人。這件事已經是很久以前了，其他有關的人早都死了，如果真要說是巧合，兇器也早就跟那輛日產Sentra一樣，沉在密西西比河底了，不過是在往北幾百哩之處。而且就算桃兒被拷打，也絕對不會供出「有毒廢棄物」這個詞，因為她根本不會想到。「*現在你得告訴我們一些引他來的方法，否則我們就拔掉你的指甲。*」「*有毒廢棄物，有毒廢棄物！*」是喔，真的咧，怎麼可能。

所以有三個可能性，但是都不可能。

還有一個可能性。在被殺害之前，桃兒決定要趕緊逃走。不過首先，她希望把事情安排好，這樣等到時機到來時，她可以跟凱勒聯絡上。那麼她要怎麼做？在《林氏郵票新聞》上登廣告，又在網站上留下一個電話號碼，就可以讓他去聯繫她，同時不會暴露自己的行蹤。

你可以設立一個網站，然後久久不必照顧。你可以在《林氏郵票新聞》上登廣告，事先預付一整年或更久的廣告費，登到那些錢用光為止。說不定那個網站原先的確是在建構中，說不定她本來要給凱勒的訊息更清楚。說不定她早先就著手計畫，設立這個網站，訂了廣告，然後那些混蛋跑來殺了她，於是廣告和那個網站就空自放在那邊。而且直到茱麗亞買了報紙回家給他，他才看到了。

這一切有可能嗎？他不曉得，也無法再去想了。因為無論他花多少力氣去想，到頭來能做的只有一件。

他找了個地方買了個預付手機，確定不會秀出來電者號碼。警方可能有辦法查出這個電話在哪裡、何時打出，但登那個廣告或設立網站的不會是警察，而如果艾爾可以有這種技術資源破解，那麼凱勒也只能冒這個險了。

即使如此，他還是沿著十號州際公路往西北邊的貝登魯治開，開到一半在一個加油站停下來打電話。

他本來以為根本不會有人接，或說不定是無法接通的枯－鳴噫——！，但響到第三聲有人接了。然後一個他從沒想過會再聽到的聲音說，「我只希望這不會又是印度打來的推銷電話。怎麼？不管你是誰，倒是說話呀。」

第三十二章

「我知道你怎麼想，」她說，「因為你還能怎麼想？但現在不是討論這個的時候。只能說我跟你想法一樣。你在哪兒？你多快能趕來這裡？」

「亞歷桑納州的旗竿市？」

「你怎麼會——喔，因為區域號碼。好，不是旗竿市，但也很接近了。旗竿市有機場，不過飛到鳳凰城再開車北上比較方便。或者說不定你很近，可以直接開車過來。總而言之，你在哪兒？」

既然要說，就索性說到底吧。「紐奧良，」他說，「不過我這邊分不開身，要過去不太方便。」

「那你還好吧？老天在上，沒被關起來吧？」

「不，不是那樣的，不過事情有點複雜。」

「哦？那麼我過去找你吧。唯一讓我分不開身的是一個做頭髮的預約，要改期應該不難。把你的電話號碼給我，我馬上給你回電……凱勒？你跑去哪兒了？」

「我還在。」

「那怎麼樣？」

「這支電話我才剛弄到，」他說，「應該有張卡片上頭寫著電話號碼，但我不曉得放哪兒去了。」

「沒登記的號碼就是這樣，」桃兒說。「連電話的主人都沒法打給自己。不過別太自信，因為印度那邊會有個小個子想打電話給你推銷威而剛。我看我們這樣子吧，還是由你打電話給我。給我一個小時，到時候我就可以確定什麼時候會到紐奧良、會住在哪兒。別擔心你會找不到我的電話號碼，只要按重撥鍵，你那個聰明的小電話就會幫你接通啦。」

一個小時後他打過去，桃兒說她要三天後才能過來，他想著要考慮一兩天，看要怎麼告訴茱麗亞。他開車回家，茱麗亞在門前迎接他。她說氣象預報說要下雨，但感覺上好像不會下，問他覺得怎麼樣？他說他實在無法判斷會不會下雨。她說她也是，很難說，然後問他是不是有什麼心事。

「桃兒還活著。」他說。

結果氣象預報是正確的。那天傍晚開始下雨，接下來斷斷續續下了三天。始終不到傾盆大雨的地步，但也從沒放晴過，於是他開車到市中心那家桃兒住的飯店時，還得打開擋風玻璃上的雨刷。

她已經登記住進了洲際酒店。他身上帶著那個新手機，把小卡車交給門口代客停車的服務員後，就用手機打給她，然後她下來飯店大廳，帶他上樓到她的房間去。電梯裡還有另外兩個住客，所以他們一句話都沒說，直到出了電梯，來到她房間所在的樓層。

「那兩個人根本不會注意到我們，」她說。「你猜他們是偷情男女，還是來度蜜月的？」

「我沒注意。」

「他們也沒注意，凱勒，重點就在這裡。根本無所謂。老天，看看你。你看起來跟以前不一樣，不過我說不上來是哪裡變了。」

「頭髮。」

「沒錯。你的臉形整個都不一樣了。你怎麼弄的？」

「理髮用的方式不一樣，把髮際線往上提，稍微染得亮一點。」

「還戴了眼鏡。這不會是雙焦眼鏡吧？」

「我花了點時間才適應的。」

「我也得花點時間才能適應，不過戴的人是你。但是我喜歡那個效果，很有書卷氣。」

「我現在視力更好了，」他說。「不過你，桃兒，你變得才多呢。」

「這個嘛，我比以前老了，凱勒。你還期望怎麼著？」

但她看起來並沒有更老，而是更年輕了。很多年前他們剛認識的時候，她的頭髮是深色的，等到他上回看到她，也就是去第蒙之前，她一頭花白的頭髮已經是白色居多了。現在那些白髮都不見了——他知道要把灰髮染成深色，要比反過來簡單得多——同時她還瘦了二三十磅。她眼前穿的長褲套裝，跟她以往的家居打扮大不相同，凸顯了她新的好身材，另外她還擦了口紅和眼影，這是他記憶中的頭一回。

「我有個私人教練，」她說，「只要你專心訓練，加上一個甜美的越南小姑娘每星期幫你做一次頭髮。我成天關在我的豪華公寓裡，白天就像困在沙灘的鯨豚，在那邊晒太陽，夜裡不睡覺吃軟心巧克力，看看我變成什麼樣了？」

「你氣色好極了，桃兒。」

「你也是。你做了些什麼，去打高爾夫之類的？你以前肩膀從來沒這麼壯。」

「大概是因為常常使用錘子吧。」

「用繩子勒人比較不吵，」她說，「不過就不太練得到肌肉了。」她打分機點客房服務，要他們送兩大壺冰紅茶和兩個玻璃杯上來，然後掛掉電話望著他。「發生了好多事，我們可真有的聊了，不是嗎？」

他先說，從他們在第蒙最後一次通電話開始，一路講到他在紐奧良的新生活。她很認真聽，偶爾打岔問得更詳細，等他講完了，她坐在那邊搖頭。「你本來都要退休了，」她說，「結果現在卻在做苦工。」

「一開始我完全不會，」他說，「不過要學會並不難。」

「應該是吧。很多笨蛋還不是都做得好好的。」

「而且很有成就感，」他說。「尤其是碰到那種很糟糕的狀況，最後清理得很體面。」

「你多年來就是在做這樣的事情啊，凱勒。但是我不記得你之前用過滾筒刷。不過關於你這位女朋友，再跟我多說一點吧。」

他搖頭。「換你了。」他說。

她說，「一旦我們知道怎麼回事，我唯一能做的就是趕緊消失，而且愈快愈好。我猜想你可能逃得掉、也可能不會，但反正我也無能為力了。

「所以我做的第一件事情，就是上網把我們名下的一切都賣掉，股票、債券，所有的一切，全部賣光光。然後我安排電匯，把得到的每一毛錢都轉到我們在開曼群島的帳戶裡。」

「我們在開曼群島有帳戶？」

「這個嘛，我有啦，」她說，「就像我在『美國交易』有線上帳戶一樣。當初『美國交易』戶頭裡的餘額開始多到一個地步，我就去開曼群島開了這個帳戶，只是以防萬一而已，反正我需要時，就隨時可以用。我把錢匯過去，接著處理了房子，然後我就走幾個街區去等巴士。」

「你處理了房子，這什麼意思？」

「你很聰明，凱勒。你以為那會是什麼意思？」

「是你放的火。」

「任何有可能往下追查的東西，我都扔掉了。」她說，「然後我拔出電腦裡的硬碟，砸爛了，再放回去。然後，沒錯，我放火燒了房子。」

「警方發現了一具屍體。」

她扮了個鬼臉。「我本來想跳過這個部分不講的，」她說。「你知道，我正打算要冒險的，結果這個女人出現了，我唯一想到的就是，是上帝派她來的。」

「上帝派她來的？」

「你還記得聖經裡亞伯拉罕正要把兒子以撒拿去獻祭？然後上帝送了一隻公羊給他，要他拿去代替？」

「我始終覺得那個故事沒什麼道理，」他說。

「唔，那是聖經，凱勒。你還希望怎樣？我只知道我當時手忙腳亂，無法決定要在哪裡潑汽油，然後門鈴響了。我去開門，結果是她。」

「要拉你訂閱雜誌？要做問卷調查？」

「是『耶和華見證人』的信徒。」她說。「你知道不可知論者碰到『耶和華見證人』的信徒，會讓你想到什麼？」

「什麼？」

「有個人無緣無故來按你的電鈴。其他你就猜得到了，對吧？我邀她進來，然後我從放銀器的抽屜拿出手槍，朝她開了兩發，她就成了警察在廚房發現的那具屍體啦。我在她兩手倒了很多汽油，這樣就不必擔心指紋了。我的指紋沒有在任何資料庫裡，但我怎麼知道她的有沒有？來你家門口按電鈴的，你怎麼知道他們以前去過哪裡？你幹嘛皺著眉頭？」

「我在報上看到過，警方是比對過牙醫紀錄後，才確認屍體身分的。」

「對。」

「唔，那你是怎麼辦到的？」

「這就是為什麼我覺得是上帝派她來的，凱勒。那個小甜心戴了假牙。」

「她戴了假牙。」

「還是很便宜的那種。她還沒張嘴大概就能看出來了。我做的第一件事情，就是把她的假牙拿出來，換上我的。」

「你的？」

「這有什麼了不起的？」

「我都不知道你戴了假牙。」

「你也不該知道的，」她說。「這就是為什麼我花在假牙上的錢是那位耶和華見證人的十倍或二十倍，這樣看起來就會像真牙一樣了。我三十歲之前滿嘴牙就掉光了，凱勒，如果你無所謂的話，這個故事我留著改天再講吧。我換掉她嘴裡的假牙，放了火，然後趕緊離開那個地方。」

「我一直以為——」

「我的牙齒是真的？看到這裡沒？」她把嘴唇往後拉。「我得說，我喜歡這副勝於在白原鎮的那副。看起來並不完美，很多假牙看起來就太過完美了，不過現在這副看起來真的很棒。別問我要多少錢。」

「我不會問的，」他說，「而且我本來要說的不是這個。我一直以為的是，『耶和華證人』去傳教時，向來都是兩人一組的。」

「喔，對了，他。」

「他？」

「我先朝他開槍，」她說，「因為他塊頭比較大，看起來比較難對付，不過他們兩個看起來都不像危險人物。我先射他，然後射她，接著把他放在我車子的後行李廂，丟在一個暫時不會有人發現的地方，然後我回來，換掉她嘴裡的假牙，然後放火，等等等。」

她把她的車留在車庫裡，這樣警方就不必到處去找，她離開時只帶了一個小小的過夜包。先搭巴士到火車站，然後搭火車去紐約州首府阿爾巴尼，住在一個公寓式旅館裡，裡頭住戶大部分都是跟政治有關的人士。

「州參議員和州眾議員，還有給他們錢的遊說人士。」她說，「我身上有一大堆現金，還有印著我新名字的信用卡，然後我買了輛車，又買了部筆記電腦，做了點研究。我判定，席多納看起來不錯。」

「亞歷桑納，席多納。」

「我知道，還押韻呢，就像『紐約，紐約』。而且字尾還一樣。席多納這個城市很小、很高級，氣候很理想，環境很美，而且人口每二十分鐘就翻一番，所以一個來路不明的人突然跑去，也不會引起任何注意，六個月後你就成了老資格居民啦。我本來想開車過去，沿路看看這個國家，然後我仔細考慮過後，決定管他去死，於是我賣掉車子，飛到鳳凰城，買了輛新車開到席多納。我替自己挑了一戶兩間臥室的頂樓豪華公寓，其中一個窗戶可以看到高爾夫球場，另一個窗戶可以看到鐘岩，你八成連這是什麼都不知道。」

「每個整點都會敲鐘的岩石？」

「你髮型不一樣了，」她說，「不過頭髮底下還是原來的那個凱勒，對吧？我一安頓下來，就想找個辦法跟你聯絡，除了舉行降靈會之外的辦法。我從新聞裡頭知道你離開第蒙了，警方始終沒逮到你，但如果艾爾先抓到了你，新聞也不會報導的。如果你還活著，我要跟你聯繫、又不希望引起其他任何人注意，辦法就只有一個，所以我就去做了。」

「你就在《林氏郵票新聞》上登廣告。」

「我把那個廣告登遍了我能查到的每個地方。誰想得到有這麼多給集郵者看的報紙和雜誌？除了《林氏郵票新聞》，還有《環球郵票新聞》，還有《史考特週報》，還有全國郵票會社寄給會員的那份雜誌——」

「是美國集郵會社。那本雜誌相當好。」

「唔，我還真是鬆了口大氣呢。不管雜誌好或壞，反正我就在上頭登廣告，每個月都登。另外還有一些我想不起來的雜誌。有個雜誌叫麥必爾？」

「《麥克爾》啦。」

「就這個沒錯。我全都登了，說登到我通知叫停為止，每個月信用卡帳單上都會出現這些廣告費。我正開始好奇我該登多久，因為我已經覺得自己像那個美式足球隊的老闆，他老是在門口留一張票給貓王，只是以防萬一他會出現。最後他至少還得到一些免費的宣傳呢。」

「一定花了你不少錢。」

「其實沒有。費用很低的小廣告，長期登還能打折。真正付出代價的，是那種感情上的消耗和淚水，因為每回我收到信用卡帳單，就又是一個月沒有你的消息，那麼多個月，感覺上好像我再也找不到你了。凱勒，你那邊至少有個了斷，你很確定我死了，但我卻得坐在那邊想不透。」

「真不曉得誰的處境比較糟。」

「兩邊都很夠糟吧。」她說，「但至少我們兩個都還活著，所以管他去死呢。你看到了廣告，打了那個電話號碼——」

「我花了好些時間，才猜出那是個電話號碼。」

「唔，如果我弄得太明顯，電話就會接不完啦。我知道一旦你認真想，一定猜得到的。但我還是不明白，為什麼你花了這麼久的時間。你看到了那個廣告多少次，才忽然警覺到的？」

「只有一次。」

「只有一次？怎麼可能，凱勒？我想你沒讓紐約的郵件轉寄過來，但那個廣告登遍了我剛剛提到的地方，還有一兩個我忘了是哪裡。要找一份《林氏郵票新聞》能有多難？或者再重新訂一份呢？」

「一點都不難，」他說，「可是我幹嘛費這個事？有什麼意義？桃兒，我看到那個廣告，是因為茱麗亞買了一份《林氏郵票新聞》回家。她根本不確定是否應該交給我，而我也不確定我想看。」

「可是你看了。」

「明顯是這樣。」

「不明顯的是，」她說，「為什麼你不確定你想看？而且為什麼你現在不訂那份雜誌了？我漏掉了什麼，凱勒，幫我找出來吧。」

「我沒訂，」他說，「因為那是給集郵者看的，而如果你沒有一批郵票收藏，你就算不上是集郵者了。」

她瞪著他。「你還不曉得。」她說。

「不曉得什麼？」

「當然了。你怎麼會曉得呢？那部分你算是避而不談吧，回到你公寓的事情，或者我剛剛沒注意聽，但是——」

「我剛剛可能沒提到。因為我不太願意去回想。我回到我公寓——」

「然後那些郵票不見了。」

「對，十本集郵冊。我不曉得是誰拿走的，警察或艾爾的手下，但不論是誰——」

「不是他們。」

他看著她。

「啊，老天，」她說。「我應該一見面就告訴你的。不知道怎麼回事，我一直沒想到你不曉得，不過你怎麼會知道呢？凱勒，是我。我拿走了你的郵票。」

她到了阿爾巴尼，找到住的地方之後，做的第一件事情就是買輛車。然後她拿到車做的第一件事情，就是開到紐約市去。

「去拿你的郵票，」她說。「還記得那回你突發奇想，說如果你死了的話，要我該怎麼怎麼做，還說得很詳細嗎？你說我該直接到你的公寓去，把郵票搬回我家，還告訴我該找哪幾個郵票商，該怎麼為你那些收藏賣到最好的價錢？」

他還記得。

「唔，只要你還有一絲活著的希望，我就不打算賣掉。至於把那些郵票搬出你公寓，我一有機會就趕快去辦，因為我不曉得警方什麼時候會查到你家去。我把你的授權信拿給門房看，上頭說我是代表你的利益，我可以進入你的公寓，拿走裡頭任何東西，而且——」

「你知道，我完全不記得寫過這麼一封信。」

「唔，還先不必懷疑自己得了老年癡呆症，凱勒。那是我去一家連鎖的金考（Kinko’s）商業服務中心裡，用那邊的電腦寫出來的。不是我自誇，我幫你在信紙上方設計了一個很漂亮的花樣喔，而且我沒花力氣去學你的簽名，因為你的門房對你的筆跡能有多熟悉？他不必替我開門鎖，因為我把你給我的鑰匙帶在身上了。」

「那些集郵冊很重，你怎麼有辦法全給搬走？」

「真的是很重沒錯。我在櫃子裡找到一個袋子，可以裝六本，」——他那個有輪子的旅行袋，他心想——「然後我請那個門房幫我，他去地下室拿了個推車來，我們把所有東西搬上了我車子的後行李廂。啊，另外我也拿走了你的電腦，不過你拿不回去了，除非你想去哈德遜河的河底找。」

「偷偷告訴你，」他說，「我們都對河流太倚賴了。」他拿起自己那杯冰紅茶，喝了好大一口。「對我來說，一時還真是難以接受，」他承認。「我先確定一下我沒搞錯。那些郵票——」

「全都放在紐約州阿爾巴尼一個恆溫、恆溼的儲存櫃裡。唔，其實呢，是放在阿爾巴尼北邊的雷森，不過你大概不曉得那在哪裡。」

「阿爾巴尼附近就很好了。東西全在那兒了？我所有的郵票收藏都完整無缺，我可以去那邊拿回來？」

「隨時都可以。我大概得跟你一起去，免得他們刁難你。我們可以明天飛去阿爾巴尼，如果你想要的話。」

「我有個感覺，」他說，「你不是那麼急著想去。」

「這個嘛，我想在紐奧良待幾天逛一逛。之後就任憑你發落了。你可以拿回你的郵票收藏，而且你會有兩百五十萬元，以防萬一營造業不景氣。從此你就可以不做事，好好享受人生了。」

「或者呢？」

「老天，我把最後一杯紅茶喝掉了嗎？如果你不介意的話，我要從你那壺裡面倒一點。」

「請便。」

「晚一點等我每個小時都要去上一次小號，我就會後悔了。不過如果那是我最大的遺憾，那我身體還滿健康的。凱勒，我想我們兩個目前都很安全。警方似乎認為你死了，或者跑去巴西了，或者是跑去巴西死了，其實在前幾天接到你的電話之前，我也是這麼想的。而且不曉得我們的朋友艾爾是怎麼想的，但是到了現在，大概有別的事情更需要他操心了。他知道我死了，而如果你還在他的名單上，應該排名也很後面了。所以我們其實沒有必要去做什麼事情。」

「可是呢？」

她嘆了口氣，「啊，」她說，「我想這是人格的缺陷，我大概可以找個什麼研討班去談這個毛病，如果有這種班的話，那席多納一定找得到。可是你想我去參加這種研討班的機率有多大？」

「很小。」

「一點也沒錯。凱勒，我就是忍不住。我真的很想報復那個狗娘養的。」

「之前每回想到你死了，而他還活著，」他說，「我就氣得快抓狂了。」

「我也一樣，想到他活著，而你卻沒有。現在結果我們兩個都活著，而且都是百萬富翁了，所以我們大概應該算了，可是——」

「你想找他報仇。」

「一點也沒錯。你呢？」

他吸了口氣。「我想我最好去跟茱麗亞談一談。」他說。

第三十三章

「我很想認識她，」茱麗亞說，而且她堅持要凱勒邀桃兒來家裡吃晚餐。他們之前想挑一家餐廳，茱麗亞說，「不，你知道怎麼樣比較好？帶她來這裡，我來做飯。」

他去接桃兒時，她穿了另一套套裝，這回長褲換成了裙子，髮型也不一樣了。「我已經取消席多納那邊我跟那位越南小姑娘的預約，」她說，「所以我就問飯店的櫃台，找了個這裡的美髮師，結果那個人好愛講話。不過她把我頭髮打理得還不錯。」

凱勒帶她到家裡，跟她介紹茱麗亞，然後旁觀等著事情會出錯。飯前他們帶著桃兒參觀屋裡，她說了各式各樣得體的話，然後等他們坐下來吃晚餐時，凱勒明白不會發生什麼可怕的事情了。這兩個女人都太有教養了。

茱麗亞端上了餐後甜點，這回是山胡桃派，還是在馬格辛街那家麵包店買的，而且三個人都喝咖啡，桃兒沒要冰紅茶。整個晚上，茱麗亞都稱呼他尼可拉斯，桃兒則完全沒喊他名字，但他替她倒第二杯咖啡時，她喊他凱勒。

「啊，應該說尼可拉斯，」她說，然後看著對面的茱麗亞。「還好我住得離這裡很遠，你們就不必隨時緊張兮兮，擔心我在別人面前說錯話了。茱麗亞，你喊過他凱勒嗎？」

他載她回飯店的路上，她說，「你找的這位真是個淑女，凱勒。很抱歉，我恐怕很久都沒法習慣喊你別的名字。長期以來，你對我來說就只是凱勒。」

「沒關係，別擔心。」

「可是我問她有沒有喊過你凱勒，她為什麼臉紅了？耶穌啊，凱勒，現在換你臉紅了。」

「才沒有呢，」他說。「別提了，行嗎？」

「行，」她說。「媽的都是我不好，我們就忘了這回事吧。」

「我是不是曾經一時忘記，叫你凱勒？我當時臉紅得像甜菜。」

「我想她沒發現吧。」

「是嗎？我懷疑有什麼能逃過你的朋友桃兒的法眼。我喜歡她，不過她跟我原先想的不太一樣。」

「你原先怎麼想？」

「老一點。而且，唔，比較邋遢那種。」

「她以前是比較老。」

「怎麼說？」

「唔，感覺上比較老，而且我想也的確是邋遢。她以前從來不化妝，而且老是穿著家居服。

我想那種衣服是叫家居服吧。」

「成天在家裡看電視，喝冰紅茶。」

「她現在還是做這兩件事，」他說，「不過我猜想她比較常出門了，而且她瘦了好多，現在也會買好衣服了，還會做頭髮。她染過了。」

「真沒想到。她口齒伶俐，講話又很毒，但骨子裡她實在是個淑女。我跟她介紹房子的時候，她不斷指著這個那個，比方說凸窗底下的窗座，說讓她想到她在白原鎮的房子。她一定很愛那棟房子，但她卻能狠下心，又夠果斷，把那個地方放火燒掉。」

「她當時也沒有別的辦法了。」

「我明白，但真要去做，還是不容易的。我很好奇換了我能不能做到。」

「如果非做不可的話，你也會做的。」

「不過說到底，那不過也就是一棟房子罷了。你反正還可以蓋一棟新的，對吧？有開放式廚房，浴室裡鋪了瓷磚。」

「還有中央空調。」

「你真是我的英雄。你不是說過，警方在火災現場找到了一具屍體？」

他沒想到她會問這個。「她留下她的假牙，」他說。「警方可以拿來跟她的牙科紀錄比對。我從來不曉得她的牙齒是假的，所以也從沒想到有這個可能性。」

「啊，那就說得通了。尼可拉斯？」她一手放在他手臂上。「我恐怕是有點嫉妒了，即使你們以前從來不是那種感情。可是她在你面前，整個就有點介於姊姊和瘋姑媽之間的那種感覺。你知道那隻大象是什麼嗎？」

「你指的是客廳裡的大象？」

「對，就是我們都看到，卻從來不提起的事情。你現在打算怎麼辦？」

「我其實不必做什麼。」

「我知道。你拿回你的郵票了，或至少你打算去拿回來，而且你也會有一大堆錢。我們可以繼續過這樣的生活，而我也就是想過這樣的生活——」

「我也是。」

「——不必擔心錢，可以過得自在又幸福。」

「可是？」

「可是在法國區吃飯永遠不會覺得自在。如果你去找他們，你知道該從哪裡找起嗎？」

「不太知道。」

「第蒙？」

「我不曉得他們是不是有人住在第蒙。我敢說艾爾不住在那兒。我有一個第蒙的電話號碼，就是我每天打去問的那個，問他們是不是可以除掉那個可憐的呆子，他什麼都沒做過，只是給自己的草坪澆水而已。我很好奇他知不知道他差一點就被做掉了。」

「你覺得那個電話號碼不可能查出什麼？」

「對，」他說，「否則他們就不會給我那個號碼了。但據我所知，我們有的也只是那個電話號碼而已。」

「不見得吧。」她說。

次日上午，她開車載他和桃兒到機場去。凱勒本來想叫計程車的，但茱麗亞說什麼都不肯。到了機場，桃兒拿著行李先進入航廈，給他們小倆口兒一點獨處時間，茱麗亞下車來跟他吻別。

她說，「要小心，知道嗎？」

「我會的。」

「我會告訴唐尼，說你家裡有事，回去一陣子。」

「沒問題。」他審視著她。「還有別的事情嗎？」

「不算有。」

「哦？」

「沒什麼，」她說。「留著以後再說吧。」

第三十四章

「區域號碼是五一五，」桃兒說，瞇著眼睛看那張小紙條。「那是第蒙？你身上帶著這張紙好幾個月，卻從來沒撥過？」

「我幹嘛撥呢？」

「我懂你的意思。如果這是他們給你的號碼，那一定無法追查下去。不過還是撥撥看吧。」

「為什麼？」

「好讓我們排除這個可能，而且你皮夾裡面就有多一點空間，可以多裝些你在開曼群島的錢了。」

他掏出手機，打開來，又闔上。「如果這個電話還在使用，而我打過去——」

「你前幾天打到席多納給我，就是用這支手機嗎？你連電話號碼都不知道的那支？」

「唔，是啊，不過——」

「撥那個號碼，」她說，「如果那個耳朵長毛的傢伙接了，我們就把電話扔出窗外。」

枯－嗚噫——！

「我也是這樣想，」她說。「不過現在我們確定了。我們還知道些什麼？我在電話裡跟艾爾談過兩次。講得不太久，說得也不多，但我可能還認得出他的聲音，要是幾個人列隊讓我指認聲音，我應該可以指認出他來，如果有這種事情的話。」

「我只希望我們能有個起點。」

「我也希望。他完全是憑空冒出來打給我，你知道。從沒提過他是在哪裡聽說我、誰把我的電話號碼給他的。但他一定是從哪裡打聽到我，不是隨便撥個電話而已。他知道我的電話號碼，也知道我的地址。他第一次寄聯邦快遞來，信封裡裝滿了錢，他不必問我要寄到哪裡，直接就寄來了。」

「所以有個認識他的人也認識你。」

「這點我們不知道，凱勒。某個認識我的人去跟某個認識他的人談，我們不知道中間可能還牽扯到多少人。老頭經營這一行已經很久了，這麼多年來，他從沒換過電話號碼。」

「所以很多人有可能知道你的電話號碼。」

「從第一個人到艾爾之間，可能是一長串人，中間只要有一個人斷了，你就查不下去了。」

她皺眉。「不過，如果我多去找幾個人打聽，某個人或許就會知道一些蛛絲馬跡。你想他每次拿起電話時，報上的名字會不會都不同？叫我艾爾，叫我比爾，叫我卡洛斯？」

「或者他是習慣的動物，始終就是用艾爾。」

「這樣他就比較記得自己應該是誰。我從白原鎮帶走的東西不多，其中一件就是我的電話本，我有很多電話可以打。我談過的人愈多，就愈有可能查探出一些知情的人。當然，這只是其中的一半。」

「你談過的人愈多，他就愈可能知道有人在找他。」

「這就是另外一半，沒錯。而且我跟這些人談，還不能讓他們知道我是誰，因為我已經死在白原鎮的一場大火中了，你或許還記得。」

「既然你提起，我好像在報上看到過。」

「我不曉得還有誰看到過。除了紐約地區，外地登的報導一定很小。但大家一定都聽說我死了，這個圈子滿小的。」她聳聳肩。「我會想出一些辦法的。或許我會用那些裝在電話上的小玩意兒，改變我的聲音。如果還有別的地方可以著手……」

「唔，可能有。」

「哦？」

「他們給過我一支手機，」他說。「那個耳毛先生給的，當時他帶我去那家挑好的汽車旅館。」

「月桂旅店，或者類似的名字。」

「就是月桂旅店。他們給我這麼支手機，叫我用來打電話給他們。唔，我不打算住在那個房間，也不打算用那支手機。」

「你從一開始就很多疑。」

「有一些預防措施是習慣成自然，而且沒錯，這事情感覺上是有點不對勁，不過這是我最後一樁差事，無論如何都會讓我覺得不太對勁。我不打算住在月桂旅店，也不打算用那支手機打任何電話，我甚至不打算把那支手機帶在身上，因為我猜想他們可以用它來找到我的位置，無論手機有沒有開機。」

「他們有辦法做到這樣？」

「我的基本原則就是，任何人都有可能做到任何事。所以如果他們想找出那支手機的位置，就會找到月桂旅店，因為我就是把手機留在那裡。」

「在那個房間。」

「二〇四號房。」

「你還記得房間號碼。太厲害了，凱勒。幾乎就像你會背那些總統名單一樣厲害。我們的第十四任總統是誰，你會不會剛好記得？」

「富蘭克林・皮爾斯。」

「果然厲害。接下來是加分題，他那張郵票是什麼顏色的？」

「藍色。」

「藍色，富蘭克林・皮爾斯，還有二〇四號房。你的記憶力真了不起，但是——」

「但是又怎樣？桃兒，他們買那支手機的方式，可能就跟我買這支手機一樣，而且在耳毛先生交給我之前，他們可能從來沒用它來打過電話。」

她立刻回答。「但如果不是，」她說，「你可以按一個鍵，就知道他們之前打的八通或十通電話。」

「沒錯。」

「甚至你還可以追蹤這些電話號碼，查出這手機是誰買的、什麼時候買的。」

「有可能。」

「同樣的問題，凱勒。那又怎樣？我沒住過月桂旅店，或許那裡的清潔女工沒那麼仔細，但你真以為過了那麼久，那支手機還會在房裡？」

「有可能。」

「你真這麼想？」

「那個房間有張超大雙人床。」他說。

「這是很好啦，不過反正你也不會睡在上頭——」

「我留下那支手機時，不希望任何人拿去用。所以我抬起床墊，把那玩意兒塞到底下的正中央。」

「你可以想像警方一定會把那個房間搜得多徹底嗎？」

「在一椿備受矚目的政治暗殺之後？沒錯，我可以想像。」

「他們可能已經搜到了。」

「但或許沒有呢？」

「或許沒有。」

「假設手機還在那兒，現在還能用嗎？到現在電池早就沒電了吧？」

「很可能。」

「不過那邊買得到新電池。」

「即使是在愛荷華州。」他說。

「月桂旅店。你不會剛好記得他們的電話號碼吧？對，你當然不記得。那些號碼又沒印在郵票上過。」

他走到窗邊，往外看著這個城市，同時她用電話先找查號台，然後跟月桂旅店訂房部的一個人談。她講完後掛掉電話，「唔，那個女人一定覺得我瘋了。」

「不過你辦到了。」

「我們得住二樓，因為我先生受不了頭頂上有腳步聲。然後我不想聽到車聲，而且對光線很敏感，同時我們兩個人都要離樓梯很近，但又不能就在樓梯頂，另外我在網站上看過他們的平面圖，你猜猜哪個房間對我們來說最適合？」

「聽起來是瘋了，」他同意，「不過你跟那個職員講話的時候，聽起來很理智啊。」

「我們訂到二〇四號房了，明天開始三個晚上。怎麼了？」

「啊，我不知道。要合住一個房間三個晚上，感覺上好久。」

「要我們兩個合住一個房間，光一個晚上都嫌太久了，凱勒。你在月桂旅店連一個晚上都不必住，我也不必。我們在那裡訂房的唯一理由，就是要拿到房間鑰匙。你不會還留著幾個月前的鑰匙吧？」

「沒有，反正留著也沒用。他們現在都用電子鑰匙卡了，每回住客換人，他們就會重新設定系統。」

「真讓人不得不同情那些花好幾年學挑鎖的人，一覺醒來發現周圍已經變成了電子世界。他們一定覺得自己像個鉛字排版機操作員，置身於電腦排版的年代，學了一身細緻的工夫，結果卻完全沒用。你幹嘛那樣看著我。」

「哪樣？」

「對了。我必須訂三個晚上，是因為如果我只打算住一個晚上，就沒法囉里八唆半天，說為什麼非要住二〇四不可。不曉得他們網站上是不是真有平面圖。」

「不曉得他們是不是真有網站。」

「人人都有網站啦，凱勒。連我都有呢。」

「你的網站還在建構中。」

「而且還會保持那樣很一陣子呢。我會訂兩張飛機票，或者你想開車去？那裡有多遠？」

「一定有一千哩吧，或者很接近。」

「可是我們已經訂了明天晚上的房間，所以我想我們就搭飛機過去吧。你還有槍嗎？」

「只有在印第安那拿到的那把席格—索爾。但是不能帶上飛機。」

「連放在托運行李裡頭都不行？」

「大概有規定不行，即使沒有規定，帶著槍也太容易引起注意了。哪個活寶看到你行李裡面有個槍的形狀，你就搞不完了。」

「你想開車嗎？我就先飛過去，拿了房間的鑰匙，你可以開著你那輛灰撲撲的小卡車上路。第蒙在這裡的北邊，對吧？」

「全國大部分地方都在這裡的北邊。」

「不過很接近正北方？就在密西西比河畔，是嗎？」

他搖搖頭。「是在密西西比河的西邊。」

「那回那個惡整我們的客戶，不是就在愛荷華嗎——」

「是另一回有個惡整我們的客戶。」

「《傭兵時代》的案子。不是就在愛荷華州嗎?而且你不是丟了些東西到密西西比河?」

「那是在暮斯卡汀(Muscatine)。」

「那個該死的地方就叫這個名字!我稍早一直想不起來,老想到慕斯卡托葡萄酒(Muscatel),可是我知道不是。第蒙是在那裡的西邊,不是在密西西比河畔?」

「現在你終於搞懂了。」

「除非我要去上猜謎節目,不然我腦袋裡何必裝這些垃圾知識。你想這樣嗎?你開車、我飛過去?」

「只為了要帶把槍?不了,管他去死。總之,我也不想開著一輛讓人可以追查到紐奧良的車,跑到那裡去。」

「這點我根本沒想到。那我們兩個都搭飛機了。」她拿起他的手機。「我要訂機位。麻煩再跟我說一次你的姓名,好嗎?我不懂我怎麼就記不住。他們該做的呢,凱勒,就是把你的照片放在郵票上。」

第三十五章

他們搭達美航空的班機到第蒙，中間在亞特蘭大轉機。兩段航程都尋常無事，不過從亞特蘭大到第蒙那段，他們兩個的座位隔著三排，桃兒很確定坐她隔壁那個是臥底的航空警察。「我一直告訴自己別做任何可疑的事情，」她說。「那真是讓人很不安，但同時又讓人很安心。」

她訂票用的是她新的名字，薇瑪・安・寇德。她是多年前發現這個名字的，方法就跟凱勒發現尼可拉斯・愛德華茲一樣，而且她收集了一整套身分證件，護照和駕照和社會安全卡，還有六張信用卡。她用這個名字租了個郵政信箱，甚至還訂了一份刺繡雜誌，但每個月去檢查信箱時，她都把那份雜誌扔掉。「然後有三年，」她說，「他們就一直寄那些哀怨的通知給我，要我續訂。但是搞什麼，誰鳥刺繡啊？」

她以薇瑪・安・寇德的名字在第蒙租了一輛車。不是在赫茲租車公司租的，租來的車款也不是Sentra，凱勒覺得這樣最好。開到月桂旅店的途中她說，「你很幸運，凱勒。尼克・愛德華茲很適合你，尤其配上你的新髮型和眼鏡。而且愛德華茲這個姓普遍得不得了。寇德這個姓就很少見了，但還是有一些，所以我老碰到人問我是不是這個人或那個人的親戚。我告訴他們，那是我前夫的姓，我對他的家族一無所知。至於薇瑪，別提了，講到我就一肚子抱怨。」

「你不喜歡這個名字？」

「我根本受不了。我認識的幾乎每一個人，我都要他們別喊我這個名字。」

「那你要他們喊你什麼？」

「桃兒。」

「桃兒怎麼可能是薇瑪的暱稱？」

「這是我的決定，凱勒。你不會有意見吧。」

「是沒有，不過——」

「我都說：『大家都喊我桃兒，』通常這樣就夠了。如果有人問，我只要告訴他們說來話長就好。你只要告訴他們說來話長，他們通常就樂得放過你，省得還要聽你講。」

桃兒去旅館的櫃台登記時，凱勒在車裡等著，他真希望她把車停在後頭，或至少不要停在正門對面的等候區，又但願自己記得把那頂紐奧良聖徒隊的棒球帽帶著。他覺得自己好顯眼，同時又努力提醒自己，月桂旅店裡其實沒人看過他。

桃兒出來時揮舞著兩張鑰匙卡。「我們一人一張，」她說，「免得萬一我們從這裡到房間的路上走散了。那個替我登記入住的女孩上輩子一定是個會講話的多嘴娃娃玩偶。『啊，您預訂的是二〇四號房間，寇德太太。你知道，那是我們的名人套房。那個射殺了俄亥俄州州長的人，就住過這個房間。』」

「啊，基督啊，她真的這麼說？」

「不，當然是假的，凱勒。幫我一下好不好，我要把車停在哪裡？」

他還是先敲了敲二〇四號房的門。沒人應。他把卡片插進槽內，打開了門。

桃兒問他看起來是否眼熟。

「不曉得，已經好一陣子了。我想整個布置還是一樣。」

「那就好。然後呢？」

他沒回答，只是拉開床罩，將床墊一角抬起，然後在床墊和床座之間挖。他看不到自己的手在幹嘛，但是也不必看，一開始他的手什麼都沒碰到。唔，這也猜得到，他心想，畢竟過了這麼久了，而且——

啊。

他的手碰到東西了，但這麼一碰，那玩意兒被推得更遠。他扭動著往前，雙腳像在游泳似的直踢，他聽到桃兒問他到底在搞什麼鬼，但無所謂，因為他又往前推進了幾吋，手指抓住那個東西了。

他要出來時，又費了好一番力氣。

「這真是我見過最要命的事情，」桃兒說，「有那麼一會兒，看起來好像裡頭有個怪物抓住了你，正要把你拖進去，就像史蒂芬・金驚悚小說裡的情節。老天在上，我真不敢相信，是那支手機嗎？」

他張開手。「沒錯。」

「過了這麼久，居然沒人發現。」

「唔，看看我剛剛花了多少力氣才拿到的。」

「你說得一點也沒錯，凱勒。我想沒有什麼人會玩床墊潛水的運動，像那些白癡拿著金屬探測器在樹林裡走來走去。『看，艾德娜，有個瓶蓋！』你想有過多少人曾睡在這玩意兒上面，卻完全不知情？」

「不曉得。」

「我只希望其中不會有真正的公主。」她說，「不然那個可憐的小親親，一定片刻都不得安眠。（譯註：安徒生童話《豌豆公主》中，真正的公主身軀極其嬌貴敏感，連藏在四十層被褥之下的一顆豌豆都能清楚感覺到，因而整夜無法入眠。）不過我想月桂旅店不會是歐洲貴族必訪之處。怎麼，你不看看這手機能不能用嗎？」

他把手機打開。

「慢著！」

「什麼？」

「說不定上面裝了詭雷。」

他看著她。「你以為會有人跑來這裡，找到這支手機，在上頭裝了炸藥，然後再放回去？」

「不，當然不是。假設他們給你時，上頭就裝了詭雷呢？」

「他們是要我用這支手機打給他們耶。」

「而當你打的時候——砰！」她皺眉。「不，這說不通。要是這樣的話，隆佛德州長都還沒來這裡，你就先死了。好，那你打開手機吧。」

他照辦了，然後按了電源鍵。什麼反應都沒有。他們回車上，開著車找到一家賣電池的店，裝進手機裡。

「還能用，」她說。

「之前只是電池沒電而已。」

「可是電池沒電之後，裡頭的資訊不會洗掉嗎？」

「那我們就來看看吧，」他說，按了幾個鍵，找到了撥出電話清單。總共有十個，最頂端的是最晚打出的。

「唔，我真該死，」桃兒說。「凱勒，你是天才。」

他搖搖頭。「是茱麗亞。」他說。

「茱麗亞？」

「是她的點子。」

「茱麗亞，在紐奧良那個？」

「她跟我說，如果那支手機還在你留下的地方，說不定還能用。」

「結果她料中了。」

「沒錯。」

「凱勒，」她說，「你要留住這個，聽到沒？別派她出去遛狗。要好好抓住她。」

第三十六章

他們坐在車上，他唸出手機裡的號碼，讓她抄下來。「以防萬一電話停話了，」她說。「首先我們可以做的，就是把前面有五一五的那些號碼去掉。你想艾爾有可能住在第蒙嗎？」

「不可能。」

「那多毛兄呢？」

「什麼？喔，你是說耳毛很長的那個傢伙。」

「或者我們也可以喊他詭異兄。你想他會是本地人嗎？」

「他好像對這個城市很熟。他毫無困難就找到月桂旅店了。」

「我也一樣啊，凱勒。而我之前最接近第蒙，是搭飛機在三萬呎以上的高空經過。」

「他熟悉到會推薦我吃丹尼氏餐廳的牛堡起司三明治。」

「所以他住的城市裡有丹尼氏餐廳。這樣還真縮小了範圍呢。」

他想了想。「他路很熟，」他說，「但有可能只是準備得很好而已。我不認為這有什麼差別。不論如何，我們可以忘記那些五一五號開頭的號碼了。如果耳毛先生是本地人，那他一定是非常不重要的角色。他們不可能挑個本地人，還讓他知道太多事情。」

「有道理。」

「事實上，」他說，「如果他是本地人，那他八成已經死了。」

「因為事後他們會清理門戶。」

「如果艾爾都能派一組人到白原鎮去殺掉你，把你的房子給燒光——」

「凱勒，那是我。記得嗎？那件事是我幹的。」

「喔，對了。」

「不過我明白你的意思了。我們就把注意力放在外地人身上吧。」

看起來最有希望的那個號碼，總共撥出過三次，區域號碼是七〇二，結果是個拉斯維加斯的運動賭博情報專線。另一個是在聖地牙哥的旅館。桃兒說第三次會特別有魔力，然後試了第三個號碼，結果已經停話了。

「我們只能這麼想，」她說，「那支手機還在原處，就已經是個奇蹟了，如果我們期望還有什麼好處，那是我們要求太多了。我再試一個號碼，然後我們就回月桂旅店，把這該死的玩意兒塞回床墊下吧。」

他看著她撥號，把手機舉到耳邊，電話接通後，她揚起雙眉。有人接電話了，她趕緊按了一個鍵，把電話轉為擴音模式。

「喂？」

她看著凱勒，他用手勢比了個拜託，還想聽更多。她捏著嗓子，比自己原來的聲音更高，說道，「阿尼？你聽起來好像感冒了。」

「你聽起來好像撥錯號碼了，」那名男子說，「更別說你腦子像隻沙鼠。」

「喔，別鬧了，阿尼，」她細聲說。「別那麼兇嘛。你知道我是誰嗎？」

電話掛斷了。

「阿尼不想跟我玩，」她說。「怎麼樣？」

他點點頭。就是那個耳毛先生沒錯。

「唔，難怪他會掛電話了，」桃兒說。「結果他根本不叫阿尼。」

「還真驚訝呢。」

「他叫馬林・塔格特。就是馬林魚的馬林，不是馬龍・白蘭度的馬龍。而且他住在奧瑞岡州畢佛屯市芳草巷七十一號。」

「那輛車上有奧瑞岡州的地圖。」

「這輛車，就現在？」

「那輛Sentra。」

「你想是他留在那裡的？」

「不，怎麼可能？而且不是我租來的那輛車，而是我在機場掉換車牌的那輛。別管了，根本是無關的事情。真的就只是巧合罷了。」

「不過真的很有趣啊，凱勒。讓我這一整天都變得愉快了。」

「抱歉，畢佛屯在哪兒？靠近哪裡嗎？」

「稍等一下告訴你，」她說。「來了，就在波特蘭市旁邊。」

就這樣，他們查到了他的名字和地址。他們現在人在希克曼路一家金考商業中心裡，用一小時五元租了一部個人電腦。他站在她後頭看，省得還要問她在做什麼，不過整個過程還是令他驚嘆。Google引導她到一個網站，你只要鍵入一個電話號碼，就可以查看是否有資料；而一旦查到資料，你就可以付十四塊九毛五去買。經過迅速的信用卡線上交易後，電腦秀出了資料。

「我知道政府什麼都能查到，」他說。「但我不曉得其實每個人也都能查到。我還以為他的電話號碼是不會列入電話簿的。」

「他是啊，總之是不公開的電話號碼。螢幕上頭是這麼說的，但同時我花十五元就能買到了。」

「也不能跟它講價，對吧？」

「大概有個辦法可以免費查到，」她說，「不過得花時間。而且沒錯，你其實不能講價。我猜想要查到那些資料，所花的絕對極小值，就是猶大出賣耶穌拿到的三十銀元吧。不曉得誰飛波特蘭。」

「我去吧，」他說。「你沒必要跟著去。」

她看了他一眼。

「怎麼？」

「凱勒，我們兩個都去波特蘭，這點根本不必討論的。」

「你剛剛說——」

「我指的是航空公司，凱勒。而且我不必猜了，因為上帝發明了Google。」

他們那一夜畢竟還是在月桂旅店度過，不過是在兩個不同的房間。這是桃兒的主意，她先上聯合航空的網站，訂了次日上午的兩張機票。「我們總得有個地方過夜，」她說，「而現在我們已經有一個房間了。」

他的房間位於前排一樓。他到櫃台登記入住，然後上樓去二〇四號房。她正喝著一瓶販賣機買來的思樂寶（Snapple）果汁，每喝一口就皺一下臉。她問他是否知道什麼好地方可以吃晚餐，他說他唯一能想得到的地方，就是對街的丹尼氏，可是他覺得去那邊不太好。

「那家大概不是城裡唯一的丹尼氏，」她說，「但我們也不要去別家了吧。」她在商用電話簿裡面找到一家牛排屋，自稱是愛荷華第一，他們去吃了，都一致同意相當不錯。

回到房間，凱勒看了「藝術與娛樂」有線電視頻道一個重播的警探影集。她覺得那些節目內容他好像看過，但無所謂。他還是照看不誤。

他心想，等到回紐奧良，他要買一架新電視，就像他在紐約的那種大平板螢幕。還要弄TiVo，還有一架像樣的DVD播放機。既然在開曼群島的銀行帳戶裡有那麼多錢，沒理由不去買這些東西來好好享受。

他可以想出一堆理由不要打電話給茱麗亞，但到最後，他還是拿起電話打過去。她說喂，他說，「是我。」然後她說，「尼可拉斯。」光是聽她喊他的名字，他就覺得充滿信心。

他說，「那件事辦成了。那個東西在那裡，它裡頭該有的都有，她說你是天才。」

「只講代名詞和非特定名詞。因為我們是在講電話？」

「夜晚有千隻耳朵。」

「我以為不是說夜晚有千隻眼睛嗎？但我想也可以換成耳朵。一千隻眼睛，一千隻耳朵，還有五百隻鼻子。」

「因為那件事辦成了，」他說，「我就還得去別的地方了。」

「我知道。」

「我不會再打電話回去了，直到——」

「直到事情結束。我明白。你要小心啊。」

「好。」

「我知道你會小心的。代我跟她問好。」

「會的。她叫我要好好抓住你。」

「可是這點你知道。」

「對，」他說。「我早就知道了。」

到了早上，他們一起在機場吃早餐，同時等著到丹佛的飛機。在丹佛轉機時，他們又一起吃飯，然後上飛機飛到波特蘭。到了那裡，他去租了一輛車，秀出他的駕照，用他的信用卡付帳。他不必擔心駕照或信用卡，或身上帶的任何證件有問題，包括他登機用的護照。這些證件都是真的，如假包換，只不過上頭的名字並不是他出生時的那個。

在凱勒買來的那本地圖上，要找到芳草巷很容易；但開車時要找到，就沒那麼容易了。芳草巷所在的這個新開發區，位於畢佛屯的西端，特色似乎就是主要街道都會左彎右拐，最後差不多又都回到原處。加上大量的死巷，還有一些只存在於地圖製造師心中的空想道路，讓找路這件事情變得很棘手。

「這條路應該是佛朗特耐克道，」他說，憤慨地瞪著一面路牌。「但上頭說是休休尼路。你想塔格特晚上回家怎麼找得到路？」

「他一定是一路用麵包屑留下痕跡。往左是什麼路？」

「從這裡看不見路牌。不管是什麼路，或許能通到哪邊吧。」

「可別太指望。」

「找到了，」幾分鐘後他說。「芳草巷七十一號，不是嗎？」

「七十一號。」

「所以是在左邊。好吧，就是這裡。」

他暫時減慢速度，對街是一棟紅磚造的長方形平房，旁邊附車庫，門窗框都漆成白色的，坐落在一片寬敞而景觀優美的土地上。

「真不錯，」桃兒說，「等到那些樹長大一點，這地方就很美了。我想這是個好兆頭，凱勒。他能住得起這樣的地方，一定不只是個跑腿小弟而已。」

「除非他娶了個闊太太。」

「你說得沒錯。不過哪個闊小姐受得了一個長耳毛的小騙子？」

「這倒是，」他說。

「是，沒錯。現在該怎麼辦？」

「現在我們去找家汽車旅館。」

「然後等到明天？」

「明天一早就過來。」他說。「這件事可能要花上一陣子。他不是一個人住。但我們希望趁他一個人的時候逮住他，而且要在他沒提防的時候。」

「你以前工作時就是這樣，對吧？你先去觀察一下環境，然後訂出計畫。」

「我不知道還有什麼更好的辦法。」

「不，這樣很合理。我想我是期望更直截了當一點，就像昨天在第蒙那樣。去那兒，辦了你要辦的事情，然後離開。」

「我們昨天只是去拿個手機，」他指出。「但我們在這裡的任務，則是稍微複雜一點。」

「光是要找到這棟該死的房子，就比我們在第蒙做的任何事都要複雜了。你明天還找得到這個地方嗎？」

其實這地方不難找，只要你去過，知道某些部分不要相信地圖。他次日轉入芳草巷後，半期待能看到馬林・塔格特站在他的屋前，替他的草坪澆水。但老愛給自己草坪澆水的是桂格瑞・道齡，他可能現在還在澆水，從來不曉得曾與死神擦身而過。馬林・塔格特家的草坪沒人在澆水。

「而且根本不必澆水，」桃兒說，「因為我們在奧瑞岡州，在這裡，上帝會替每個人的草坪澆水。太陽怎麼出來了，凱勒？這裡不是該成天下雨嗎？或者那只是謠言，想阻止加州人搬來？」

他停在兩戶外的街道對面。這樣他可以清楚看見塔格特家，但塔格特不會看見他們，除非他刻意想看。

不過他們也不能在那邊停太久。塔格特可能沒想到會有麻煩上身，但他那一行本來就是不免會有麻煩出現。即使沒人有理由為難他，也幾乎可以確定他會是各種執法人員注意的對象，不管是當地警察、州警，或是聯邦調查局。他和他的老闆可能在第蒙乾淨脫身，但塔格特能混到今天，不可能沒惹上過麻煩。凱勒見過他，很願意賭他坐過牢，不過他沒法說出是在哪裡，或是為了什麼罪名。

所以無論是否有特定的事情該謹慎，但他出於習慣，應該還是會很謹慎。這使得監視工作更複雜。你不能停在那個街區太久，也不能太常繞回來。

那天下午，他們回到機場，桃兒去另一家租車公司的櫃台，用自己的名字租了另一輛越野休旅車，以便外型上跟凱勒租的那輛轎車有所區別。有了兩輛車，凱勒猜想，他們就比較不容易被注意到。但就算有一整個車隊，他們監視時也還是得小心，否則塔格特就會判定他被政府探員派了一整隊人馬來監視。

每天兩回，他們會開著其中一輛車到芳草巷。他們會開車經過兩次，停在路邊五分鐘或十分鐘，繞行那個街區一、兩次，然後回汽車旅館。他們住在附近的康福酒店，附近有很多餐廳，而且半哩外就有個購物商場，裡面有個多廳式電影院。不過大部分時間，他們只是待在各自的房間裡，看報紙或看電視。

「如果我們有槍，」桃兒說，「事情就可以加快速度了。只要走到門前按電鈴。他來開門，我們就射殺他，然後回家。」

「如果來開門的是別人呢？」

「『嗨，你爸在家嗎？』砰。但即使你帶著槍從紐奧良開車到第蒙，我們也還是沒法把槍帶到波特蘭來。除非你開著車橫越過大半個國家。你想在這裡不可能買到槍嗎？」

「大概買得到吧。」

「但是你不想買。」

「對。總之，如果我們開槍射殺他，又怎麼能期望他開口講話呢？」

星期六早上，他們在旅館對面吃早餐。兩人邊喝咖啡，邊複習他們幾天來間歇性監視的結果。

——親眼看過兩次之後，確定馬林・塔格特（如果住在芳草巷七十一號的那名男子是叫這個名字的話），絕對就是當初凱勒在第蒙見過的那個聯絡人。同樣肉乎乎的臉，同樣的大鼻子，同樣鬆垮的嘴巴，同樣那個獨特的走路姿態，有點蹣跚，又不會太不穩。當然，還有同樣那對小飛象似的大耳朵，不過離得太遠，沒法看到他的理髮師是否修剪過耳毛，好讓他那對耳朵體面一點。

——他家的其他成員還包括一個女人，應該是塔格特太太，比先生年輕，而且好看太多了。他們有三個小孩，一個男孩和兩個女孩，年齡從十一歲到十四歲。他們家還養了一隻威爾斯科基犬，非常老了。他們有回看到塔格特和一個小孩牽著那隻狗，繞著街區痛苦地緩緩行走。

——塔格特家的車庫裡有兩輛車，一輛褐色的淩志（Lexus）越野休旅車，還有一輛黑色的凱迪拉克。塔格特太太離家時，不管有沒有帶小孩，都會開那輛淩志。塔格特除了那次牽狗出門之外，都很少離開房子，也從沒離開過這一帶，那輛凱迪拉克始終就停在車庫裡。

「星期一早上，」凱勒說。「在此之前，我想我們兩個都別靠近芳草巷。週末我們不可能逮到他一個人在家，而且免得萬一他之前注意到我們的車停在附近或經過，接下來他會有兩天沒看到我們的車。然後到了星期一，我們就去找他。」

稍後他問桃兒要不要去逛那個購物商場，但她發現電視上有想看的節目。他到五金店去買了些東西，包括一個沉重的鋼製拔釘器，一端彎曲成U字形，還有一捲掛畫的鋼絲，一捲厚厚的防水膠帶，以及一把剪斷鋼絲的鉗子。他把買來的東西放在後行李廂裡，開車到電影院入口。他看了一場電影，劇終時他去洗手間，又去買了爆玉米花，然後溜進另外一個放映廳，看另一部電影。

就像以前一樣，他心想。但至少他不必在車上過夜了。

第三十七章

星期一早上八點半，他們來到芳草巷，停在可以看到塔格特家的地方。才等不到五分鐘，塔格特家的車庫門往上開，那輛褐色凌志越野休旅車冒出來。

「送小孩去上學，」桃兒說。「如果她馬上回來，我們就得等到晚一點了。但也沒辦法知道她會不會回來，對吧？」

「如果她朝這邊開，就有辦法。」他說。

「啊？」

「她來了，」凱勒說，等到那輛車接近，他打開自己旁邊的門下車。他之前從旅館房間拿了一本國際基甸會印贈的聖經，但留在車上。他走上街，迎向那輛駛近的越野休旅車，伸出一隻手，左右揮動。那輛凌志停下來，凱勒露出一臉和藹的笑容，就是那種戴著眼鏡、有書卷氣的微禿男子會有的笑。他走向那輛車側面，她搖下車窗，他解釋說他找不到佛朗特耐克道。

「喔，那條路不存在，」她說。「地圖上有，不過他們改變心意，後來沒開那條路。」

「原來如此，」他說，然後她開走了，他回到車上。

「我就知道，」他說。「根本沒有佛朗特耐克道，地圖錯了。」

「好極了，凱勒。知道了這點，我就能睡得比較安穩了。但你到底為什麼——」

「她一副要出門見人的打扮，」他說，「不可能只是送小孩到學校而已。口紅、耳環，座位旁邊還帶了個手提包。」

「三個小孩都在車上？」

「兩個在後座，一個在前座。都沒出聲，因為兩個女孩在聽她們的iPod，那個男孩則在玩一個東西，大拇指拚命按的那種。」

「電子遊戲機嗎？」

「我想是吧。」

「真是個美好的家庭啊。凱勒，你本來對這一點有疑慮，對吧？」

他說，「我猜想，她會離開兩個小時，不過不能再浪費時間了。咱們上吧。」

凱勒把車停在他們家車道上，下了車。桃兒拿著她的手提袋，沿著石板路走到前門。凱勒一手拿著那本聖經，另一手拿著拔釘器，隔著一、兩步，跟在她後面。

她按了門鈴，凱勒聽到裡面有聲音。然後毫無動靜，然後是腳步聲。他翻開聖經，舉在左臉前，像是在閱讀，好遮住自己臉的下半部。他的右手抓著那支拔釘器，垂在身側看不到的地方。

門開了，馬林・塔格特穿著一件夏威夷襯衫和一件迷彩的戶外休閒褲，看了他們兩個人一眼。「啊，基督啊，」他說。
「正就是我們想跟您談的主題，」桃兒說。「希望您有神聖的一天，塔格特先生。」
「我不需要這個，」他說。「沒有不敬之意，女士，不過我不需要你或你推銷的耶穌，所以如果你可以拿去別處——」
但他沒再說下去，因為此時凱勒已經舉起那根拔釘器，彎曲的尾端砸中了塔格特的肚子。結果效果很好。塔格特猛吸了口氣，兩手抓著腹部，不由自主地往後退，腳步踉蹌，想穩住身子。凱勒跟上前去，桃兒尾隨在後面，把門在後頭關上。塔格特往後逃，順手抓起一個玻璃煙灰缸，朝凱勒猛然丟出去。差太遠了，凱勒追在後頭，塔克特從桌上抓了一盞檯燈丟出手。
「狗娘養的，」塔格特吼道，衝向凱勒，右手高舉著揮過來。凱勒矮下身子躲過那一拳，揮動拔釘器，像鐮刀似的朝塔格特的一腿橫劈過去，然後聽到骨頭斷掉的脆響。塔格特大吼一聲，垮在地板上，凱勒將拔釘器高舉過頭，但及時煞車，他差點就要砸中塔格特的頭骨，讓他永遠都講不了話了。
塔格特舉起一手要擋。凱勒揮動那根拔釘器比了個假動作，然後輕輕畫了個弧，擊中塔格特的太陽穴。塔格特雙眼往後翻，身子一軟，朝左邊翻倒過去。
桃兒說，「啊，要命。」
什麼？他畢竟還是太用力了嗎？他抬頭，這才看到那隻老狗腳步蹣跚地走向他們。凱勒迎過去，手裡還拿著拔釘器，那隻狗很吃力地抬起頭望著他。

凱勒放下拔釘器，抓住那隻狗的項圈，帶牠到另一個房間，關上門。

「剛剛有一會兒，」桃兒說，「我還以為牠要攻擊我們了，但牠只是要等著伊麗莎白女王帶牠去散步而已。」

他檢查了塔格特，發現他雖然失去意識，但還有呼吸。他把他翻過來，用買來的鋼絲把他雙手反綁在背後，再把他的腳踝給捆在一起。

他直起身子，把那根拔釘器交給桃兒。「看好他，」他說，然後去廚房察看。

廚房有扇門通往屋旁連著的車庫。凱勒找到一個鈕，把車庫門往上開，然後出去把車子開進來，停在那輛凱迪拉克旁邊，再把車庫門關上。他沒離開多久，回到客廳時，塔格特還沒醒過來。他發現那盞檯燈放回桌上了，煙灰缸也已經歸位。

桃兒聳聳肩。「我能說什麼，凱勒？我有潔癖。這個混蛋還沒醒過來，我們該怎麼辦？潑水在他臉上？」

「可以再等一兩分鐘。」

「你知道，原先聽你講他的耳毛，我還以為你是誇張了，沒想到真是這樣。如果他自己不處理掉的話，我就要找把鑷子來替他拔掉了。這樣應該可以把他痛醒。」

「我這樣比較簡單，」他說，然後腳尖輕觸塔格特的小腿。他找到剛剛用拔釘器打過的地方，踢了一下，塔格特立刻痛醒，叫喊著睜開眼睛。

他說，「耶穌啊，我的腿。我想是骨折了。」

「所以呢？」

「所以你他媽打斷我的腿了。你們到底是誰？這是什麼邪門教派嗎？你們拉信徒的方式還真要命。如果是要搶劫，那就算你們倒楣。我家裡不放錢的。」

「這個原則不錯。」

「啊？聽著，聽明兄，你怎麼會挑中我家？你知道我是誰嗎？」

「馬林・塔格特，」凱勒說。「現在輪到你了。」

「啊？」

「輪到你說我是誰。」凱勒說。

「我他媽怎麼會知道你是誰？等一下，我認識你嗎？」

「我正想問你呢。」

「耶穌啊，」他說。「你是那個人。」

「我也猜想你會記得。」

「你樣子變了。」

「唔，我吃了不少苦頭。」

「聽著，」塔格特說，「很抱歉事情沒照原來計畫的發展。」

「啊，我想事情完全就是照原來計畫的發展。」

「你大概很不高興沒拿到錢，不過這點我們可以處理。你只要跟我們聯絡就行了。我的意思是，沒必要使用暴力嘛。」

耗掉太多時間了。凱勒又用力踢了他小腿一下，塔格特痛得大叫。

「少廢話，」凱勒說。「你設了圈套，讓我往裡跳。」

「我只不過是拿錢辦事，」塔格特說，「接了這個人，帶他到這裡，帶他到那裡，指這個給他看，告訴他那個。我只是做份內的工作而已。」

「我了解。」

「這跟私人恩怨無關。耶穌啊，你應該明白才對啊。你當初去愛荷華是要做什麼？又不是代表他媽的紅十字會去救濟苦難。你去那兒是有件差事要辦的，如果不是我一直告訴你，『今天不行，今天不行，』你早就把那個修剪玫瑰的笨蛋給做了。」

「是給草坪澆水。」

「誰鳥他啊？只要我一句話，你就把他給殺了，還連他名字都不知道。」

「桂格瑞・道齡。」

「所以你知道他名字，那也沒什麼差別。我的意思是，你會殺了他，跟私人恩怨無關；而我也一樣，我只是做我份內的工作，也跟私人恩怨無關。」

「我明白。」

「所以你想要什麼？要錢？我保險櫃裡有兩萬元。你想要的話，就給你吧。」

「我還以為你家裡不擺錢的。」

「我還以為你是『安貧小姐妹會』的暴力支部哩。你要錢嗎？」

凱勒搖搖頭。「我們都是專業人士，」他說，「我跟你無冤無仇。就像你說的，我們都只是做自己份內的事。」

「那你想要什麼？」

「資訊。」

「資訊？」

「我想知道你是替誰辦事的。」

「耶穌啊，」塔格特說。「你為什麼不問點簡單的問題？比方失蹤幾十年的工會幹部吉米•赫法在哪裡？你想知道是誰下令暗殺了隆佛德，那是找錯人問了。這種事情不會有人告訴我的。」

「我才不在乎是誰下令的。」

「是嗎？那你是要找誰？那個開槍的殺手？」

「不，」凱勒說。「他只是做他份內的事罷了。」

「就像你和我一樣。」

「跟我們一樣。只不過我們還活著，但我想那個殺手卻不是。」

「這我就不曉得了。」

啊，你才曉得呢，凱勒心想。但反正他也不在乎，所以也懶得在這上頭多費唇舌。「我不在乎那個殺手，也不在乎仲介這個差事的人。而且只要你說出另一個我關心的人，我就不會在乎你了。」

「比方誰？」

「艾爾，」桃兒說。

「啊？」

「打電話去雇用我的那個人，」凱勒說。「對你下令的人。你的老闆。」

「休想。」

凱勒腳碰著塔格特的小腿，稍稍用力，以表達自己的決心。「你會告訴我，」他說。「這只是遲早的問題而已。」

「那我們就得看誰比較有耐心了。」塔格特說。

這人還真帶種。「你真希望另一條腿也斷掉？還有其他接下來的苦頭，你都肯受？」

「我一告訴你那個名字，我就死定了。」

「但如果你不說的話——」

「如果我不說的話，不也是死路一條？或許是，也或許不是。照我看來，如果你打算殺了我，不管我說不說，你都會動手。事實上，只要我不說，你就會留我一條活命，希望能讓我說出來。但一旦我說出來，出賣我的老闆，我就走向死亡了。」

「不能走了。」凱勒說。

「我這條腿是不能走了，你說得沒錯。關鍵在於，不是被你殺掉，就是被他殺掉。無論如何，結局都是死路一條。所以我想，或許我就看看自己能撐多久吧。」

「不過只有一個麻煩。」

「哦？」

「你太太呢，」凱勒說，「她早晚會回家。她剛剛打扮好要進城一天，所以或許她會去逛街購物，或許跟一個女朋友吃中飯。等她回來時，如果我們離開了，那就沒問題。但要是我們還在這兒，那我們就得處理她了。」

「你要傷害一個無辜的女人？」

「不會太痛的。她會得到跟那隻狗一樣的待遇。」

「耶穌基督啊，你把那隻狗怎麼了？」

凱勒揮動那把拔釘器，對空劈了一下。「真不想這麼做，」他說，「但我可不敢冒險，萬一牠咬人怎麼辦？」

「啊，老天，」塔格特說。「可憐的老臭臉？牠這輩子從沒咬過人。牠連自己的晚餐都咬不動。你怎麼做得出這種事情？」

「我也是不得已啊。」

「是啊，那條老狗可能會舔你的臉。搞得你滿身口水。牠有關節炎，連走都走不太動，滿嘴牙都快掉光了——」

「聽起來我好像幫了牠一個忙。」

「有時我還以為自己是個狠角色，」塔格特說，「然後我碰到你這種狗娘養的。我的小孩愛死那隻狗了。牠是我們家庭的一份子，時間比那些小孩還要早。我要怎麼跟他們解釋，他們的夥伴臭臉死了？」

「編個故事，說牠上狗天堂了。」桃兒建議。「這種事情小孩都會信的。」

「老天，你比他還狠。」

「說到孩子，」凱勒說。「如果你撐到他們放學回家——」

「你做得出來？」

「我是希望不要啦，不過如果他們回來，我們還在這兒，你想想，我還能怎麼辦呢？」

他看看凱勒，又看看桃兒，然後低頭看自己骨折的腿。「骨折痛得要命，」他說。

「抱歉啦。」

「是啊，我看得出來你很抱歉。好吧，你贏了。你和他都會殺我，但他不會來對付我的家人。」

「他叫什麼名字？」

「班傑明・惠勒。而且你就當從沒聽說過，那是他的祕密，沒人聽說過他。」

「他應該說『叫我班』。」桃兒說。（譯註：班傑明〔Benjamin〕的一般膩稱為班〔Ben〕）

「什麼？」

「別管了，」凱勒說。「繼續說吧。他的地址，他的日常行程，你能想到的一切。」

第三十八章

「他小孩的電腦真不錯，」桃兒說，「而且他們家的寬頻速度真快。你上Google查圖片，打了『班傑明・惠勒』，就有一大堆圖片秀出來，然後你再加上『波特蘭』，就可以縮小查詢範圍。」她拿著三張紙，其中一張秀給塔格特看。他點點頭，接著看另外兩張，也都點了頭。

凱勒拿了其中一張他點過頭的，看到上頭是一張彩色照片，三名男子站在一匹馬旁邊。第四名男子是騎在馬上的騎師，而三名男子之一拿著一個獎盃，是給那匹馬、那個騎師，或是馬主的。凱勒看不出來是給誰，他也不知道哪個男子才是惠勒——不過他打算先排除掉那個騎師。

他看了其他兩張照片，其中只有一名男子是在三張裡都出現過的。其中一張他和兩個女人合照，對著相機擺姿勢，第三張則是他和另一名男子在談話。每張照片中，惠勒都是主角姿態，比其他人都高，只比那匹馬矮。他穿著昂貴的西裝，剪裁式樣很保守，姿態輕鬆得像個退休的運動選手。他的深色頭髮打理得很好，臉曬成古銅色，唇上留著小鬍髭。

「『金融家、運動家，兼慈善家，』」凱勒唸道。

「真了不起啊。」桃兒說。「參加這麼多公益委員會。贊助地方文化活動。那張裡面那個女人是個歌劇明星，還有張拍得很清楚的，是他和新任市長握手的照片，不過我覺得三張就很多了。」

「你可以弄一百張照片來，」塔格特說，「但你也只能接近他到這個地步而已，因為你不能拿本聖經去他門口按電鈴。他那棟房子是我見過最接近城堡的，就在一個山丘上，整個莊園的圍牆上都裝了通電的鐵絲網。要接近那棟房子，得經過一道大門，大門口的警衛會用對講機先跟屋裡的人確認，才會放你進去。如果你爬進圍牆，那就會碰到兩隻狗，可不好對付，不能像對可憐的臭臉那樣。老兄，我不敢相信你殺了我的狗。」

「那就別相信。」

「那兩隻狗是羅德西亞背脊犬，一公一母，如果你拍拍其中一隻，牠就會咬斷你的手掌，另一隻則會咬掉你的卵蛋當晚餐。就算你通過這兩隻狗，來到房子裡，你還會碰到四名值班的保鏢，他們身上都帶了槍，而且很會用。他離開那棟房子時，會有兩個保鏢跟著他，一個開車，另一個拿著散彈槍。另外兩個則留守在房子裡。」

「有這麼嚴密的預防措施，」凱勒說。「我猜想多年來一定有很多人想殺他。」

「為什麼？惠勒先生備受全州各界尊敬，他對市長和州長都熟到直接喊名的。據我所知，從來沒有人想取他性命，一次都沒有。」

「真的。你的槍放在哪裡？」

「我的槍？」

「你知道。」他伸出食指，拇指一扭。「砰！你的槍。」

書房裡有個上鎖的槍架，鑰匙就在塔格特說的地方——凱勒心想，就是小孩子會想到要找的地方。凱勒拿了那把散彈槍，又拿了一些子彈放在口袋裡。架上的步槍他沒動，他會用步槍，但對自己的準頭沒什麼信心。但散彈槍就不同了，你只要離目標夠近就成。要射中一隻鴿子可能會有點挑戰，但一個靜止不動的人類，就很難射不中了。

「那些槍是打獵用的，」塔格特說，「如果我過去十年出去打過三次獵，那就算很多了。要命，如果我是獵人，你以為我會養隻柯基犬嗎？我還是不敢相信你殺了我的狗。」

「這話你已經說過了。你一定還有幾把手槍。」

「只有一把，放在床頭桌，是供緊急的時候使用的。」

那是一把輪轉手槍，點三八口徑的伊佛・強森（Ivor Johnson），彈筒鎖已經鎖上了。凱勒想像塔格特一家睡覺時，有人突然闖入，塔格特猛然拔出那把槍，再衝進書房找鑰匙。真方便啊。

「真難相信你是專業人士，」塔格特說，「拿我的槍？你沒帶自己的來嗎？」

「你在第蒙時，拿過兩把讓我挑，」凱勒提醒他。「所以我就把你當成我固定的槍枝供應商了。」

「你拿了那把輪轉手槍，打算要用嗎？」

「不，」凱勒說，「不過稍後總會用上的。」

「就算你有AK——四七衝鋒槍，你也沒有機會接近惠勒先生的。你知道換了我是你，我會怎麼做嗎？」

「說吧。」

「把那些槍放回去，自己離開，然後回家。惠勒先生不會派人去追殺你們，因為他永遠不會知道你來過。我絕對不會告訴他的。」

「你可以跟他說，你是絆到你家的狗才摔斷腿的。」

「耶穌啊，」塔格特說。「我不敢相信你殺了那隻該死的笨狗。」

「這一點我們就講清楚吧，」凱勒說。「收拾東西回家去，這點我們不會考慮。所以你要做的，就是替我們想出一個方法接近他。」

「你是指惠勒先生。」

「沒錯。」

「你想用我的槍，同時又要我幫你想出該怎麼做。」

「這是你最好的機會。」

「這是我最好的機會？媽的你怎麼會這麼想？」

「事情很簡單，」凱勒告訴他。「這是你唯一的機會，可以活著脫身。比方說我們去找惠勒，結果死了。」

「一定的。」

「如果我們死了，你也活不了。他會知道我們是怎麼找到他的。如果他問了，我們會告訴他；如果我們沒告訴他，他自己也猜得出來。你想他會讓你活多久？你拖著那條斷掉的腿，又能跑多遠？」

「那如果我幫你，結果你走運呢？然後你會回來殺了我。」

「不會，只要你幫我們。為什麼要殺你呢？」

「狗屎，既然要說到底的話，那你幹嘛要殺惠勒先生？為什麼要殺我？我唯一能想到的，就是因為你是神經病。看看你對臭臉做的事。」

「耶穌啊，」桃兒說。

「我還是不敢相信，」塔格特說。「我不敢相信你就這樣殺了一隻可憐的老狗。」

「我他媽再也受不了了，」桃兒說，走到稍早凱勒關上的那扇門邊。她打開門，發出咯咯聲，然後塔格特轉過頭，看到那隻老狗搖搖晃晃走出來。

「老天，」他說。

「是臭臉，」桃兒宣布道，「死而復活，我看你也不敢相信這個吧。」

第三十九章

「如果你沒打斷我的腿，」塔格特說，「這部分就會簡單多了。」

凱勒無法辯駁。把這傢伙從客廳地板搬到他那輛凱迪拉克的後座，讓每個人都辛苦個半死。凱勒已經剪掉他腳踝纏的鋼絲，讓工作稍微輕鬆一點，但為了安全起見，他還是讓塔格特的手腕照樣反綁在背後。他們從客廳經過廚房，進入車庫，整個過程困難重重，塔格特不免會撞到這個或那個，然後痛得大叫。

「好笑的是，」塔格特說，「我已經打算求你帶我上車，不要在我自己家裡殺了我。因為我不希望我老婆走進來，發現他老公死在地板上。我想她進門後絆到那隻死狗就已經夠糟的了。嗯，不過這是我還以為那隻狗死掉的時候。」

「現在她會絆到那隻活的狗。」

塔格特似乎並不欣賞這句話裡的幽默。很難辨別，他坐在後座，凱勒看不到他的臉，因為他得專心開車。桃兒會欣賞這句話的，不過她開著另一輛車，跟在凱勒這輛的後面。所以芳草巷七十一號的車庫裡現在一輛車都沒有了，車庫門已經關上，其他的門都鎖好，他們去過所留下的痕跡，就只是屋裡缺了一把散彈槍和一把輪轉手槍（兩者現在都在這輛凱迪拉克的後行李廂內），另外有一盞檯燈不亮了，外加被玻璃煙灰缸砸中的那面牆上有一個凹痕。

「前面那個路口左轉，」塔格特說。「重點是，我不希望她看到。或者如果小孩跟她一起回來，我也不希望小孩看到。我想這是我至少能做到的，解決掉了，讓我死在別的地方，因為我不認為我有機會活著脫身。」

凱勒等著前面塞住的車流開始動起來，然後左轉。他留意後照鏡，以確定桃兒直行過了路口，朝向回旅館的路走。

「現在你讓我相信，我可能還有點機會了，」塔格特說。「不是很好的機會，但我必須說，總比沒有要好。」

「我想你們可以停掉電力，」之前在塔格特家時，他說。「找個方法弄斷一條電線，你們就一舉兩得了。圍籬不再通電，所以你們爬過去就行了。而且，如果你們晚上進去，就會碰到一片黑暗的大混亂。屋裡沒燈，每個人都會跑來跑去，撞在一起。」

「除非他們有發電機，」桃兒說，「如果電力供應中斷，發電機就會自動開啟。」

「那我就不曉得了。不過我得說，這種東西惠勒先生應該會有。」

「假設我們帶著你一起去，」凱勒說。「這樣不就能通過大門那一關了嗎？」

「那也得他知道我要去，叫門口放我進去才行。比方說如果我打電話，編出一些事情，說我得跟他碰面談。」

「比方什麼事情？」

「這個嘛，我一時想不出來。不過我一定能想出來的。」

「你得想出一個說法，解釋為什麼我跟你一起在車上，」凱勒提醒他。「這恐怕不好解釋。」

「就說你是我押來的，」塔格特說，手指一彈出聲。「就是這個！我會告訴他說，我們在第蒙陷害的那個人出現了，我設法制服了他，現在我想帶他過去問些問題。然後我就跟你進去那兒，看起來好像你被綁住了，但你會掙脫，然後——」

凱勒搖著頭。

「好吧，可是這樣比較好，」塔格特說。「不然我過去見他，編個故事，什麼故事無所謂。然後你躲在後行李廂。」

「我在後行李廂？」

「我車子的後行李廂。我停好車，惠勒先生和我進屋去，等時機到了，你就打開行李廂——」

「從裡頭？」

「現在的車子可以從裡面打開後行李廂了，好讓綁架的被害人可以逃出來。或者小孩玩躲貓貓，找不到廢棄的冰箱可以躲，就爬進車子的後行李廂。所以就這樣，你就從後行李廂爬出來，去做你要做的事情。」

「給草坪割草嗎？」

「做你去那裡要做的事。他們不會料到，你唯一要擔心的就是那兩隻狗。」

「羅德西亞背脊犬。」

「我承認那兩隻狗很兇惡，」塔格特說，「不過你想牠們會去招惹一輛停在旁邊的車子嗎？」

「牠們可能會有興趣，」桃兒說，「因為其他每個人都手裡拿槍站在那兒，等著行李廂打開。你開車，他在後行李廂裡？我看不好吧。」

「你們信不過我，」塔格特說，聽起來很傷心。

「我連讓你開車都信不過了，」她說。「你有那條斷掉的腿，要怎麼踩油門？」

「我可以用另一隻腳啊。」

「那煞車呢？」

「一樣。我的意思是，反正我又不必對付離合器踏板。那輛凱迪拉克有自動變速系統。」

「開什麼玩笑。那他們看到會怎麼想？」

凱勒說，「我看還是剪斷電線吧。照我看起來，附屬的發電機不會隨時開著，只有夜裡燈光忽然全熄掉，你才會打開發電機。所以白天的時候斷電，唯一會停電的只有圍籬。」

「還有電視，」桃兒說，「還有冷氣，還有其他一切有插頭和開關的。」

「不過還是比夜裡斷電要好。」

「那麼你就要期待雨天了，」塔格特說。「這樣他就比較有可能在家。像今天這種好天氣，惠勒先生就會去打高爾夫球。怎麼了？我說錯了什麼嗎？」

班傑明・惠勒是三個鄉村俱樂部的會員，每次去打高爾夫，例行的模式都一樣。有兩個助手會陪著他去，另外兩個留守在家裡。跟去的一個是司機，從頭到尾都待在車裡；另一個比較像是全功能的貼身保鏢，會陪惠勒走到第一洞的發球區，等到大家開完球，這保鏢就回俱樂部會所，等著惠勒和球伴開著他們的高爾夫車跑來跑去，打完十八個洞。

根據塔格特的說法，惠勒最可能去的球場，就是玫瑰丘，所以桃兒第一個就打電話去那裡。她假裝是惠勒一名球伴的秘書，說她想確認這個四人賽的開球時間。排定是十一點十五分，一名滿口傲慢英國腔的年輕女人說，那麼會有四個人來嗎？因為惠勒先生預訂的是三人賽。

「是的，三個人，」桃兒說。「沒錯，因為仁查先生最後還是沒法來。」

她掛斷電話後，凱勒說，「仁查先生？」

「我原本差點說出來的是『人渣』，最後只能硬轉成『仁查』。十一點十五分，這是他們的開球時間，所以沒多少時間好浪費了。」

要進入玫瑰丘鄉村俱樂部，得經過大門口的守門人和各式各樣其他的職員，然後一名停車服務員會來替你停車。凱勒開著車經過大門口，循著俱樂部網站上的地圖往前。桃兒印了一張地圖出來，凱勒研究過後，決定最佳地點就是第七洞，距離是四百六十五碼，標準桿四桿，球道上有個左彎的狗腿，右邊有樹林。只要惠勒打出一個右曲球，就會進入樹林找球，凱勒決定在樹林裡等他。

在離球道四、五十碼之處，有個地方可以停車。他感覺那兒其實不准停車，但一輛掛著奧瑞岡州車牌的漂亮大凱迪拉克停在一個沒礙到任何人的地方，要是有警察非得取締不可，唔，那頂多也只是開張罰單，不會來拖吊的。

唯一的問題是，那個停車地點位於球道的另一邊。要到那個樹林裡，你就得穿過球道，對凱勒來說很容易，但對拖著一條斷腿的人來說，就沒那麼容易了。凱勒可以一隻胳臂抱著塔格特，支撐他大部分的重量，但如果讓打球的人看到，他們兩個這樣會像什麼？而且你也沒法在那邊等著這批人打完的空檔，因為要讓塔格特穿越球場需要很多時間；等到他們穿越球場走到一半，下一批打球的人也都來到發球區了。

一個人穿過球道，沒什麼好大驚小怪的。但兩個人，一個不能走路，另一個掙扎著幫忙——

就算是心思單純的高爾夫球員，也會開著他們的球車趕過去，看看發生了什麼事，能不能幫上忙。

而且就算他撐著塔格特走，有辦法穿過球場嗎？他那條小腿，包括膝蓋，整個都腫起發炎了。他們稍早已經幫他把那隻鞋脫掉，因為塔格特抱怨他的腳腫得穿不下鞋了，現在還腫得更大，已經是另一隻腳的兩倍大了。

不，這傢伙哪裡都不能去。

「你得留在這裡等，」凱勒告訴他。「待在後行李廂。」

「後行李廂！」

「沒那麼不舒服啦，而且也不會待太久。一等到我的工作完成，我就載你去醫院治療。」

「但如果——」

「如果我不會回來？」

「我不想說出來。」

「唔，那是有可能。但車裡有個栓鎖，還記得嗎？而且當初就是你告訴我的，讓躲貓貓的小孩可以逃出來。」

「我兩手綁在背後，要怎麼去拉那個栓鎖？」

「那倒是，」凱勒承認，然後剪斷塔格特手腕上的鋼絲。即使如此，要把他塞進後行李廂還是沒那麼容易，而且塔格特從頭到尾都在碎碎念，抱怨個不停——說他的腿痛死了，說他手指幾乎都不能動了，說他覺得肩膀脫臼了，滴哩噠啦說個沒完。

「不會太久的，」凱勒說。他把散彈槍也放在後行李廂裡頭，靠近塔格特那隻腫起的腿，然後檢查一下，確認那把輪轉手槍的槍膛都裝滿子彈了。

「你要把槍留給我？」

「那把散彈槍？我不想帶著它在高爾夫球場裡跑來跑去。太顯眼了。」

「所以你要留給我？」

「雖然我覺得別人看到的話，會以為我是拿著四號木桿。不過那槍還是太大了，我不想帶在身上。」

有輛車開過來，凱勒別過臉，免得被看到，等著那輛車開過去。同時，塔格特說他很高興凱勒能夠這麼信得過他，還把散彈槍留給他。

「其實不太是信任的問題，」凱勒說。

第四十章

四個人一起打高爾夫球，稱之為foursome（四人賽）。而這回班傑明·惠勒跟另外兩個男子打，所以有理由稱之為threesome（三人賽），但現在一用到這個字眼，就很難不想像三個人在床上，扭成某種特異的姿勢。凱勒猜想會有個說法用於高爾夫的三人比賽，但他不確定會是什麼。trio（三重奏、三重唱）？或許吧。

他站在第七洞球道中途旁的樹林裡。他把夾克留在車上，身上是深色寬鬆長褲和馬球衫，這身裝束很適合高爾夫球場。他想不會有人看到他大步穿越球道，但如果有人看到，他的模樣也不會有任何引人起疑之處。唯一會有疑問的地方，可能就是他沒開高爾夫球車也沒帶球桿，潛伏在樹木和灌木叢中要做什麼。

可是潛伏這個字眼的定義本來就很可疑，不是嗎？祕訣在於潛伏時，看起來好像是在做別的事，不過凱勒卻想不出有什麼藉口。躲在這種地方，除了潛伏還能是在幹嘛？唔，尋找搞丟的高爾夫球，他心想，但有可能會碰到哪個愛交朋友的人，認真幫著他找，這是他最不希望發生的事。

所以最好的方法，就是根本不要被人注意到。他躲進樹林深處，免得被發現，偶爾探出頭看看來到這一洞的球員，確定惠勒不在其中，然後又再度溜回樹影中。

凱勒曾在亞歷桑納州——土桑市，而非席多納——租過一戶位於高爾夫球場內的房子。他對那房子或打高爾夫都沒興趣，但這是他想得出來唯一的辦法，以進入他下手目標所居住的那個圍牆社區（gated community）。（桃兒曾建議，如果裡面的住戶全都是雙性戀者，你或許就可以稱之為雙刀流社區〔double-gaited community〕。）他為期一個月的租約中，還附有社區內鄉村俱樂部的會員資格，以及使用那個錦標賽球場的權利。凱勒利用了俱樂部裡面的酒吧和餐廳，也跟裡面的高爾夫球會員打過交道，但從來沒拿起高爾夫球桿，或踏入球場過。

當然，他在電視上看過高爾夫球賽，不過從來不是很迷。他發現高爾夫球賽轉播不像美式足球或棒球那麼容易投入，但比籃球或冰上曲棍球可以忍受。球賽背景是一片廣大而起伏的綠地，中間點綴著變形蟲形狀的沙坑，看起來好悠閒，而且轉播員講話聲音很低，有時甚至還願意閉嘴保持安靜。凱勒想，像這種轉播，唯一能改進的地方，就是乾脆把電視關掉算了。

現在，正當凱勒從樹林裡往外看時，沒有轉播員讓他心煩，也沒有廣告。開球區在他左邊兩百五十碼之處，果嶺則在他右方幾乎同等距離之外，而他最常看到的，就是打高爾夫的人坐在球車上迅速經過眼前。高爾夫是成功人士的運動，但好像其實沒怎麼運動到。他曾聽過有人說高爾夫是「把好好的散步給毀掉」，但那是以前，打高爾夫還真的得走路。現在你就只是打完一洞，然後坐著球車到下一洞了。

他得仔細留意，因為他不確定自己是不是能看到班傑明‧惠勒。照片上的那張臉是很好認，沒問題，但在兩百碼之外看過去，又能有多好認呢？

幾個月來第一次，凱勒的腰帶裡塞了一把手槍，抵著他的後腰。他把散彈槍留在那輛凱迪拉克的後行李廂，也很樂於如此，但此刻他真希望帶了另一把長槍來，就是那把步槍。倒不是想嘗試遠距離出手，而是步槍上附的瞄準望遠鏡可以派上用場，讓他看到他的目標。但現在他只能努力盯著每個出現的高爾夫球員，沒有一個是他在等的那個人。

快了，他心想。他們預定的開球時間是十一點十五分，往後每一洞會打多久？他注意到，有些四人組花比較多時間。某些球員揮桿前要從球袋裡抽出兩三支球桿試過，才能決定要用哪一支，然後又練習空揮幾次，最後還要丟一把草在空中，好判定風向和風速。有的球員則直接走向球，站在球面前，向球打招呼（哈囉，球兒！），然後將球痛擊出去。

另外，當然，打得愈好的，動作就愈快。因為打得慢的人，揮出的桿數就是比較多。一旦他們上了果嶺之後，凱勒其實就看不到他們的動靜了，但有的人好像一上去就下不來，拖到地老天荒。

某些人會打出右曲球，球會往球員的右邊彎去，有時會落入短草區，就在凱勒前方幾碼處；有時會落入長草區，就是他潛伏之處。每回他都往樹林裡退得更遠，躲在那邊，直到那個球員找到他那顆不見的球，或放棄尋找，拿另一顆去打。現在如果惠勒好心揮出這麼樣一桿，然後走過來找他的球……

快了，凱勒心想。

那組人一來到第七洞的開球區，他立刻就看到惠勒。現在戴了眼鏡，凱勒的眼力像老鷹般銳利，但即使是老鷹，這麼遠看過去也照樣看不清。而且惠勒沒面對著他，所以很難解釋他怎麼有辦法認出來。或許是他的站姿吧，但既然凱勒是第一次看見惠勒，又怎麼知道他的站姿該是什麼樣？或許是純粹出於動物的直覺，掠食者可以感覺到獵物出現了。

一旦他認出惠勒，就知道自己不必擔心稍後會辨認不出來了。惠勒在桃兒印出來的那三張照片上都穿得很保守，但在高爾夫球場上，他的打扮卻走不同的路線。他的高爾夫球褲是豔紫色，襯衫是螢光的鮮黃色。頭上還戴著一頂蘇格蘭扁圓帽，帽頂的圓形是楔形拚布，像切開的一片片披薩，深紅色和淡黃綠色交替，中央一顆圓釦。

真是太神奇了，凱勒心想，一個男人別的時候可以穿得像個銀行家，上了高爾夫球場卻穿得像隻孔雀。不過這讓他更好認了。

另一個人顯然贏了上一洞，於是在這一洞有優先開球的權利。他把球放在球座上，把球往下擊到球道中央，球飛得並不遠，但也不會讓他惹上任何麻煩。那顆球停在離凱勒約五十碼之處。

惠勒是下一個開球的。來這裡，凱勒無聲催促。擊到這裡來，班。肩膀下垂，將球揮高，往右大轉彎。

凱勒今天已經看過太多高爾夫球員，感覺上像是看了一輩子了，而且他當然在電視上也看過夠多職業球賽。惠勒的模樣，據他看來，實在一點也不棒。職業球員很可能會從他的揮桿、站姿、送桿中，找出十個錯處，但顯然那顆球不知道爛揮桿是什麼，因為球就像老虎伍茲揮出的一樣，飛得好遠，落在球道中央，然後滾了幾碼，離凱勒等待的地方更遠了。

然後當然就是第三個人開球了，他一定在上一洞成績最差，這一洞也繼續保持水準。他擊出的那一球，正就是凱勒期待惠勒所揮出的那樣，一個很嚴重的右曲球，從飛離球座就大勢已去。那個球員也心裡明白，手裡的球桿落地，雙手掩面。他的球友們安慰他，或是取笑他——凱勒無法辨認是哪個——然後他們都上了高爾夫球車，沿著球道往下，準備去打他們的第二桿。

凱勒看著那顆球落地，往後退入樹林深處，以確保那個不幸的球員來找球時不會看到他。可是那白癡花了好久才進樹林，因為他找遍那一帶，就是找不到那顆該死的球。

「嘿，艾迪，需要幫忙嗎？」

開口的人是惠勒。需要，凱勒心想。需要，麻煩你了，過來這裡，幫我一下。但艾迪說不用，他馬上就找到了，結果也的確，然後他小跑回車上拿球桿，再回來找到球，打下一桿。

只差個五六步，凱勒心想，他就可以制住他了。剛剛第一個發球的人，就是把球打得並不遠的那個，已經打出第二桿了。惠勒則在前面，準備著打他的第二桿，把幾根草丟到空中。沒人在看艾迪，而且他被大樹和灌木給擋住，其他人也看不到他。只要走個五六步，他就可以宰了他，而且不必用槍，他的雙手就可以，一切就結束了。

因為這三個球員裡，他殺了哪個有差嗎？哪一個比其他人更好嗎？

那是你心裡在講話而已，他堅定地告訴自己。你瘋了，好消息是，你不必聽到這些話。

第四十一章

第八洞，標準桿又是四桿，球道沿著那塊樹林地的另一側延伸，跟第七洞剛好反向。趁那三個遜咖球員走向果嶺時，凱勒抄捷徑穿過樹林；等他們三個出現在第八洞開球區時，凱勒已經替自己找了個好位置了。

這回首先開球的是惠勒，凱勒打起精神，期望他能打個右曲球，這回的樹林又是在球員的右邊，而惠勒又再一度無法配合。球沒打到球道上，但離得不遠，一路往下滾，最後停在左側的短草區，離凱勒很遠。

下一個球員開球，他的名字凱勒一直沒聽到，他打出一個左曲球，比惠勒還要更左邊一點，落到長草區。然後艾迪打出一個完美的右曲球，落入右邊的樹林，球停下時，離凱勒的藏身之處只有幾步遠。

這傢伙簡直就是希望被宰掉。要是凱勒不殺他，簡直像是對不起自己。

凱勒後退，設法不要發出任何聲音。在電影裡，處在他這個情況的人最後總會踏到一根樹枝，所有人聽了都豎起耳朵。凱勒踏到好多樹枝，因為實在無法避免，但根本沒人注意到。

這回艾迪毫無困難就找到他的球，而且曉得要打安全球，把球給打回球道上。凱勒拿出球場地圖，琢磨著接下來該怎麼辦。

第九洞的標準桿是三桿，關鍵在於安全上果嶺，途中不要落入水障礙區。附近沒有地方讓凱勒躲，除非他帶著水肺設備潛到水裡。他從地圖上看得出來，第十洞也同樣缺乏適合的掩蔽，所以他直接來到第十一洞，剛好碰到另一組上了年紀的生意人穿得花里胡稍，正以各式各樣的方式打不進洞裡。

他等著，下一組開球的是四人組；他很好奇，如果惠勒和他的哥兒們決定不打後九洞的話，那他該怎麼辦？

的確有可能，據他猜想，他們現在正在俱樂部會所休息，彼此調侃著，重溫他們慘不忍睹的前九洞——你還會以為他們應該會很想忘記才對。然後在酒吧喝兩輪酒，跟其他俱樂部會員聊幾句，社交一下，足以讓他們的俱樂部會員資格值回票價。

他很好奇，要多久才能判定自己已經失去機會了？若是如此，接下來他該怎麼辦？

他溫習手上各個可能的行動方案，卻找不到一個中意的。到最後他已經規劃起一些長期方案，要待在奧瑞岡州兩星期。然後他看了一眼開球區，開心不已地看到了紫色長褲和鮮黃色襯衫。

首先開球的是艾迪，顯然他設法贏了前一洞。他一揮桿，球飛到球道中央，下一個開球的大家好像喊他里奇，他開球也把球送到球道中央。然後令人發狂的是，惠勒也一樣，他每次開球，從來就沒能讓球飛到凱勒附近。

一找到機會，凱勒就趕緊前往下一洞。

第十二洞的球道兩側都是長草區。凱勒不得不用猜的，結果猜錯了。他推論，球技欠佳的高爾夫球員比較常打右曲球而非左曲球，所以他挑了球員右邊的樹林，而里奇和艾迪的確擊出了右曲球，艾迪的球還正好飛到樹林裡面。但氣死人的是，惠勒開球卻打成了左曲球，掉進了對面的樹林裡。他一個人獨自在那一邊，在樹林裡尋找他的球，但凱勒則困在球道的這一邊。

到了第十三洞，球道兩邊的長草區都相當深，但沒有樹林可以躲藏。僅有的樹在開球區大約一百二十碼外，是一片闊葉樹雜林，在球道上延伸了二、三十碼。從開球區，你有兩個選擇；你可以設法打出飛越那些樹的球，或者你可以打安全牌，從右邊繞過這個障礙區。

凱勒在樹叢間往外看。里奇和艾迪都走安全路線，開出的球沿著那叢樹的旁邊往右。惠勒則朝球道中央揮桿，一時之間，那顆球看起來就要飛過樹頂了。但卻在中間落下，擊中一棵樹，像顆石頭般落入障礙區正中央。

好極了。

凱勒等著，躲在讓人看不到的地方，憋著氣，好像肺部呼出或吸入的氣有可能壓過球車的引擎聲而被人聽到。他兩腳站穩了，感覺到那把輪轉手槍抵著他後腰那種舒適的壓力，然後無助地看著惠勒直接走向他球落下的地方，還有兩個球伴，里奇和艾迪，一左一右開著球車陪著他一起來。三個人的球車都停在一起，三個人一起下了車，尋找惠勒的球。

好吧，何不把他們三個都幹掉？這樣就能登上報紙頭版，「三名商業界領袖在玫瑰丘中彈身亡」。要殺掉這三個人能有多難？他可以走到他們面前，不會引起任何人的猜疑，如果他子彈提前用光了，好吧，五號鐵桿應該可以搞定。

但他只是站在那兒，看著惠勒找到他的球，然後打了三桿才脫離那片樹林。

十四、十五、十六。這三洞全都落空了，凱勒猜想，第十七洞是他最後的機會。第十八洞有沙坑障礙區，沒有樹林讓他躲。所以他如果不能在第十七洞交上好運，唯一的機會就是跟著惠勒到更衣室去，在淋浴間把他給溺死。

或者他可以忘掉整件事算了。

這個主意有什麼不好嗎？他殺了惠勒，又不能領到什麼酬勞。這件差事沒有雇主，如果他失敗了，不必退回訂金；如果事情辦成了，也沒有尾款可收。做這件事是為了他和桃兒，這件事是要報仇，這件事是要扳回比數。

但比數有必要扳回嗎？

他不認識班傑明・惠勒，而且惠勒也不認識他，根本不會認出他來，可能連他名字都不知道，就算知道，八成也不會記得。惠勒利用了他，把凱勒人生的一切奪走了，或至少當時看起來是這樣。但現在桃兒又復活了，凱勒也又成為百萬富翁了，他甚至還拿回了他的郵票收藏——或者要等他到阿爾巴尼拿回來才算。他的公寓沒了，他在紐約的生活結束了，而且他再也無法使用他出生時的那個姓名了，但這些他可以接受，不是嗎？

為什麼，既然他現在已經接受了，而且也活得很舒服。他喜歡紐奧良的程度，就像喜歡紐約一樣，他有份喜歡的工作，而且比起在全國跑來跑去殺人，現在的工作要輕鬆得多。比方說，在鋪了一整天的木頭地板後，他從來不會覺得有必要在心裡把白天工作的影像縮小，轉為灰色，從記憶中去除掉。他有個女朋友，很好相處，同時又讓他覺得很刺激。他唯一要做的，就是丟下這個沒有意義的復仇行動，他就可以回到她身邊，當尼可拉斯‧愛德華茲，過他的新人生。

惠勒贏了上一洞，於是第一個開球。凱勒等在右邊的樹林裡，惠勒還真的把球打向他的方向，但那是個太偏的右曲球，最後落在長草區，離樹林和茂密的灌木叢還有十來碼。

接著輪到里奇開球，結果打得很好。球飛得很高，落到球道的左端，快到前兩個沙坑處。三個站在開球區的男子都看著那顆球飛行，但凱勒沒看，他趁這個機會跑出來，衝向惠勒的那顆球，撿起來，然後又跑回樹林中。

他停下來，靠著一棵樹幹喘氣。他們三個都可能看到他，只要朝他的方向瞥一眼就行，但如果他們看到了，應該就會喊出聲才對。他冒險看了一眼，他們三個還在開球區，艾迪把一根球桿放回球袋內，拿出另外一根，然後又如常在旁邊先進行幾次揮桿練習，這才走向球。凱勒無聲哀求他不要也打個右曲球，結果也的確沒有，他打出一個無傷的滾地球，往前滾到球道中央。

三個人都走向艾迪的球，等著他朝旗桿的方向再打個兩三百碼。然後他和里奇走向各自的球，而惠勒則開著車直奔他剛剛看到球落下的地方。

球不在那裡，惠勒繞著圈子走，困惑極了。照理說他會想到進樹林裡找，但他已經看到球落地的地方，該死，所以他只會在外頭找。

凱勒壓低聲音說，「嘿，老兄。你是在找這個嗎？」

惠勒抬頭，凱勒比劃著示意他過來。其他人有可能看到他嗎？無所謂了，他們都在看著另一個方向，但他還是往自己的左邊移動，好讓一棵樹擋在他和那兩個人之間，這樣比較保險。

他說，「那球擊中一顆石頭，像隻受驚的兔子跳起來。就在這裡。」

「我根本想不到要去那邊找的，」惠勒說。「我欠你一次。」

「我想也是。」

「怎麼說？」

「等一下，」凱勒說。「我是不是認識你？你可不是班傑明・惠勒嗎？」

惠勒露出承認的微笑。然後皺起眉頭。「你看起來很眼熟，」他說。「我認識你嗎？」

「不算是，」凱勒說，伸手去抓他。「不過你可以叫我艾爾。」

第四十二章

「西格里夸蘭，」茱麗亞說，隔著他的肩膀閱讀那些字。「那是個國家嗎？」

「曾經是，」他說。伸手去拿目錄，翻到那一頁。「找到了，原來是好望角殖民地的一個行政區，西格里夸蘭於一八七三年被宣布為大英帝國殖民地，然後在一八八〇年與東格里夸蘭合併成為好望角殖民地。」

「原來就在那裡？南非？」他點點頭。「你有東格里夸蘭的郵票嗎？」

「東格里夸蘭沒發行郵票。」

「只有西格里夸蘭有。」

「對。」

她審視著那本集郵冊的頁面。「那些郵票看起來都好像。」

「因為全都是好望角的郵票，」他說，「上頭套印了一個G。」

「代表西格里夸蘭（Griqualand West）。」

「我想他們大概是這麼打算的。有些套印是紅色的，有些是黑色的。還有很多不同樣式的G。」

「而每一種不同的樣式，就是一種不同的郵票。」

「我想感覺上不是很合理吧。」

「本來就不是要計較合理的，」她說。「那是嗜好，總得有些規則，如此而已。某些G是上下顛倒的。」

「這叫倒蓋的加蓋。」

「所以比其他的值錢？」

「要看狀況，」他說，「看它們有多稀少。」

「會變得很稀少的，對吧？我好高興你拿回你的郵票了。」

在那個高爾夫球場，他大老遠走回那輛凱迪拉克，很擔心停那麼久，會有警察可能對那輛車產生興趣。但車子還停在原來的地方，他上了車，開到那個購物中心。他把車停在購物中心的一端，匆匆打了個電話給桃兒，然後擦過車子內部，確定下車時把夾克也帶走。

那個多廳電影院在購物中心的另一端，他走到那兒，買了一張電影票，是一部有關南極企鵝的片子。他看過了，桃兒也看過了，但這種電影即使知道結局，也還是無損觀影的樂趣。他在最後一排找了個位子坐下，立刻就看得入迷，差點沒注意到有人在他隔壁坐下。

當然，坐在隔壁的是桃兒，她拿著一桶爆玉米花跟他分享，他抓了一把。他們坐在那兒，兩人都沒說半個字，直到整桶爆玉米花吃光。

「我覺得好像老電影裡的間諜喔，」她低聲道。「這片子你看過了，對吧？唔，我也看過了。我們有理由還要繼續看下去嗎？」

她沒等他回答就站起來，他跟著她走出電影院。「爆玉米花全都吃光光了，」她說，把桶子扔進垃圾箱。「除了那些老處女（old maids，譯註：俚語中亦指爆玉米花中沒有爆開的）。怎麼？你不曉得這個詞兒？」

「我以前沒聽過。」

「因為他們沒打開過。怎麼樣？全都辦好了嗎？」

「對。車子停在一個很好的地點，大概要過一兩天才會有人注意到。我把那把散彈槍留在後行李廂了。」

「你就是用那把槍——」

「不，那會很不好用，又搞得一團糟。我用那把輪轉手槍，然後留在惠勒的手裡。」

「你讓他握著那把槍？」

「有何不可？他們會很困惑，一個脖子斷掉的人手裡握著一把槍，然後等他們比對出塔格特身上的子彈就是從那把槍裡射出來的，他們就更有得想了。」

「波特蘭陰暗黑道的報應。」

「諸如此類的。」

「我訂了明天一早的飛機，中間得轉機兩次。加上時區的關係，要花一整天才能到得了阿爾巴尼。」

「沒問題。」

「我跟租車公司預訂了一輛車，還在離機場四分之一哩的一家汽車旅館訂了兩個房間。我們星期三早上第一件事，就是開車到雷森，然後你可以載我回機場放下。」

「接著你會飛回席多納。」

「中間還要再轉幾次機。告訴你，凱勒，我真的老得不適合這麼折騰了。」

「我也覺得自己不適合了。」

「等我到家，我要乖乖關在家裡。弄一大壺冰紅茶，坐在外頭的大陽台上。」

「然後聽鐘岩敲響。」

「媽的叮噹響哩。另外關於那個話題，你對付大笨鐘（Big Ben，譯註：原係倫敦國會大廈塔樓上的大鐘，為知名景點，由當年負責懸掛的總工程師Sir Benjamin Hall而得名。此處桃兒顯然是指班傑明・惠勒〔Benjamin Wheeler〕）有什麼麻煩嗎？」

「最困難的部分，就是跟著他打轉一整天。他和其他每個人都開著那種小車。我是全球場裡唯一走路的人。」

「你應該感謝自己命好才對，凱勒。這就是為什麼你身材保持得比我好很多。他知道你是誰嗎？」

他詳細敘述最後的那段對話。「可是我不確定他真想到了什麼，」他說。「他眼裡有種眼神，但也可能只是他看出自己碰上什麼了。」

「死神，揮舞著挖起桿。那塔格特呢？」

「動手就行了，」他說。「那人關在自己車子的行李廂，又有一條腿斷了。一點都不難對付的。」

「除非你心裡有掙扎。」

「我心裡？」

「你知道，畢竟他這麼合作。」

「那是因為他不得不合作。他以為這樣就可以活久一點，但我從來沒考慮放他一條生路。我們怎麼能冒這種險？」

「你不必說服我，凱勒。」

「我盡量讓過程快一點，」他說，「但他有兩秒鐘知道我要動手了，他的表情看起來並不驚訝。我不認為他期望能活著脫身。」

「這是個無情的老世界啊，好吧。」

「我想是吧。他不希望我們把他留在他太太會發現的地方，我們辦到了。另外他的狗也活著。」

「而且塔格特因此多活了半個多小時。或許更久，說不定是一個小時。想想看，換了狗的壽命的話，這樣可就更久啦。」

他們轉了三班飛機，在阿爾巴尼的一家機場旅館裡面待了十小時，然後開車到雷森後，他們兩個人領回了那些集郵冊，放在凱勒剛租來那輛車的後行李廂內。那是一輛豐田Camry，非常舒適，後行李廂內增加重量後，開在路上還更穩。

「你眼前有很長的路要開回去，」桃兒說，「不過我猜你不想用UPS把那些郵票快遞回家，自己再搭飛機回去。是吧？我想也是。好吧，那就祝你一路順風了，凱勒。我很高興你拿回了你的郵票。」

「我很高興你還活著。」

「我很高興我們兩個都活著，」她說，「而且我很高興他們兩個沒活著。如果你有機會到席多納……」

「或者如果你有機會到紐奧良。」

「一點也沒錯。或者想跟我講話的話，就拿起電話。要是你搞丟了我的電話號碼，查家用電話簿就行。上頭可以查到我的號碼。」

「薇瑪‧寇德。」

「不過朋友都喊她桃兒。再會啦，凱勒。保重。」

他花了整整三天，才回到紐奧良。他可以開得更快些，或者每天開更久一些，但他告訴自己不要急。

第一天晚上，他住在州際八十一號公路旁一家連鎖的紅頂旅店。他把郵票就留在那輛Camry的後行李廂裡，但進了房間半個小時後，他到櫃台要求把房間換到一樓。然後他把車子開到離房間更近的地方，再把那十本集郵冊全搬進房裡。

第二天晚上，他登記住進汽車旅館時，特別要求要一樓的房間。第三天晚上，他把車停在家門前的車道上，用自己的鑰匙開門進去，發現茱麗亞在廚房，然後一件件事情次第發生。兩個小時後，他才出去搬他的郵票。

唐尼很高興看到他回來。凱勒和茱麗亞編出來的家庭急事，說是一個最喜歡的舅舅生了重病，唐尼問了幾個禮貌的問題，凱勒無法回答，但設法混過去了。然後話題轉移到唐尼覺得很有希望的房子，凱勒就更放心了。

喝咖啡時茱麗亞說，「《林氏郵票新聞》說，現在的小孩對集郵沒興趣。」

「他們有網路色情網站，」他說，「有線電視上還有一百個頻道，他們能做的事情，比我們小時候多太多了。」

「回家也有更多功課要做，」她說，「這樣我們才不會落後給華人。」

「你覺得這樣有用？」

「不，」她說。「我想只要從小開始培養，小男生要培養出集郵的興趣就容易得多了——我說得對嗎？」

「說得再好不過了。」

「如果有父親替他介紹的話，他就更有可能喜歡上集郵。」

「『比利，這位是集郵先生。集郵先生，這位是比利。』」

「你不認為如果有父親介紹，就會有所不同嗎？」

「我想有可能吧。我從小就沒有父親。」

「我知道。」

「但如果我有父親，又如果他收集郵票……不過，你知道，我是自己開始集郵的。」

「所以很難說如果有了父親會怎樣，因為反正無論如何，你就是集郵了。」

「對。」

「唔，」她說，「也許將來你會找出答案的。」

他望著她。

「或許會是個男孩，」她說，「你可以教他一切郵票的事情。還有西格里夸蘭在哪裡，以及這類有用的東西。不是馬上，我想你得先等到他會走路、會講話，但最終你會有機會教的。」

「沒有。」

他說，「你稍早是不是說過什麼，但我沒留心，給聽漏了？」

「可是你現在是在告訴我一個消息。」

「嗯。」

「我們會有個兒子？」

「未必。我想呢，男女的機率各半。我還沒去照超音波。你覺得我該去照嗎？我一直想著我寧可等，但現在幾乎每個人都會事先知道小孩的性別了，不想知道或許很傻。你覺得呢？」

「我覺得我想再喝點咖啡，」他說，然後去倒一杯咖啡。他拿著杯子回到桌邊說，「那天我要去第蒙，臨走時你有事情想告訴我，然後又決定留著以後再說。就是這件事嗎？」

「嗯。而且我當時不講，這個決定是對的。」

「如果你講了，我可能就不會走了。」

「這就是我決定不講的一個原因。」

「因為你希望我去？」

「因為我不想阻止你。」

他想了想，然後點點頭。「那是一個原因。那另一個原因呢？」

「我不知道你會有什麼感覺。」

「你當然不知道，連我都不確定自己會有什麼感覺。很興奮，那是當然的，還有開心，可是

——」

「真的？興奮和開心？」

「當然了。不然你以為我會有什麼感覺？」

「這個嘛，問題就在這裡，我不知道。我怕你可能會希望我去那個，你知道。」

「去幹嘛？」

「去做某件事。你知道。」

「你是說比方墮胎？」

「但我知道我不希望。」

「我也不希望。」

「但是我怕你會希望我去做。」

「不會的。」

「說不定是個女孩，」她說。「女生可以集郵嗎？」

「沒什麼不行的，」他說。「他們大概會有更多時間研究，因為他們花在色情網站的時間要少得多。你知道，集郵有很多東西要學的。」

「我知道。」

「我會成為一個父親。」

「你要當爸爸了。」

「老天。我們就要組成一個家庭了。我從沒想過，唔，自己有這個機會。就算有機會，我做夢也沒想過那會是我想要的。」

「但其實這就是你想要的嗎？」

「沒錯。而且我們要結婚。愈早愈好，你不覺得嗎？」

「這件事我們不是非做不可，你知道。」

「不，反正我本來就覺得我們該結婚，我從阿爾巴尼開車回來的路上就在想這個事情。」

「而且還每天晚上都把郵票搬進你旅館的房間裡。」

「回頭去想，那樣的確很蠢，但我可不想冒任何險。站起來，好嗎？」

她站起身，他將她擁入懷中親吻。「我從沒想到這些事情會發生在我身上。」他說。「我以為我的人生結束了。結果沒錯，但我又得到了一個全新的人生。」

「而且你現在的頭髮是中度褐色的了。」

「也稱為柔褐色。」

「而且你戴眼鏡。」

「雙焦的，而且我必須說，我整理郵票的時候，感覺看得更清楚了。」

「唔，」她說。「這點很重要。」